GISBERT HAEFS
Ein Feuerwerk für Matzbach

Buch

Baltasar Matzbach, sinnenfroher Gemütsmensch mit Neigung zum Detektivspielen, ist unter die Antiquare gegangen – zumindest zeitweilig. Er hütet den Laden seines Freundes Felix Yü, der in den Urlaub verschwunden ist. Doch aus den erhofften Stunden genußvoller Lektüre wird leider nichts, denn zwei Herren suchen unabhängig voneinander Hilfe bei dem Gelegenheitsermittler: Der eine hofft, eine alte Liebe wiederzufinden, eine so unvergeßliche wie unverwechselbare Frau mit sechs Zehen am linken Fuß. Der andere ist auf der Suche nach seinem Sohn, um sich angesichts seines vorgeblich nahen Todes mit dem jungen Mann auszusöhnen. Zuletzt wurde Ruprecht Tugendhaft in Klitterbach gesehen, einem Örtchen, das vor kurzem nach der mysteriösen Entführung eines Babys in die Schlagzeilen geraten war. Ein mehr als seltsamer Zufall. Als Matzbach dann auch noch dem antiquarischen Werk »Die Helden vom Niederrhein« entnimmt, daß bei Klitterbach ein Münzschatz aus der Zeit der französischen Besatzung vergraben sein soll, gibt es kein Halten mehr. Getrieben von einer Mischung aus Neugierde, Abenteuerlust und der Aussicht auf 100.000,– Euro Belohnung, falls er das entführte Kind findet, macht er sich mit dem heimgekehrten Felix Yü auf in das Städtchen im Bergischen Land ...

Autor

Gisbert Haefs, 1950 in Wachtendonk am Niederrhein geboren, lebt in Bad Godesberg. Als Übersetzer bzw. Herausgeber u. a. für die neuen Werkausgaben von Ambrose Bierce, Rudyard Kipling und Jorge Luis Borges zuständig, als Autor haftbar für Romane und Erzählungen. Einem großen Publikum wurde er durch seine Kriminalromane mit dem rheinländischen Gemütsmenschen und Gelegenheitsdetektiv Baltasar Matzbach bekannt sowie durch seine historischen Romane »Hannibal«, Alexander«, »Troja« und zuletzt »Raja«.

Von Gisbert Haefs bei Goldmann lieferbar:

Kein Freibier für Matzbach. Roman (45576)
Und oben sitzt ein Rabe. Ein Baltasar-Matzbach-Roman (44281)
Das Doppelgrab in der Provence. Ein Baltasar-Matzbach-Roman
(44351)
Mörder und Marder. Ein Baltasar-Matzbach-Roman (44412)
Schmusemord. Ein Baltasar-Matzbach-Roman (44708)
Raja. Roman (btb, 75033)

Gisbert Haefs

Ein Feuerwerk für Matzbach

Ein
Baltasar-Matzbach-Roman

GOLDMANN

Originalausgabe Juni 2003
Copyright © 2003 by Gisbert Haefs
Copyright © dieser Ausgabe 2003 by
Wilhelm Goldmann Verlag, München,
in der Verlagsgruppe Random House GmbH
Umschlaggestaltung: Design Team München
unter Verwendung einer Zeichnung von
Nikolaus Heidelbach
Satz: deutsch-türkischer fotosatz, Berlin
Druck: Elsnerdruck, Berlin
Titelnummer: 45568
AB · Herstellung: Sebastian Strohmaier
Made in Germany
ISBN 3-442-45568-5
www.goldmann-verlag. de

1 3 5 7 9 10 8 6 4 2

Aus: Jakob Grunewald, Willkürliche Biogramme, [3]1997

»... wurde Baltasar Matzbach als ›Universaldilettant‹ bezeichnet, der sich in die Gefilde der Kriminalistik verirrt habe. Das Etikett ... beklebt einen, der von vielen Dingen zu viel weiß, um sie ernst zu nehmen, zu wenig, um von ihnen ernst genommen zu werden, und genug, um Experten zu bluffen und Laien zu amüsieren ... Ein Bekannter mutmaßte auch, B. M. leide (?) an Elephantiasis der Seele. Interessanter sind jedoch andere Aspekte, so z. B. Matzbachs verwegene Verfressenheit; wie zu Zeus Sein Donner und zu Jehova Sein Zorn gehört zu Baltasar Sein Wanst. Immerhin kann er es sich seit vielen Jahren leisten, Hecht zu essen und zum folgenden Fleischgang einen Grand Cru zu trinken. Er wuchs nach dem Verscheiden seiner Eltern bei Verwandten auf und studierte später Philosophie und Atomphysik. Dabei erfand er etwas für ein Betatron, so kompliziert, daß er es selbst schon längst nicht mehr erklären kann, aber das Patent wird international verwendet und wirft einiges ab; anschließend wandte Matzbach sich der Musik zu und komponierte ein bißchen, darunter einen vollendet schwachsinnigen Schlager, der noch immer läuft und zwei- bis dreimal pro Jahr neu aufgenommen wird, und so schickt die GEMA ihm bisweilen einen freundlichen Scheck. Ein Hauptgewinn im Lotto sorgte 1962 dafür, daß Baltasar aus dem Gröbsten heraus war. Er investierte klug und ergab sich der sinnlosen Bildung, wobei er von den exakten zu den diffusen Gebieten überging; so stammt aus seiner Feder ein in Fachkreisen geschätztes Werk über *Monotheistische Strömungen des inselkeltischen Druidentums.* Einige Jahre hielt er sich an der bretonischen Nordküste auf, bevor die touristische Völkerwanderung sie verwüstete, und weilte dort als Mäzen und Manager junger Künstler,

Veruntreuer von frühen Touristinnen und Privatdozent gegen Okkultismus. Dabei verfaßte er zwei weitere Standardwerke: *Schamanistische Einflüsse in die Analekten des Konfuzius* und *Sexualpathologische Aspekte der Psychokinese.* Und tat zahllose weitere unsinnige Dinge, die ausnahmslos zu Gold wurden (er habe, behauptete er, in dieser Beziehung etwas durchaus Eselhaftes an sich). Jahrelang verdiente er sich ein regelmäßiges Zubrot mit seinem Kummerkasten *Fragen Sie Frau Griseldis;* außerdem droht irgendwann die Veröffentlichung seines geheimen Hauptwerks *Der Leichnam in der Weltliteratur.* (Die Mutmaßung, seine detektivischen Aktivitäten seien nur ein Vorwand dafür oder umgekehrt, ist nicht von der Hand zu weisen.) ...«

I.

Selbstbezichtigungen nützen nur dem,
der sie ignoriert.

B. MATZBACH

»Ich«, sagte Matzbach, »bin nicht schwul, und das ist gut so.«

»Als ob das in Ihrem Alter noch eine Rolle spielte.« Der Mann leerte sein Kölschglas und blinzelte durch den Qualm von Matzbachs Macanudo. »Außerdem geht's darum gar nicht.«

»Bisher haben Sie nur gesagt, Sie suchten eine Frau, oder so ähnlich.« Matzbach schlürfte an seinem überheißen Milchkaffee. »Was soll ich denn sonst zu diesem ›so ähnlich‹ sagen? Frauen, hörte ich, sind in ihrer Art so ziemlich das Beste.«

»Ich habe Sie angerufen, weil ich eine bestimmte Frau suche.«

Die Tür zum Bahnsteig öffnete sich; neben der Mitteilung, der IC Soundsoviel werde voraussichtlich dreißig Minuten später eintreffen, quoll eine ältere Dame ins Lokal, geführt von einem Pudel an roter Lederstrippe, umfangen von einer Mischung aus Kampfer und Patchouli, verfolgt von einem Rollkoffer. Sie ließ das Gepäckstück einen Moment los, wedelte sich einen Weg durch den Zigarrenrauch, warf Matz-

7

bach einen malmenden Blick zu und ging weiter in Richtung Tresen.

»Nichtrauchen können Sie draußen, gnädiges Fräulein«, sagte Matzbach laut. »Ich bin aber tolerant. – Eine bestimmte Frau? Ist sie Ihnen abhanden gekommen?«

»Könnte man so sagen.«

»Beim Fundbüro gibt's doch jetzt sicher eine Frauenbeauftragte. Und Quoten für feminine Verlustobjekte. Lustverlustobjekte.« Er drehte den Aschekegel im dafür vorgesehenen Ziergefäß ab. »Außerdem«, sagte er, »habe ich am Telefon Ihren Namen nicht ganz verstanden. Und warum bestellen Sie mich ausgerechnet hierhin?«

»Benno Vogelsang«, sagte der Mann. »Aber unmusikalisch. Zweiundfünfzig, zur Zeit ledig. Okay? – Noch ein Kölsch, bitte! – Und das Bahnhofslokal erschien mir deswegen passend, weil Sie doch gesagt haben, Sie müßten um elf im Kölner Süden sein.«

»Ts ts ts.« Matzbach zwinkerte. »Ich glaube eher, Sie wollten Ihren Morgendurst stillen. Nachdurst, was?«

»Könnte ich auch woanders. Nee, ich wollte Ihnen entgegenkommen.« Mit der Rechten fuhr er sich über die von einem grauen Haarkranz umstandene Teilglatze; dabei schien sein Zeigefinger liebkosend auf der zentral angebrachten Warze zu verweilen.

Baltasar verschob die Frage, ob die Tonsur durch einen Nagel mit Warzenkopf daran gehindert werde, über das Gesicht zu rutschen. »Mein Wagen«, sagte er, »steht im Parkhaus. Irgendwann in den nächsten zwanzig Minuten werde ich ihn besteigen und ihm die Sporen geben, daß er mich nach Köln trage.«

Der Barmann/Kellner brachte das nächste Kölsch; als er gegangen war, sagte Vogelsang:

»Wär die Bahn nicht doch besser?«

»Ich boykottiere.« Matzbach hob die Zigarre. »Die neuen Nahverkehrszüge sind das Unbequemste, was ich seit den Holzbänken der dritten Klasse in Andalusien in den Sechzigern je behockt habe. Außerdem darf man da nicht mehr rauchen.«

»Gar nicht?«

»Hah. Die Ignoranz des unbetroffenen Nichtrauchers, wie? Zensur und Inquisition werden erst dann wahrgenommen, wenn's einen selbst betrifft.«

Vogelsang grinste flüchtig. »Ich hab zwar mitgekriegt, daß man gegen Verspätungen, marode Strecken, verpaßte Anschlüsse und so das Allheilmittel gefunden hat, nämlich auf Bahnhöfen nicht zu rauchen. Aber in den Zügen?« Er trank einen Schluck. »Prost, auf die Bahn. Aber die Bahnsteige sind wirklich sauberer geworden.«

Matzbach knurrte.

»Beißen Sie?«

»Noch nicht. Für die Sauberkeit hätte es vermutlich gereicht, Aschenbecher zu montieren; die gab's bisher auf Bahnsteigen nicht. Außer, neuerdings, in den Strafecken für Raucher. Ich glaube, das hat alles mehr mit Volksbeglückung und Umerziehung zu tun. Die Despotie der Gutmenschen.«

»Und Sie sind schwer erziehbar?«

»Sonst wäre ich Beamter geworden, oder Politiker, und Sie hätten mich nicht anrufen können. Jedenfalls nicht, um eine Frau für Sie zu suchen. Was ist das für eine Weibergeschichte? Und wie sind Sie auf mich gekommen?«

»In welcher Reihenfolge soll ich antworten?«

»Am liebsten durcheinander.« Matzbach lächelte. »Ich liebe chaotische Reihungen. Da kann ich mir selbst aussuchen, was ich wie verstehen möchte. Ein bißchen gedanklich schweifen, wissen Sie? Ich bin intellektuell eher Zigeuner.«

»Sinti oder Roma?«

»Das sind Plurale, und ich bin nur eine Person. Nein; Zigeuner.«

»Nicht besonders korrekt, was?«

Matzbach seufzte. »Ich wiederhole mich ungern – ich bin weder Beamter noch Politiker, darf also selber denken. ›Sinti‹ heißt ›Gefährten‹, ›Roma‹ heißt ›Menschen‹ – sind wir das nicht alle? Oder keiner? Oder wie? Und warum soll ich mit fremdsprachigen Klötzchen spielen, wenn ich eigene habe? Burmesisch Myanmar sagen, wenn ich Burma meine? Kennen Sie einen einzigen Franzosen, der beleidigt wäre, wenn Sie auf Deutsch ›Frankreich‹ sagen statt ›la France‹, und wollen Sie jetzt die Selbstbezeichnungen aller Bewohner des Globus in deren Sprache verwenden? Tibetisch lernen, nur um nicht ›Tibeter‹ zu sagen und die Tyrannen in Peking besser zu ärgern?«

»Netter Monolog.« Vogelsang nickte, wie um etwas zu bekräftigen. »Also, die Frau hat links sechs Zehen. Und Sie wurden mir von einem Bekannten empfohlen; dem haben Sie mal geholfen, als sein Onkel ermordet worden war.«

»Sechs Zehen links?« Matzbach klatschte in die Hände. »Das ist kein Problem. Bekanntlich sind wir ein Volk von Barfüßern; man braucht also nur die Augen aufzuhalten. Und – toter Onkel?«

»Carlo Neumann, Onkel von Tobias.«

»Oh ihr Götter!« sagte Matzbach. »Lang, lang ist's her.*
Und irgendwie eine schlimme gegenwärtige Erinnerung.«

Vogelsang blinzelte.

* vgl. *Kein Freibier für Matzbach*.

»Um Ihrige gestische Frage zu beantworten – der Onkel war Professor der Philosophie. Seine hinterlassene Bibliothek war Teil des Honorars, und die verfolgt mich immer noch.«

»Verfolgt? Rennen Ihnen die Bücher nach?«

»Ich werde sie nicht los. Zuerst hatte ich sie in den weiten Gemächern eines umgebauten Bauernhofs untergebracht. Welcher einer Dame gehörte. Welcher es eines Tages gefiel, mich und meine Bücher, oder umgekehrt, nicht länger zu ertragen. Welche Wirrsal mich dazu brachte, die Scharteken in einem Antiquariat zu verstecken, an dem ich beteiligt bin. Welches sich in Köln aufhält und alsbald von mir gehütet werden will, da der eigentliche Bücherhüter Ferien macht. Und da stehen die meisten der Philo-Werke immer noch.«

»Klingt wie schlechte Saison für Bildung, oder?«

Matzbach stöhnte leise. »Sowohl immer schon als auch hin und weder noch.«

»Warum behalten Sie sie nicht einfach?«

»Ich habe zu wenig Platz. Ich bin ohnehin ein Ein-Mann-Slum.«

Vogelsang verschluckte sich und hustete Kölsch.

»Hat die Frau Sie verlassen, weil Sie ihr beim Kölschtrinken immer auf den Extrazeh gespuckt haben? Oder warum suchen Sie sie?« Matzbach wischte sich den rechten Handrücken, der als Schirm gedient hatte, und betrachtete die Spritzer auf seiner Zigarre.

»Da muß ich länger ausholen.«

»Tun Sie das. Ich meine, das ist ein nettes Gespräch, gutes Wetter, ich habe auch schon schlechteren Milchkaffee getrunken; aber bevor ich einen Auftrag annehme – falls ich das überhaupt will –, müßte ich mehr wissen. Was wollen

Sie, was versprechen Sie sich davon, derlei. Schließlich könnte es ja sein, daß Sie die Frau umbringen wollen, und ich soll sie für Sie suchen.«

Vogelsang lächelte ein wenig gequält. »Umbringen wollte ich sie vor, ah, fünfundzwanzig Jahren.«

Es war eine längere Geschichte, voll von *amour fou* und den Echos titschender Tränen. Matzbach lauschte aufmerksam und betrachtete dabei das hagere Gesicht des Mannes. Für zweiundfünfzig Jahre, fand Baltasar, sah Vogelsang schlecht aus. Ausgezehrt, urlaubsreif, rekonvaleszent; andererseits mochte er einfach der Typ sein, der immer so aussieht. Tränensäcke beweisen nicht, daß ihr Träger ewig heult, und hohle Wangen garantieren dem, der Backenstreiche austeilt, keineswegs prächtigen Hall. Und während er lauschte, sagte er sich, daß Elegien ausgefeilt sein müssen (diese war es nicht), um wirklich zu rühren, und daß von allen Arten Kitsch, der auf Gemeinplätzen feilgeboten wird, nur einer uns wirklich interessiert, nämlich der jeweils eigene.

Zu allem Überfluß hieß die weiland junge Dame, die den frühen Vogelsang zu heftigem Trällern aufgewiegelt hatte, auch noch Marion Wiegeler. Der ältere Vogelsang, der nur mehr matt zwitscherte, wollte nun, ehe die Vergreisung nach ihm langte, einen Schlußstrich unter seine Reminiszenzen ziehen – »kein neues Kapitel anfangen, sondern das Buch endgültig zuklappen«, wie er mit mannhaft gedämpfter Stimme sagte.

Am Ende der länglichen Rede zog er etwas aus der Tasche und hielt Matzbach die Handfläche hin. »Hier.«

Es war ein goldiger Ring mit einem beinahe rechteckigen grünen Stein – vermutlich teuer, wenn nicht gar kostbar, wie der an Edelsteinen und anderen Formen kristalliner Kohle uninteressierte Matzbach annahm. Er beschloß, daß es kein Stein, sondern Glas zu sein habe.

»Inwiefern hier?« sagte er.

»Den Ring habe ich mit Blut und einem gebrochenen Bein bezahlt und ihr geschenkt – damals. Als sie mich entlassen hat, sagen wir das mal so, da hat sie ihn mir zurückgegeben.«

Matzbach betrachtete das Schmuckstück. »Blut und Beinbruch, Schweiß und Tränen? Und jetzt wollen Sie ihn ihr zurückgeben?«

»Den Ring; und die Erinnerungen, die daran hängen. Ich will beides nicht länger mit mir herumschleppen.«

»Sie könnten ihn doch einfach in den Rhein werfen, als Schmuck für den Ringzeh der jüngsten Rheintochter.«

Vogelsang blickte, wie Baltasar fand, eher wehleidig denn wehmütig. »Ich glaube, Sie nehmen mich nicht so richtig ernst.«

»Ernst genug, um Ihr absurdes Anliegen ernsthaft zu erwägen.«

»Schön. Ich meine, nett von Ihnen. Was würde so was denn bei Ihnen kosten? Wenn Sie sich detektivisch damit abgäben?«

»Weiß ich nicht.« Matzbach kratzte sich den Kopf. »Kommt drauf an.«

»Worauf?«

»Ob ich das als richtigen Auftrag ansehe, so was für ernsthafte Dreckdecktiefe. Oder als Beschäftigungstherapie für einen gelangweilten Menschen.«

»Gelangweilten Ein-Mann-Slum?« Vogelsang konnte plötzlich wieder grinsen.

»So ebbes, ja. Hm. Ich müßte aber noch mehr wissen.«

Vogelsang zückte sein linkes Handgelenk. »Müssen Sie nicht nach Köln?«

»Eigentlich schon. Also, wissen Sie was? Als Anzahlung übernehmen Sie einfach meinen Milchkaffee. Und wir müssen uns noch mal zusammensetzen und plaudern. Ein paar Fragen, oder so ähnlich.«

Vogelsang winkte der mobilen Service-Abteilung des Lokals. »Wenn Sie mit der Bahn fahren würden, könnte ich Sie ja bis Köln begleiten.«

»Wenn ich mit der Bahn führe, könnten Sie das; Sie könnten es aber auch mit dem Auto. Wohin wollen Sie denn heute noch?«

Vogelsang runzelte die Stirn; die Warze weiter oben rutschte einen Millimeter nach hinten. »Eigentlich eine Idee. Ich will nirgendwo hin, aber ich könnte ja mitfahren, und Sie setzen mich in Köln-Süd oder Köln-West am Bahnhof ab. Plaudern und zurückfahren, gewissermaßen.«

2.

Die gräßlichen Erzählungen des Unweisen über
seine Kindheit erklären dem leidenden Lauscher
die Unbill seiner Gegenwart und lassen ihn des
Berichters hinfälliges Alter herbeiwünschen.

FELIX YÜ

Im Parkhaus blieb Vogelsang neben Matzbachs DS stehen,
mit einem halb skeptischen, halb entzückten Ausdruck.

»Das also ist Ihr Gefährt.«

»Klingt wie eine Feststellung; oder war das eine Frage?«

»Feststellung. Ich habe den Wagen schon ein paarmal in
der Nähe des Antiquariats gesehen, und Yü hat mir davon
erzählt.«

»Ah.« Matzbach schloß auf; über das Wagendach hinweg
sagte er: »Sie kennen Yü? Warum haben Sie das nicht gleich
gesagt?«

»Ach, ich wollte nicht mit der Tür ins Haus fallen.«

»Dann fallen Sie jetzt mit der Tür ins Auto. Woher kennen
Sie denn den guten Felix?«

»Wir sind gewissermaßen Kollegen.«

Felix Yü, in Europa geborener Chinese, inzwischen 40
Jahre alt, hatte als Kellner, Koch, Leibwächter, Kampf-
sportlehrer, Hilfsschreiner (bei einem Sargtischler) und
Hobbywinzer gearbeitet, dann mit Matzbach ein schwim-

15

mendes Restaurant auf dem Rhein geleitet und betrieb nun seit Jahren mit seiner Freundin Daniela Dingeldein zusammen ein Antiquariat, in dem auch ein wenig Geld von Baltasar steckte. Dazu gewisse Bücher.

»Inwiefern Kollegen?« sagte Matzbach beim Einsteigen.

Im Wagen, nach geziemenden Ausrufen der Begeisterung über die Empfindungen, die durch Ledersitze und allgemein »ein Gefühl von *de luxe*« bewirkt wurden, erzählte Vogelsang dann den nächsten Teil der Geschichte.

Die entschwundene Dame, sechs Zehen links, hatte sich immer für pittoreske Verwachsungen interessiert; unter anderem, sagte Vogelsang, habe sie Bücher und Bilder gesammelt, allerlei Kuriosa dieser Art sowie das betreffend, was man politisch unkorrekt »Monstrositäten« nennen könne. Was ihn, in jungen Jahren, dazu gebracht habe, sich der Orthopädie zu verschreiben – »praktisch, wissen Sie, nicht als Mediziner«.

»Sie haben also Einlagen und Krücken und Prothesen gebastelt?«

»Im Prinzip ja.«

Irgendwann habe dies jedoch begonnen, ihn zu langweilen – oder zu überfordern, je nachdem. Als auch dieses handwerklich anspruchsvolle Metier immer mehr elektronisch korrumpiert wurde, habe er die Lust daran verloren.

»Außerdem, ehrlich gesagt, mochte ich mich nicht – tja, umerziehen lassen. Weiterbilden, wenn Sie so wollen. Ich hatte einfach keine Lust, mich mit einem Computerfreak zusammenzutun, der in die Prothesen, die ich nach seinen Berechnungen hätte anfertigen müssen, dann die Steuerung einbaut.«

»Kann ich irgendwie verstehen. Und was haben Sie gemacht?«

»Ich hatte, wegen Marions Zeh, Sie wissen schon, auch irgendwann angefangen, alles mögliche Zeug zu sammeln.«

»Könnten Sie da ein bißchen genauer werden?«

Vogelsang holte tief Luft und sprudelte los. Matzbach behielt so schnell nicht alles, speicherte aber immerhin Objekte wie zweiköpfige Schlangen in Alkohol, menschliche Nasen mit drei Löchern, balsamierte Hände mit zwei Daumen, mißgebildete Tierföten, alte Prothesen jeder Art, ägyptischen Zahnersatz …

Wäre der Verkehr nicht relativ dicht gewesen, hätte Baltasar das Steuer losgelassen, um zu klatschen; so stieß er nur beifälliges Gackern aus und sagte: »Kapitän Ahabs Walbein? Karnickel mit Hasenscharte? Dackel mit Wolfsrachen? Mumien mit Bißspuren von Dracula? So was?«

Vogelsang hüstelte. »Nicht ganz, aber fast. Menschenwürde, heißt es, gilt auch für Tote, deshalb ist vieles, was den einen oder anderen interessieren könnte, absolut verboten. Und natürlich macht so ein Verbot gewisse Dinge, die ohnehin rar sind, noch ein bißchen teurer.«

»Lassen Sie mich raten.« Matzbach schnalzte. »Sie haben solche hübschen Dinge gesammelt, und als Sie keine Lust mehr hatten, neue Krücken herzustellen, haben Sie alle alten, die Sie kriegen konnten, gesammelt und einen Laden aufgemacht?«

Vogelsang grunzte leise. »Hat Yü Ihnen denn nie von meinem Laden erzählt?«

»Nein; wir unterhalten uns nicht über wichtige Dinge. Alte Freunde, wissen Sie; bei uns zählt die Qualität des Schweigens mehr als die Vielfalt der Themen, über die man schweigen könnte.«

»Aua.«

Nachdem der Schmerz abgeklungen war, erzählte Vogelsang von dem Laden – *Antikes & Curiosa* –, den er seit vielen Jahren in Ehrenfeld betrieb.

»Hat Yü mir nie von erzählt«, sagte Matzbach. »Ich bin aber auch nicht so oft in Köln, und wenn, dann meistens in der Südstadt, um nachzusehen, was meine Philosophen im Antiquariat gerade so denken.«

»Das hatte natürlich alles einen Nebenzweck. Oder Hauptsinn? Egal. Jedenfalls habe ich am Anfang gedacht – gehofft –, daß Marion, die ja an so was sehr interessiert war, irgendwann vorbeikommen würde, zufällig, und dann …« Er schnaubte.

»Sie ist aber nie vorbeigekommen? Hm. Wo, wenn ich das wissen darf, hat sich denn Ihre weiland gefährliche Liaison zugetragen?«

»In Düsseldorf.«

»Und?«

»Im Düsseldorfer Telefonbuch gibt es keine Marion Wiegeler; jedenfalls nicht die richtige.«

»Und bundesweit?«

»Mann, soll ich jede einzelne Dame dieses Namens anrufen und fragen, ob sie zufällig diejenige ist, die mich nicht mehr sehen will?«

»Das wäre doch was.« Matzbach kicherte. »Aber sagen Sie mal, warum haben Sie den Laden denn nicht in Düsseldorf aufgemacht? Vielleicht lebt sie wohl noch da, hat inzwischen dreimal geheiratet, drei andere Namen vorzuweisen und sammelt immer noch Föten in Aspik.«

»Sie ist nach dem Trennungskrach aus Düsseldorf weggezogen.«

»Wissen Sie, wohin?«

»Nein; aber wohin gehen Düsseldorfer, wenn sie sich verbessern wollen? Nicht nach Mettmann oder Neuß, sondern nach Köln, nicht wahr? Beziehungsweise neuerdings nach Berlin.«

»Für solche Reden sind zwischen Kö und Altstadt schon Dutzende umgebracht worden.«

»Was Sie nicht sagen.«

Baltasar trommelte mit den Fingern aufs Lenkrad. »Woher stammen Sie eigentlich? Düsseldorfer sind Sie ja wohl nicht.«

»Aus einem Kaff im Bergischen, an dessen Namen ich mich nicht erinnern mag.«

»Solche Dörfer gibt es auch in der Mancha, hörte ich. Und die Dame? Kam die auch daher?«

»Aus der Mancha? Oder aus dem Bergischen?«

»Wie es Ihnen beliebt.«

»Weder noch. Die kam aus Düsseldorf – wie gesagt, wenn Düsseldorfer sich verbessern können …«

»… Trennen sie sich von Leuten aus namenlosen Käffern im Bergischen. Ich weiß. Nur dem, der strebend sich bemüht, helfen wir beim Umzug. Warum wollen Sie sich denn nicht an den Namen Ihres Geburtsorts erinnern?«

»Es war scheußlich da.« Vogelsang schwieg einen Moment. »Die Kindheit auf dem Dorf, wissen Sie. Bigotte Eltern, ein bigotter Pfarrer, bigotte Bauern ringsum, dazu Schiefer und Kühe und die eine oder andere Dröppelminna, mit der ich damals nichts anfangen konnte.«

»Wieso nicht?«

»Na, ich war meistens zu jung, um Kaffee zu trinken. Und als ich alt genug gewesen wäre, wollte ich aus reinem Protest einen Samowar haben und Tee trinken.«

»Also bigott rundum. Und dann haben Sie sich, bigott oder nicht, das Bein gebrochen und den Ring gefunden?«

»Und behalten, als eine Art Talisman.«

»Wie alt waren Sie da eigentlich? Als Sie sich das Bein gebrochen haben, meine ich.«

»Sechzehn. Den Ring, wie gesagt, habe ich später Marion geschenkt. Sinnbild für mein halbverlorenes und halbgerettetes Leben, wenn Sie so wollen.«

»Will ich nicht, aber da Sie es so eingerichtet haben, kann ich ja nichts machen. Und dieses Heimatnest ...«

»Heißt Klitterbach, wenn Sie's unbedingt wissen müssen.« Vogelsang ächzte. »Brennt im Mund, der Name; fast als hätte ich mir die Zunge verbrüht.«

»Metaphysische Dröppelminna, sozusagen? Hm. Klitterbach ... Kommt mir so vor, als ob ich den Namen schon mal gehört hätte.«

Vogelsang lachte gepreßt. »Vielleicht schauen Sie gelegentlich in einen Atlas. Oder lesen Sie Revolverblätter?«

»Erstes ja, zweites ungern. Warum?«

»Inzwischen sind die bigotten Bauern da durch mindestens genauso bigotte Yuppies ersetzt. Vor ein paar Wochen gab's da eine Säuglingsentführung; ist ziemlich fett in der hiesigen Revolverpresse gewesen.«

»Ah ja, doch.« Matzbach nickte heftig. »Jetzt, da Sie es sagen. Stimmt. Ein gleich nach der Geburt aus der Wiege geraubtes Knäblein, oder so ähnlich?«

»Wie ›Frau oder so ähnlich‹?«

»Genau. Ist das Kindlein denn inzwischen aufgetaucht?«

»Nein. Die Eltern haben, glaube ich, fünfzig- oder inzwischen sogar hunderttausend als Belohnung ausgesetzt.«

»Wenn Sie aber nichts von dem Dorf wissen wollen ...«

»Ich habe geschworen, bis zu meinem Tod nie wieder einen Fuß in das Nest zu setzen.«

»Dann überrascht es mich, daß Sie so gut Bescheid wissen. Von wegen Säugling und bigotte Yuppies und so.«

»Das mit dem Säugling stand in den Zeitungen. Vor allem in einer. Und ein freier Fernsehsender, halb lokal, hat ausgiebig darüber berichtet.«

»Sie sammeln also nicht nur Curiosa, sondern sehen zwischendurch auch kuriose Sender?«

»O Mann.« Vogelsang seufzte, kommentierte seinen Ausruf aber nicht weiter. »Und das mit den bigotten Yuppies ... Das ist ganz einfach. Es handelt sich vor allem um schöne neue Menschen aus der schönen neuen Medienwelt.«

»Vulgo Colonia.«

»Ziemlich vulgo, ja. Medien, Innenarchitekten, Windeldesigner, Stadtflüchtlinge, die als Ökobauern das neue Jahrtausend unerträglich machen wollen. Lauter derartiges Volk. Kriegt man in Köln mit. Was meinen Sie, wie viele Kunden ich habe, die ihren neuen alten Schreibtisch, den sie bei mir kaufen, nach Klitterdings geliefert haben wollen.«

»Und? Liefern Sie?«

»Nicht persönlich. Entweder müssen die schönen Menschen alles selber hinschaffen, oder ich schicke ihnen eine Spedition auf den Hals. Rechnung bezahlt Empfänger.«

Matzbach summte mißtönend vor sich hin, bis sie den Kölner Südverteiler erreichten. »Na schön«, sagte er dann. »Ich übernehme. Diese Nummer ist so bescheuert, daß ich nicht widerstehen kann. Marion Wiegeler, sechs Zehen, inzwischen verstorben oder ausgewandert oder qua Heirat anders benamst, einen Ring überbringen. Soll ich ihr etwas ausrichten, wenn ich sie finde?«

»Sagen Sie ihr, alles sei vergeben, vergessen, abgehakt. In dem Augenblick, da sie den Ring wieder in Besitz nimmt, wird meine Seele gesund. Sie brauchen ihr nicht zu sagen, wo ich zu finden bin.«

»Wo sind Sie denn zu finden? Ich meine, so in den nächsten Tagen? Falls ich noch Fragen habe?«

»Nirgends.«

»Wollen Sie sich ins Nirwana verflüchtigen?«

»Will ich nicht. Den August über ist sowieso nichts los, deshalb mache ich den Laden dicht und fahre in Urlaub.«

»Ferien.«

»Ist doch das gleiche. Dasselbe.«

»Mitnichten. Urlaub setzt ›Urlaubnis‹ voraus; als freier Monstrositätenhändler brauchen Sie keine Erlaubnis von der obersten Heeresleitung; also machen Sie Ferien, die Sie sich selbst erlauben.«

»Dann eben Eigen-Urlaub. Ich bin am ersten September wieder da. Wenn Sie also Fragen haben …« Er hob die Schultern.

»Klitterbach«, murmelte Baltasar. »Säugling. Hunderttausend. Schade, daß Ihre Marion nicht in Klitterbach wohnt.«

»Ich nehme an, da sie nichts mehr von mir wissen wollte, wird sie wahrscheinlich eher nach Timbuktu gehen als ausgerechnet in meinen Geburtsort. Ich fürchte, Sie werden weiter weg suchen müssen, nicht im Bergischen.« Plötzlich lachte Vogelsang. »Aber wenn Klitterbach Sie interessiert … warum eigentlich?«

»Vielleicht kann ich ja den Säugling finden und die hunderttausend kassieren – Mark oder Euro, nebenbei?«

»Euro.«

»Gut. Die würde ich dann als Honorar für Ihren Fall nehmen.«

»Üppig, oder? Wobei wir beim Geld wären. Was wollen Sie haben?«

»Sie meinen, falls ich den Säugling nicht finde? Hm.«

Matzbach kaute auf der Unterlippe. Dann lachte er leise. »Wie gesagt, die Nummer ist so bescheppert, daß ich zunächst mal aus reinem Vergnügen darüber nachdenken werde. Sagen wir – fünfhundert für die ersten anfallenden Spesen? Und im September melden Sie sich wieder, ja?«

Vogelsang nickte. Aus der Innentasche seines Jacketts zog er eine Brieftasche und steckte fünf Hunderter in die Brusttasche von Matzbachs Hemd.

»Da«, sagte er. »Und was ich noch sagen wollte. Falls Klitterbach Sie interessiert. Neulich hatte ich einen Kunden – Verkäufer, zur Abwechslung –, der neben ein paar alten Möbeln und einem ausgestopften Dachs ein paar Bücher loswerden wollte. Die habe ich Yü gebracht. Eins war dabei, von einem Typen namens Montanus, das ist ›der Bergische‹. Heißt *Helden vom Niederrhein* oder so, obwohl der ja eigentlich nordwestlich des Bergischen Landes liegt. Egal, jedenfalls erzählt der ein paar nette Geschichten über Klitterbach zur napoleonischen Zeit.«

»Mal sehen, ob es noch im Laden ist. Wo soll ich Sie denn absetzen?«

Vogelsang deutete allgemein voraus. »Ulrepforte oder da herum; da kann ich in die Straßenbahn steigen.«

Kurz vor dem Ende der Bonner Straße räusperte Matzbach sich. »Schade, daß Sie wegfahren. Ich hätte gern mal Ihre Curiosa gesehen. Außerdem habe ich bestimmt in den nächsten Tagen noch Fragen.«

»Die müssen Sie sich aufheben, bis ich wieder da bin. Und den Laden können Sie gern im September heimsuchen; ich zeige Ihnen auch alles, was ich unter der Theke oder in Geheimkammern habe. Von wegen Gesetz; Sie verstehen.«

»Von Gesetzen verstehe ich nichts, sonst könnte ich nicht arbeiten. Aber sagen Sie mir noch eins: Wo haben Sie sich denn damals das Bein gebrochen und den Ring gefunden?«

Vogelsang war schon halb ausgestiegen; über die linke Schulter sagte er: »Sie stehen im Halteverbot.«

»Trotzdem.«

»Wie Sie meinen. Ich bin in einen alten Schacht gefallen; hat zwei Tage gedauert, bis man mich gefunden hat. Und da unten drin lag der Ring. Halb im Dreck, natürlich. Aber machen Sie sich keine Hoffnungen, falls Sie jetzt Ringe suchen wollen. Der Schacht ist damals zugemauert worden.«

3.

Berg- und Haselmaus, Relle und Rellmaus; Bille
und Bilge oder auch Bilich und Bilg; Roll und
Rassel, Ratze und Grauel ... Ziesel, Zeisel und
Zeiselratze ... Zeismaus und ... Schlaf- und
Speiszeist. Doch die Römer, gebildet wie sie waren zu einer Zeit, wo sie sich mit unserer Schrot-
maus abgaben, taten es nicht unter einer lateinischen Bezeichnung ... glis-glis ... Eigentümlich-
keiten des Gebisses kommen hier weniger in Be-
tracht, doch darf ich vielleicht erwähnen, daß die
Backzähne unseres Schläfergastes Kauflächen und
schöne ornamentale Schmelzfalten aufweisen, die
sich vorzüglich zum sogenannten Kunden eignen
würden, wie manch ein Roßtäuscher es am zu alten Gaule kundig übt. Wer indessen verfiele schon
auf den Gedanken, einen Gräuel zu kunden, zu-
mal heutigentags, wo er kaum noch eine Handels-
ware auf dem Pelztier- oder Wildbretmarkt ist?

A. V. THELEN

Wie üblich gab es keinen Parkplatz. Matzbach fuhr dreimal
um den Block und ließ die DS schließlich zwei Straßen vom
Antiquariat entfernt stehen. Murrend und knurrend mar-
schierte Baltasar an den Läden und Kneipen der Südstadt
vorbei, wich streunenden Lehrern aus (›Ferien‹, dachte er;
›ah nein, Urlaub – oder haben Schüler Ferien und Lehrer
Urlaub?‹) und fand zu seinem Entzücken einen Zettel an

der Tür des Antiquariats – »Du Arsch, wann machst du auf?«

»Am liebsten gar nicht«, sagte er laut. In Gedanken setzte er hinzu: ›Eigentlich will Yü das Ding längst verkaufen und mit seiner Daniela nach Kanada ziehen. Oder war's Düsseldorf?‹

Im Briefkasten steckte neben der üblichen vermischten Werbung, die Matzbach unbeachtet in den Papierkorb warf, und der gut sieben Wochen vor den Wahlen unausweichlichen Parteienreklame ein Telegramm. Nach der respektvollen Anrede – »Blödmann, mach dein Handy an« – folgte dort die Mitteilung, daß die Reisenden Yü & Kebse am nächsten Tag, und zwar abends, vom Flughafen abgeholt zu werden begehrten. Der Chinese hatte als Schlußsatz angehängt: »Uns dürstet nach der Labung Eures Antlitzes, dessen Erquicklichkeit uns allzu lange erspart blieb.«

Matzbach pfiff leise. »Respekt, habe die Ehre«, murmelte er. Wer auch immer auf Barbados für Telegramme nach Deutschland zuständig war, hatte Yüs Formulierungen wohl kaum verstanden, aber fehlerfrei getippt.

In der Küche – eher Abstellkammer mit Tisch und kleineren Gerätschaften – löffelte Matzbach die für acht Tassen nötige Menge Kaffeebohnen (Blue Mountain) in die mit einem großen vertikalen Schwungrad versehene Handmühle, füllte den Schnellkocher mit Wasser für maximal sieben Tassen und mahlte, während das Wasser zu singen begann. Wie immer war es eine Art Wettrennen; als er den gemahlenen Kaffee mit einer kleinen Prise Salz angereichert und in die Emaillekanne geschüttet hatte, begann das Wasser zu kochen. Matzbach sagte: »Ätsch, gewonnen« und goß.

Hinter ihm räusperte sich jemand. »Gewonnen? Sind Sie sicher?«

Matzbach drehte sich um. »Hab ich wieder vor lauter Gemahle die Klingel nicht gehört?«

»Das kann ich Ihnen nicht sagen.« Der mittelalte, korpulente Mann im teuren Nadelstreifer schüttelte den Kopf. »Sie haben nichts gehört, ja, aber den Grund müssen Sie schon selber ermitteln.«

»Womit kann ich dienen?«

»Ein paar Auskünfte. Erstens, warum Sie es sich derart kompliziert machen. Kaffee kann man gemahlen kaufen, Kaffeemaschinen sind nicht ganz neu, auch Filter sind schon länger im Handel. Und zweitens suche ich ein Buch.«

Matzbach kniff die Augen zusammen. »Erstens schmeckt vorgemahlener vakuumverpackter Kaffee wie Rattenkacke; elektrische Mühlen werden heiß und lassen die leckeren ätherischen und sonstigen Öle verdampfen oder verdunsten; Kaffeemaschinen sind langweilig, und mindestens die Hälfte der Dinge, die schmecken, bleiben in Filtertüten hängen. Wenn man sich schon richtig teuren Kaffee leistet, sollte man ihn auch richtig machen. Zweitens: Was für ein Buch?«

Der Kunde strich sich über den kahlen Schädel und zupfte seine metallic-orange Krawatte zurecht. »Erstens danke für die Belehrung; was ist das für ein teurer Kaffee? Und haben Sie nicht, wenn Sie es ganz ernst meinen, die Eierschale vergessen? Möglichst mit einem kleinen Rest Eiweiß, am liebsten ein bißchen angegammelt? Zweitens gab es doch mal Filter, die ohne Papier auskamen – gibt es die denn gar nicht mehr? Drittens weiß ich das mit dem Buch nicht so ganz genau. Es ging da um Ratten, glaube ich, oder ähnliche Nagetiere.«

Matzbach nahm den Deckel von der Emaillekanne, blickte ins dampfende Innere, steckte einen langstieligen Löffel hinein und rührte um.

»Ah«, sagte der Kunde; wieder zerrte er an seinem Schlips. Die Hamsterbäckchen darüber wackelten possierlich. »Damit sich der Kaffee setzt, nicht war? Und hinterher, wenn er sich gesetzt hat, heißt er Satz, wie?«

»Viertens ja.« Matzbach legte ein kleines Drahtsieb auf die Öffnung einer Thermoskanne und goß den Kaffee langsam hindurch. »Erstens Jamaica Blue Mountain, Monsieur. Die Eierschale habe ich nicht vergessen, ich hatte nur leider keine zur Hand, gleich ob mit oder ohne Eiweißrest, sei dieser vergammelt oder frisch. Zweitens weiß ich, was Sie meinen; ja, da gab es mal einen Filter, eine Art Trichter, wie die heutigen Filteraufsätze, aber mit einem Drahtsiebchen unten. Welches in einem kleinen Riegel steckte. Welcher am anderen Ende ungesiebt war. Wenn der Kaffee sich ausreichend gesetzt hatte, schob oder zog man das Riegelchen in die andere Position, so daß der fertige Kaffee ohne Aromaverlust rieseln mochte. Ich nehme an, die Firma Melitta hat das Patent aufgekauft und die restlichen Exemplare verschrottet, damit der Absatz an Filtertüten nicht leidet. Drittens ist das mit Ratten irgendwie unpräzise. *Die Rättin? Von Menschen und Mäusen? Louis der lüsterne Lemming? Hamster Harald und die Schattenschröpfer?*«

»Schattenschröpfer?« Der Mann ließ die Krawatte los und seufzte. Es klang beinahe wollüstig. »Das ist ein schöner Beruf! Haben Sie heute schon Schatten geschröpft? Wie viele denn?«

»Ich nicht.« Matzbach nahm die Thermoskanne und stellte sie auf ein Tablett, das bereits einen Becher, braunen Zucker und ungerührte Schlagsahne trug. »Ich bin zu alt für solche euphemistischen Tätlichkeiten. Machen Sie bitte mal den Weg frei?«

Der Kunde ging rückwärts in den Laden; Matzbach folgte ihm und setzte das Tablett auf den Tisch, der die Kasse erduldete. Jedenfalls kam es Baltasar so vor: eine elektronische Kasse auf einem Louis-XV-Möbel, das einmal das Boudoir einer Dame geziert haben mochte, falls diese zuweilen beim Ankleiden schreiben wollte.

»Aber das war es nicht.« Der Mann mit dem erlesenen Krawattengeschmack ließ die Mundwinkel sacken. »Irgendwas anderes. Ich glaube, das Tier war kleiner. Und – öhh, verpennt?«

»Ein kleines verpenntes Tier? Nagetier?«

»Erlauben Sie mal, mein Herr.« Jetzt klang der Kunde entrüstet. »Auch Nagetiere haben ein Recht auf Schlummer.«

»Zweifellos.« Baltasar goß Kaffee in seinen Becher, tat Sahne und Zucker dazu, hob stöhnend die Hände, ging zurück in die Kramnische und kam mit einem Löffel zurück. »Wollen Sie auch was?«

»Kaffee? Igitt, nein, ich will mich doch nicht vergiften. Und das Tier hat, glaube ich, vor allem Reis genagt. Das Buch heißt nämlich Risibisi oder so ähnlich.«

»Essay über das Nagen von Reis durch verpennte Felltiere?« Matzbach öffnete das neben der Kasse stehende Kästchen und nahm eine Sumatra-Panetela heraus. »Wissen Sie sonst noch was? Vielleicht den Namen des Autors?«

Der Kunde strahlte plötzlich. »Ja, fällt mir gerade wieder ein, Fridolin. Oder«, setzte er kleinlaut hinzu, »so ähnlich.«

Matzbach zündete den Zigarillo an, stieß eine Wolke aus und trank einen Schluck Kaffee. Dabei dachte er nach.

»Hah«, sagte er schließlich. »Ich hab's. Der Autor Fridolin und das Buch Risibisi, ja?«

»Genau, oder jedenfalls ungefähr.«

Matzbach ging zu einem der Regale; von Danielas kundiger Hand gefertigt, prangte dort der Hinweis *DeuLit 20. Jh.*

Er fischte einen geschmeidigen Pappband heraus, brachte ihn nach vorn und hielt ihn vor die Brust des Kunden.

»Grundton Dunkelgelb mit viel Schwarz«, sagte er dabei. »Paßt nicht zu Ihrem Schlips.«

»Ach, ich kann mich ja umziehen. Sind Sie denn sicher, daß es das ist?«

Baltasar nickte. »Nicht Fridolin, aber Vigoleis; ziemlich ähnlich, oder? Albert Vigoleis Thelen, berühmter niederrheinischer Unheld. Und nicht Risibisi, aber beinahe – *Glis-Glis*.«

»Ja ja ja, das war's.« Der Kunde strahlte; bei dem wiederholten »ja« riß er den Mund so weit auf, daß Matzbach die mit hübschen ornamentalen Schmelzflächen versehenen Backenzähne sah. »Genau. Und was ist das für ein Tier?« Er deutete auf das Umschlagbild.

»Ein Bilch, vulgo Siebenschläfer. Ziemlich verpennt; Sie haben ein bemerkenswertes Assoziationsvermögen.«

»Siebenschläfer?«

Es klang irgendwie enttäuscht; auch das Gesicht des Kunden, fand Matzbach, sah eher so aus, als stünde er vor einem tränentriefenden Abgrund, nicht vor Gipfeln des Jauchzens.

»Siebenschläfer, ja. Eine zoognostische Parabel.«

Der Mann tupfte sich mit dem unteren Ende der Krawatte die Augen. »Also – nein, aber dann doch nicht ...«

»Darf ich mich erdreisten, nach dem Grund zu fragen?«

»Siebenschläfer, das ist ... die sind eigentlich zu klein.«

»Das kommt drauf an, wozu man sie verwenden will. Hatten Sie bestimmte Absichten?«

Der Schlips entglitt nun fast kraftlosen Händen. »Tja, wenn Sie es nicht weitersagen ...«

Matzbach verformte seinen Mund zu einer Schippe. »Ich fürchte, es würde mir ohnehin keiner glauben.«

Der Mann blickte fast erleichtert drein. »Ja, da haben Sie wohl recht. Also, ich hatte auf, hm, erotische Anregungen gehofft. Wie soll ich sagen – so in der Größenordnung von Maus und Elefant, wissen Sie, aus der *Sendung mit der Maus.*«

Baltasar bemühte sich um ein ausdrucksloses Gesicht. »Interessant; so erotisch habe ich die Sendung noch nie betrachtet.« Dabei betrachtete er den kleinwüchsigen Mann mit dem teuren Anzug und dem scheußlichen Schlips und überlegte, ob er ihn sich eher als Maus oder als Elefanten vorstellen solle, in einer wie auch immer gearteten erotischen Verstrickung. Wenn er Elefant war, wie mochte die Maus aussehen, und wenn er Maus war … ›Nicht denken‹, sagte er sich, ›sonst prustest du gleich los.‹

»Tja, trotzdem vielen Dank«, sagte der Mäuse-Elefant.

»Eh, sagen Sie mir doch bitte noch, woher Sie den Tip mit diesem Buch hatten.«

»Aus einer Kneipe, hier um die Ecke.«

»Eine Südstadtkneipe, in der man Vigoleis empfiehlt? Merkwürdige Lokale gibt es hier.«

»Ja, aber gedacht war das eher so, wie soll ich sagen, ratatoskmäßig. Guten Tag.«

Matzbach schaute hinter dem Kunden her; als die Tür wieder ins Schloß gefallen war, sagte er leise: »Ratatosk, wie? Das göttliche Eichhörnchen mit dem Schrappzahn. Für orale Lustbarkeiten? Ei. Und wie wär's ersatzweise mit Güllinborsti, anal vielleicht?«

Er stellte *Glis-Glis* zurück ins Regal; dann setzte er sich hinter die Kasse, trank den ersten Becher Kaffee und rauchte die Panetela. Dabei dachte er über Siebenschläfer nach; vor allem darüber, daß es sich dank BSE, Maul- und Klauenseuche sowie allgemeinem Hang zur Luxusfresserei lohnen mochte, Siebenschläfer zu mästen und an ausgewählte Restaurants zu liefern.

Dann erwog er, langsam, gründlich und mit vielerlei irren Varianten, ob der Besucher mit dem augenätzenden Schlips vielleicht Loki persönlich gewesen sei, oder Coyote, oder die Reinkarnation der Großen Bilchmaus; ob er das Siebenschläfer-Buch etwa deshalb abgelehnt hatte, weil er nicht mit seiner eigenen früheren Inkarnation Unzucht betreiben wollte?

Da er zu keiner überzeugenden Antwort auf diese üppige Frage vordringen konnte, sann er ein Weilchen über Benno Vogelsang und die verschwundene sechszehige Marion nach. Und über die Frage, ob er, Yüs freundlicher Aufforderung gehorchend, sein Mobiltelefon anmachen sollte. Letzteres erschien ihm jedoch übertrieben, und zu den Zehen fiel ihm nur ein, daß die Babylonier vielleicht ursprünglich sechs Finger an jeder Hand besessen haben mochten und durch simples Abzählen auf das Duodezimalsystem verfallen waren.

»Links sechs Zehen«, murmelte er, »rechts fünf – pedales Undezimalsystem? Reicht nicht als Suchfrage – wer kennt eine Frau, deren Berechnungen darauf fußen? Und die lila Ladies werden allenfalls sagen, es sei eine Unverschämtheit, die Existenz berechnender Frauen a) anzunehmen und b) mit körperlichen Attributen zu verbinden. Bääh.«

4.

Fünfzehnter Abschnitt. Lagerbedürfnisse und
Fouragirungen um Mülheim und Hückeswagen.
Mäuse und anderes Ungeziefer. Welsche Wind-
beutelei und deutsche Heldenthaten. [Kapiteltitel]

MONTANUS

Im Lauf der nächsten halben Stunde gab es ein wenig Kund-
schaft; Männer mittleren Alters, die entweder der jeweiligen
Kantine oder dem heimischen Mittagstisch zu entfleuchen
suchten und deshalb vorgaben, sich für Bücher zu interessieren. Der Umsatz erreichte die schwindelerregende Höhe von
vier Euro für zwei Taschenbücher und zweimal nichts. Danach kam jemand vorbei, der zwei Einzelbände einer dreißig-
teiligen Weltgeschichte verkaufen wollte und unflätig maul-
te, als Matzbach sich weigerte, das Angebot ernstzunehmen.
   Irgendwann fiel ihm ein, daß Vogelsang etwas über ein
Buch gesagt hatte. Er fahndete und fand; das Werk des
pseudonymen Montanus war ordentlich in der Abteilung
Gesch 18 Jh untergebracht. Baltasar legte es zu baldigem
Verzehr neben die Kasse, braute einen weiteren Kaffee und
verkaufte, inwendig jubilierend, vier Bände Hegel. Der Abnehmer war unrasiert, trug zerfetzte Jeans und einen löchri-
gen Pullover, mochte Mitte 30 sein und hatte offenbar keine Probleme mit dem Preis.

Die Helden vom Niederrhein und ihr Widerstand gegen die Franzosen begannen Matzbach eben zu interessieren, als ein neuer Kunde erschien: groß, sportlich bis durchtrainiert, eisgraues Haar, eisgraue Augen, ein harter Zug um den Mund, Armani-Anzug, Siegelring am linken kleinen Finger.

»Kann ich Ihnen helfen?« sagte Baltasar.

Der Mann räusperte sich. »Tugendhaft«, sagte er.

»Ist das ein Kommentar oder ein Aufruf?«

»Mein Name. Edwin Tugendhaft; ich suche den bedeutenden Detektiv Matzbach.«

»Ei.« Baltasar hob die Brauen. »Wenn Sie das ›bedeutend‹ weglassen, reden Sie mit ihm. Wenn nicht, kann ich Sie nur vor überzogenen Erwartungen warnen.«

Tugendhaft sah sich um und deutete auf einen ältlichen Stuhl mit einer Sitzfläche aus Strohgeflecht. »Darf ich?«

»Freilich, freilich.«

Der Eisgraue zog den Stuhl vor den Kassentisch, ließ sich vorsichtig nieder, wackelte ein wenig – wahrscheinlich um festzustellen, ob das Möbelstück gleich zusammenbrechen würde oder erst später – und schien mit den Blicken Matzbachs Gesicht abzutasten.

»Freilich?« sagte er. »Das Wort habe ich sehr lange nicht mehr gehört.«

»Ich habe es probeweise ausgesprochen«, sagte Matzbach. »Man muß hin und wieder etwas Neues versuchen, nicht wahr? Angeblich gibt es in Süddeutschland einige halbverlassene Winkel, in denen man um Mitternacht dieses und andere Wörter halblaut zu sagen wagt. Was ist Ihr Begehr?«

»Ich suche meinen Sohn.«

Matzbach nickte. »Verlegt, verschusselt, verschwunden?«

»Entfremdet.« Tugendhaft verzog keine Miene; Matzbach

beschloß, daß der Mann entweder keinen oder einen andersartigen Humor habe.

»Könnten Sie das präzisieren?«

»Wollen Sie jetzt eine lange Lebens- und Leidensgeschichte?«

»Nein, aber ein paar Infos, die es mir ermöglichen könnten, darüber nachzudenken, ob ich will oder nicht.«

»Ist das eine Geldfrage?«

»Zunächst mal nicht. Ich weiß nicht, von wem Sie meinen Namen und meine Fundstelle haben. Wer auch immer Ihnen von mir erzählt hat, mag angedeutet haben, daß ich nur Dinge übernehme, die mich – sagen wir, intellektuell reizen.«

»Entfremdete Söhne tun das nicht?«

Matzbach breitete die Arme aus. »Was wollen Sie? Daß ich die halbe Republik zusammentreibe? Alle Achtundsechziger, die sich von ihren bigott pseudokonservativen Vätern losgesagt haben, und die Söhne der Achtundsechziger, die nichts von ihren bigott pseudoprogressiven Vätern wissen wollen?«

Tugendhaft seufzte leise. »Er heißt Ruprecht, ist sechsundzwanzig und seit einem halben Jahr verschwunden. Ich hatte vor einiger Zeit schon einen anderen Privatdetektiv aus Köln damit beauftragt, ihn zu suchen. Aber der ist nun auch verschwunden.«

»Wenn ich Sie hier gleich unterbrechen darf«, sagte Matzbach. »Ich bin kein ›anderer‹ Privatdetektiv.«

»Was denn?«

»Sagen wir: Hobbydetektiv. Sie wissen doch wohl, daß bei uns der Staat nicht nur das Monopol für Kapitalverbrechen, sondern auch für deren Ahndung hat.«

»Ah. Ja so.«

»Eben. Und deshalb sind Privatdetektive nicht mehr zuständig, sobald es interessant wird.«

»Interessant für wen?«

Tugendhaft klang jedoch nicht sehr interessiert, als er dies sagte; Matzbach bemerkte, wie sich die harten Linien um den Mund noch mehr verhärteten.

»Interessant für Krimifans, zum Beispiel, die keine zweihundert Seiten über die bürokratische Behandlung eines Taschendiebs lesen wollen. Und, nebbich, für mich. Wenn mich etwas interessiert, kann mich niemand daran hindern, dumme Fragen zu stellen; da ich keine Lizenz habe, kann ich keine verlieren, und da mir jegliches Berufsethos fehlt, brauche ich es nicht zu verletzen.«

»All das beiseite …« Tugendhaft wirkte nun deutlich gereizt oder gelangweilt. Aus der Innentasche seines Jacketts zog er ein Farbfoto heraus und legte es so neben die Kasse, daß Matzbach das Konterfei eines jungen Mannes erkennen konnte. Ein hellbrauner Schopf, graue Augen (nicht so eisig, fand er, wie die des Erzeugers), schiefe Schneidezähne oben, in einem muntern Lächeln entblößt, ein T-förmiges Grübchen im Kinn.

»Ruprecht Tugendhaft«, sagte Matzbach. Er betonte die kollidierenden Ts und kniff die Augen zusammen. »Hat er sich von Ihnen losgesagt, weil Sie ihm diese Stolpersteine auf die Zunge gelegt haben oder weil Sie ihn nicht rechtzeitig mit einer Zahnklammer ausgerüstet haben?«

»Sie sind unverschämt.« Tugendhaft runzelte die Stirn. »Vielleicht gehört das zu Ihrem Gewerbe, eh, Hobby, aber es gefällt mir nicht.«

»Ich habe mir das auch nicht angewöhnt, um Ihnen zu gefallen. Also – Sie haben einen Detektiv nach dem Söhnchen suchen lassen, und der ist verschwunden? Wer ist das?«

»Sammy Goldstein.«

»Sagt mir so nichts, aber das will nichts heißen. Wie und wann ist er verschwunden?«

»Er hat mich vor drei Wochen aus einem Kaff namens Klitterbach angerufen und gesagt, es gäbe eine Spur. Seitdem habe ich nichts mehr gehört.«

»Klitterbach? Nie gehört. Wo soll das sein?«

»Gar nicht weit von hier, im Bergischen Land. Ich bin hingefahren, aber da wußte keiner was von Goldstein oder meinem Sohn. Keiner jedenfalls, mit dem ich gesprochen habe.«

Matzbach verspürte ein dringendes Bedürfnis: zu sagen, daß er vielleicht nicht höflich genug – oder zu unverschämt – gewesen sei, um Auskünfte von Bewohnern eines Reservats im Bergischen zu erhalten. Aber er bezwang den Drang und kam sich ausreichend mannhaft vor. Daß er an diesem Tag zum zweiten Mal mit dem Kaff namens Klitterbach beschäftigt wurde, amüsierte ihn ausreichend, um Frechheiten zurückzustellen; bis er mehr wußte.

»Also«, sagte er mit seiner sanftesten Stimme, »Ihr Sohn ist verschwunden. Sie haben einen Detektiv namens was? Sammy Goldstein? losgeschickt. Dieser hat sich aus Klitterbach gemeldet, vor etwa drei Wochen …«

»Vor genau drei Wochen.«

»Um Vergeblichkeit, Herr! Vor genau drei Wochen. Seitdem keine Meldung, kein Zeichen? Hm. Ist das ein Solist oder gehört er zu einer größeren Detektei?«

»Solist. Das ist es ja, sonst wüßte ich, wen man fragen kann. Beziehungsweise hätten sonst die Kollegen sich bestimmt nach ihm umgetan.«

Matzbach betrachtete, noch einmal, besonders gründlich, das Foto des fröhlichen Knaben, der so wenig mit seinem Vater gemein hatte. Wie es aussah.

»Darf ich wissen, warum Sie Ihren Sohn suchen? Ich meine, er ist erwachsen, volljährig – hat er eine Ausbildung?«

»Abgebrochener Archäologe. Und Motorbastler, alte Autos und Motorräder, wenn er es sich mal leisten kann. Warum?«

»Erstens einfach so; zweitens könnte man ihn, wenn er fertig wäre und irgendwo seiner Berufung anhinge, in den entsprechenden Zirkeln suchen. Aber lassen wir das mal beiseite. Warum suchen Sie ihn?«

»Müssen Sie das wissen?« Tugendhaft verschränkte die Arme und schob das Kinn vor.

»Am liebsten ja. Schauen Sie, vielleicht sind Sie ja nicht sein Vater, sondern ein von der russischen Mafia beauftragter Killer, und ich soll Ihnen den Jungen ans Messer liefern.«

»So ein Blödsinn.« Tugendhaft bleckte die Zähne; sie waren oben ähnlich schief wie die seines Sohnes. »Aber … Na gut. Ich habe nicht mehr lange zu leben und möchte mich mit ihm aussöhnen. Reicht Ihnen das als Grund?«

»Sicher. Aber was ich gern noch wüßte: Worum ging es bei dem Zerwürfnis? Ich meine, falls ich Ihren Ruprecht auftreibe, will er vielleicht wissen, ob die Anlässe beseitigt sind, ehe er sich bei Ihnen meldet. Oder zustimmt, daß ich Ihnen sage, wo ich ihn gefunden habe.«

Tugendhaft beugte sich vor; er sprach nicht ganz, aber beinahe durch die Zähne. »Der Auftrag käme doch von mir, oder? Also wären Sie ihm gegenüber völlig frei. Und der Grund für die Meinungsverschiedenheiten geht Sie nichts an.«

»Ganz recht.« Matzbach nickte, lächelte freundlich und schob dem Besucher das Foto hin. »Ich will Ihnen was sagen. Sie sehen weder so aus, als ob Sie bald den Löffel abgeben müßten, noch auch nur im entferntesten so, als läge Ihnen etwas daran, sich mit wem auch immer auszusöhnen. Wenn ich das Unglück gehabt hätte, Ihr Sohn zu sein, würde ich mich weigern, mich je finden zu lassen. Apropos finden – ich finde, Sie haben mich jetzt ausreichend behelligt. Der restliche Tag ist zwar nicht mehr lang, aber ich wäre nicht betrübt, wenn er für Sie unangenehm verliefe. Leben Sie unwohl.«

Tugendhaft starrte ihn einen Moment lang an. Dann steckte er das Foto ein, stand auf und verließ ohne ein Wort den Laden.

5.

Die Frau des Schreiners und Uhrmachers Jung-
bluth auf'm Platz zu Paffrath war eben mit einem
Söhnlein niedergekommen, als die Schreckens-
nachricht ins Dorf drang: die Franzosen seien
vom Lager her im Anrücken. Da liefen Alle hinweg, Gatte und Nachbarweiber, und überließen
die Aermste ihrem Geschicke. Doch die raffte sich
auf, nahm den Säugling auf den Arm und sprang,
während die Franzosen in's Haus drangen, an der
Hofseite zum Söllerfenster hinaus und kam glücklich davon in den Wald. Die Mutter verließ ihren
Säugling nicht, wie sie von ihren Angehörigen verlassen wurde, und der ist seitdem recht groß ge-
wachsen, hat viele Jahre der Gemeinde als Schöffe
gedient und lebt noch als geachteter Mann.

MONTANUS

»Donnerstag«, murmelte Baltasar. Diese erhellende Eigen-
auskunft half ihm, den Zeitpunkt der letzten Meldung des
abgängigen Detektivs Goldstein zu notieren. Mißtrauisch
verzeichnete er jedoch auch die umliegenden Daten. »Heute vor drei Wochen« konnte, seiner Erfahrung nach, für das
mitteleuropäische Zeitgefühl auch gestern oder morgen vor
drei Wochen bedeuten, dazu jeden beliebigen Tag zwischen
vorigen Mittwoch und letztes Jahr Pfingsten. Abhängig, sagte er sich, von des unerfreulichen Herrn Tugendhaft Le-
bensgefühl. Für den seit römischen Zeiten mediterranen

Rheinländer existierte zweifellos ein retrogrades *mañana*, das Punkte in der Vergangenheit ähnlich genau festlegte, wie »demnächst« oder das niederrheinische »mal kucken« dies für Planungssicherheit in der Zukunft taten. Aber Tugendhaft war vermutlich kein Rheinländer – allein der Name sprach dagegen, da er eine exotische Haltung behauptete; diese mochte fantastische Mutmaßung sein oder unwirsche Erinnerung an einen Katechismus, kam aber allenfalls in fortgeschrittenem Alter real zum Ausbruch, und zwar bei frommen Jungfrauen jedweden Geschlechts: der Not gehorchend, eben nicht dem eigenen Triebe.

»Welches den sämtlichen liebenden Jungfrauen jedweden Geschlächtes zur abschreckenden Beherzigung dienen möchte, oder so«, knurrte er. »Qualtinger? Möchte sein von ihm.«

Einen Moment lang musterte er die Notizen. Dabei erwog er mit einem Teil seines Geistes, des seinem fortgeschrittenen Alter angemessenen Jungfrauenstandes gewahr sein zu sollen oder lieber nicht; mit der anderen Hirnhälfte erörterte er Möglichkeiten oder Anlässe eines Sohnes, mit Vater Tugendhaft in Zwist und Zwietracht zu geraten. Es war ein netter Katalog. Nach etwa drei Dutzend Varianten grinste er, faltete den Zettel zusammen und steckte ihn zu gründlichem Vergessen in die Brusttasche.

Natürlich hatte er keineswegs die Absicht, etwas für den Kerl zu unternehmen, der wortlos das Antiquariat verlassen hatte – auch noch ohne Buch, was erschwerend hinzukam. Aber früher oder später mochte jede Information über Klitterbach, und sei sie noch so abwegig, Nutzen bringen.

»Informationen«, sagte er, zur Kasse gewandt. »Amüsantes Stichwort.« Aus der Tasche seiner leichten, quittengelben Windjacke holte er das Mobiltelefon, das er dem telegrafischen Anschiß von Yü zufolge nie hätte ausschalten dürfen.

Den Anzeigen entnahm er, daß es sowohl Wortmeldungen als auch SMS gab. Er beschloß, diese sinnvoll zu behandeln, indem er sie ignorierte, und führte mehrere Gespräche.

Zuerst rief er einen Hacker an, brach den Anruf aber gleich nach dem ersten Klingelton ab, ehe die Gegenseite sich hätte melden können. Mehr Informationen, sagte Matzbach sich; erst mehr Namen, Daten und überhaupt Kenntnisse beschaffen, dann den Hacker befragen.

Neben der Überlegung, daß erst größere Mengen von Kenntnissen es erlauben, den Umfang des eigenen Nichtwissens abzuschätzen und sinnvolle Fragen zu stellen, gab es da einen finanziellen Aspekt. Der Hacker war gut und schnell, und er war teuer. Matzbach wußte zu gut, daß die Bearbeitung eines Fragenbündels viel Geld kosten würde – zweitausend, schätzte er, je nachdem, wie viele Gesetze zu brechen, wie viele Schranken und Sicherungen zu überwinden waren. Wenn er weitere Fragen nachlegte, würde der Hacker dies als zweites Bündel betrachten und ein zweites Honorar verlangen. Also, sagte er sich, lieber erst das große Bündel schnüren.

Die anderen Telefonate dienten vor allem der Beschaffung jener Informationen, mit denen er später den Hacker zu füttern gedachte. Und er hatte ein Versäumnis zu beheben – er hatte Tugendhaft nicht gefragt (oder nicht mehr fragen können), wie dieser auf ihn gekommen sei. ›Wahrscheinlich‹, dachte er, ›hat er andere Detekteien versucht, nachdem dieser Goldstein verschwunden war. Die haben sich vermutlich geweigert oder hatten keine Lust oder zuviel anderes zu tun, und irgendwer muß ihn an mich verwiesen haben. Aber wer?‹

Mit Hilfe des Telefonbuchs stellte er zunächst fest, daß Tugendhaft, Edwin, in Köln wohnte. Dann rief er die Detekteien an, in denen er, wie flüchtig auch immer, jemanden kannte. Der vierte Anruf war endlich der Treffer. Ein Typ namens Kuno, mit dem Matzbach und Yü vor Monaten Erfahrungen vertrunken und Bier getauscht hatten, bestätigte ihm, daß er Tugendhaft an Matzbach verwiesen habe.

»Du machst doch solche krummen Dinge, vor allem, wenn's riskant wird«, sagte er. »Und wenn Goldstein verschwindet, stinkt irgendwas.«

»Kannst du mir was über Goldstein erzählen?«

»Nicht viel. Einzelgänger, hat wohl eine wilde Vergangenheit, von der ich aber nicht viel weiß. Ist spezialisiert darauf, verschwundene Personen zu suchen.«

»Man müßte ihn also jetzt auf sich selber ansetzen, was?«

Kuno gluckste. »Könnte man so sehen. Ich habe aber keine Ahnung, was da passiert sein könnte.«

Matzbach ließ sich Adresse, Telefon, mobile Nummer und ein paar Daten wie Alter, Größe und derlei geben. Kuno sagte, Goldstein habe zweifellos einen Wagen, er wisse aber weder den Typ noch gar das Kennzeichen.

Der nächste Anruf mußte warten, weil eine Kundin »irgendwas von Goethe oder so, zum Verschenken, ja?« suchte. Baltasar riet ihr zu Lichtenberg; nach einigem Wühlen entschied sie sich für Hauff.

Der zweite Anruf galt einem Boulevard- und Revolverjournalisten. Matzbach bat ihn, alles Greifbare über »diese komische Säuglingsentführung in Dings, eh, Klitterbach« zusammenzustellen, und versprach als Gegenleistung, ihn als ersten zu informieren, wenn er etwas fände.

»Seit wann interessierst du dich für Säuglinge?«

Matzbach kicherte. »Wenn sie mit ausreichend Knete garniert sind – Banknoten als Windeln, klar?«

»Das nenne ich ein überzeugendes Motiv.«

Die Gegenleistung, die Matzbach beim dritten Anruf zu verheißen hatte, war substantieller – zweitausend Euro, wie er befürchtet hatte. Der Hacker sagte, er solle am nächsten Tag gegen Mittag anrufen oder vorbeikommen; bis dahin werde er hoffentlich etwas herausgekriegt haben.

Im Lauf des Nachmittags gab es ein wenig Umsatz mittels verschiedener Kundentypen (Wühlkunden, Wählkunden, Wuselkunden); dazwischen las Matzbach mit zunehmendem Vergnügen im epochalen antifranzösischen Werk von Montanus, wo er schließlich auch die Klitterbach betreffende Stelle fand:

»... am 8. September verließen (die Franzosen) Frankfurt, wo sie bereits 18 Millionen durch Brandschatzung erpreßt hatten. Hinab ging's von dort über die Lahn, von der kaiserlichen Vorhut unter Etsnitz und Liechtenstein verfolgt und vom Bauernaufstande bis ins Bergische hinab empfangen und begleitet.

Schon am nämlichen Tage, als die letzten Franzosen Frankfurt verließen, am 8. September 1796, näherten sich schnellfüßige Republikaner sowie auch verschiedene Frachten dem Oberbergischen. Ein von Dillenburg versprengter Geldtransport, der die aus Oberfranken zusammengebrachten Brandschatzgelder gen Düsseldorf in Sicherheit bringen sollte, aus zweien Wagen und acht Karren bestehend, und von einer schwachen Bedeckung gefolgt, wurde jenseits Siegen, unweit der Gränze des Herzogthums Berg, in dem Städtchen Freudenberg, von den aus dem Bergischen und dem Siegen'schen zusammengeströmten bewaffneten Landleuten überfallen. Die Bauern wußten nicht, welche werthvolle Fracht die Fuhrwerke belastete; und nachdem sie die Schädel der Franzosen und die Böden einiger Fässer eingeschlagen hatten, waren sie nicht wenig überrascht, einen Reichthum von mehr als zwei Millionen Franken auf einmal erbeutet zu haben. Mancher

arme Schlucker wurde davon mit einem Male zum steinrei=
chen Manne. Wer da aufpaßte und bei der Hand war, der konn=
te sich für all' sein Leben von Nahrungssorgen los und ledig ma=
chen, denn zwei Millionen ist erschrecklich viel Geld, und in Sil=
ber macht es schon manches Ankerfaß voll. Es war in dem
Städtchen Freudenberg an einem Hügel, wo der Ueberfall ge=
schah. Als dort die Bauern ein schweres Faß nach dem andern
von den Wagen warfen, da rollt eine Viertel=Ohm=Tonne den
Berg hinab auf ein unten stehendes Häuschen eines armen Ta=
gelöhners, schlägt die Hausthüre ein, rollt wider die Kellerthü=
re, durchbricht vermöge seiner Schwere auch diese, und poltert
die Kellertreppe hinab. Der Hauseigenthümer, ein alter Mann,
der sein Haus sorgfältig verschlossen hatte, wurde gar zornig
über diese Störung und trat in die zerschlagene Thür und
schimpfwortete den Berg hinan. Als er aber hernach in den
Keller kam und das Faß einschlug und den Schatz an Gold und
Silber erblickte, da macht' er ein anderes Gesicht, und wußte
sich vor Freuden nicht zu lassen. Wohl war Freude damals in
Freudenberg und in der ganzen Umgegend. Die faulsten
Bärenhäuter waren da fleißig im Wegtragen und beschwerten
sich nicht über die größere Last. Aber nur wenige arme Leute,
die so plötzlich reich geworden waren, wußten das Geld zu ver=
wahren. Die meisten trugen es ins Wirthshaus und soffen sich
zu todt; sonst sittliche Leute geriethen in Lüderlichkeit und ver=
gingen wie Schaum. Die Wirthe und Krämer aber schafften
kostbare Sachen, Flitterkram und Schnurrpfeifereien an, bau=
ten Kegelbahnen, richteten allerlei Spielwerk ein mit Karten,
Würfel und Lotto, und zogen auf diese Weise das Geld alle=
sammt an sich. In kurzer Zeit war der ganze Reichthum in an=
dern Händen, und gerade die Leute, welche das Meiste errafft
hatten, waren hernach die Aermsten. Dies gab im Kleinen ein
Bild davon, was es fruchten würde, wenn man Hab' und Gut

des Landes, wie den Communisten bedünkt, gleichtheilen wollte. Solche Gleichheit in Hab' und Gut würde wohl währen von der Vesper bis zur Abendzeit.

Der Geldraub wurde aber alsbald kund unter den fliehenden Franzosen, und kaum hatten die Bauern ihre erbeuteten Schätze verscharrt und vergraben, als die erbitterten Rächer heranzogen. Die Rache der Unmenschen war furchtbar und traf, wie gewöhnlich, meistens Unschuldige. Der Gastwirth Stahl zu Römershagen, der bei der Sache nicht im mindesten betheiligt war, dessen Eigentum man aber gern confisciren mochte, wurde zum s. g. Warnexempel von den Kannibalen an ein vor seinem Hause stehendes Kruzifix mit ausgebreiteten Armen gebunden und diente so zur Zielscheibe der Flintenschüsse der Karmagnolen. Dies Mordbeispiel möge zur Charakterisirung genügen. Mehrere Dörfer wurden niedergebrannt und die darin ergriffenen Einwohner erschossen oder gebunden in die Flammen geworfen, ohne Untersuchung und Urtheil.

Einige der Wirthe und Krämer thaten sich zusammen, ihren Theil der Beute (man wisperte von einer reichlichen Million) außer Reichweite der Besatzer wie auch der eigenen Steuerpächter zu bringen. Nahe dem Dorfe Klitterbach im Bergischen wurden alle diese Münzen verborgen; und gerieth wohl der auserkorene Platz durch allerlei Todesfälle und die lange Dauer der Wirrnisse in Vergessenheit, denn Kunde vom Auffinden des Schatzes ward nimmer …«

6.

Schätze, gleich ob auf einer Insel oder sonst wo, sollte man nur suchen, wenn die Hoffnung nicht ganz unbegründet ist, dabei etwas Interessanteres zu finden, zum Beispiel Long John Silver.

ROBERT LOUIS MATZBACH

Irgendwo in der zweiten Reihe eines hohen Regalbretts der Abteilung *Erdk/Geogr* hauste seit langem ein weidlich gefleddertes Exemplar von Ritters Geographisch-Statistischem Lexikon 1874. Nach einigem Turnen, Grunzen und Verräumen hielt Baltasar es endlich in Händen. Darin fand er aber keinen Eintrag für Klitterbach. Immerhin gab es »Klerf, s. Clervaux«, was ihm zum Werk von Montanus irgendwie zu passen schien, und die Präsenz eines Orts »Knickhagen, Df. in Preussen, Rgbz. und Kr. Kassel, 180 E. 4 Mühlen« war Beweis dafür, daß man nicht geneigt gewesen war, Orte wegen mangelnder Größe zu verschmähen. Aber vielleicht mangelte es den Redakteuren des Lexikons einfach an jener profunden Ortskenntnis, die Montanus zweifellos besessen hatte.

In dem Exemplar von *Die Helden und Bürger und Bauern am Niederrhein in den letzten sechs Jahren des vorigen Jahrhunderts und unter der Fremdherrschaft* lag ein Artikel der ›Kölnischen Zeitung‹ vom 20. November 1926, zerfaltet und vergilbt: zum 50. Todestag von Vinzenz von Zuccal-

47

maglio (Montanus). Der latinisierte »Bergische« war, wie Matzbach dort las, am 26.11.1806 in Schlebusch geboren, hatte eine Dame aus Bensberg geheiratet, in Hückeswagen als Notar gearbeitet und war schließlich über den Rhein nach Grevenbroich gezogen, wo er am 21.11.1876 starb. Für ihn, den jemand als einen der »größten und besten rheinischen Idealisten vergangener Tage« bezeichnet hatte, gab es dort angeblich ein Denkmal. Baltasar, dem jede Form des Idealismus suspekt war, beschloß, alles zu glauben und die Existenz des Denkmals nicht zu bezweifeln. Inzwischen war er ziemlich sicher, daß er in den nächsten Tagen nach Klitterbach fahren würde; ein exotischer Ort reichte ihm, Grevenbroich mußte nicht auch noch sein.

Mit derlei Zukunftsplänen befaßte er sich um so lieber, als gerade die Vergangenheit sich mit ihm zu befassen anschickte. Einige Zeit hatte er mit einer sowohl speziellen als auch besonderen Frau zusammengelebt, auf deren herrenhausähnlich ausgebautem Bauernhof im Vorgebirge, nördlich von Bonn. Hermine Päffgen, Holzschnitzerin, fertigte mit scharfer Klinge Portraits; mit eben diesen scharfen Klingen hatte sie sich an einem blutigen Abenteuer beteiligen müssen, in das er geraten war.*

Hin- und hergerissen zwischen dem Wunsch, die Liebschaft währen zu lassen, und dem Entsetzen über die Faszination des Blutvergießens hatte sie schließlich gesagt, sie wolle nie wieder in die Lage kommen, etwas zu wollen, was sie nicht wollen dürfe; an der Seite des marodierenden Hobbydetektivs werde sich diese schiefe Lage aber nicht vermeiden lassen, also sei es besser, ihn von ihrer Seite zu entfernen.

Eine schmerzhafte Amputation – vermutlich, sagte sich

---

* vgl. *Schmusemord.*

Baltasar, für beide, denn es war gut und intensiv gewesen. Er hatte gelitten und nahm an, daß es auch für Hermine herb gewesen sei. Er wußte es jedoch nicht, da er ein Ende mit Schrecken vorgezogen und die von ihr erwogene lose Beziehung nicht geknüpft hatte.

Und nun befürchtete er, der von ihr ausgestellte Laufpaß könne sich für ihn zum Spießrutenlaufpaß entwickeln; die hohle Gasse, durch die er zu laufen habe, mochte gesäumt sein von gräßlichen Schnitzwerken, die sein Gesicht besaßen. Hermine Päffgen hatte vor ein paar Tagen eine Ausstellung in einer Galerie des Kölner Westens eröffnet, und mehrere gemeinsame Bekannte hatten ihn angerufen, um auf Ähnlichkeiten zwischen ihm und etlichen Kunstwerken zu verweisen.

Das heißt, eigentlich befürchtete er dies keineswegs; im Prinzip war es ihm gleich, er hegte lediglich eine finstere Abneigung gegen die Aussicht, sein Gemüt oder überhaupt etwas Intimes indiskret behandelt zu sehen und möglicherweise aufgefordert zu werden, darüber zu reden. Was er auch nach heftigen Aufforderungen unterlassen würde.

Kurz vor Ladenschluß ließ er sich endlich dazu hinab, die Meldungen zu sichten, die das Mobiltelefon blähten. Ein Anruf eines weiteren Bekannten war dabei, die Ausstellung betreffend:

»Schau dir die Dinger mal an, Dicker; sind ein paar nette dicke Figuren dabei mit gewissen Ähnlichkeiten, ha ha ha.«

Ferner gab es dort zwei Anrufe von Felix Yü – einer durch das Telegramm bereits erledigt, mit der allfälligen Bitte, am Flughafen abgeholt zu werden, und der erste mit der Anweisung, einer Dame namens Meyer-Bexbach (»mit e ypsilon«) gegenüber freundlich zu sein (»obwohl sie eine Doppelnamen-Tussi ist, aber dafür gibt's ja im Fall Meyer mildernde Umschläge«), wenn diese vorsprechen sollte, weil sie nämlich das Antiquariat übernehmen und für den Bestand bar zahlen wolle.

Nachdem er den Laden für die Nacht eingewickelt und zu Bett gebracht hatte, aß er zwei Ecken weiter eine Portion Döner; dann entschloß er sich zu einem Taxi. Die Rarität namens Parkplatz würde, sagte er sich, an einem Donnerstagabend noch schwerer zu finden sein als sonst, vermutlich irgendwo zwischen Bergheim und Aachen.

Als er gegen halb acht die Galerie betrat, war er der einzige Kunstbeflissene. Ein junger Mann, Sekretär der Galeristin – wie er ohne Wimpernzucken behauptete –, fragte, ob er ihm helfen könne; als Matzbach sagte, er wolle lediglich die Exponate der edlen Schnitzerin beäugen, erfuhr er, daß man die Künstlerin gegen neun Uhr erwarte.

»Bricht mir das Herz«, sagte Baltasar, »aber so lange kann ich nicht verweilen.«

Tonlos durch die Zähne pfeifend wanderte er durch die Räume und betrachtete die knapp hundert ausgestellten Stücke. Portraits von Leuten, die er nicht kannte; Portraits, die ihn vage an jemanden erinnerten; ein Triptychon, keineswegs als gewöhnlicher Flügelaltar verwendbar, mit derben Figuren bei derben Tätigkeiten während der Hochzeitsnacht nach einer bäuerlichen Massenhochzeit (dies jedenfalls seine Deutung); ein wunderbar genau gestalteter Fuchs, der triumphierend auf einer Gans hockte, diese aber eher zu begatten denn zu verzehren schien (so genau war die Darstellung aber nicht); und es gab auch einige Köpfe, Holzbüsten und ähnliche Werke, die man bei gutem oder bösem Willen und dichtem Nebel als Matzbäche hätte ansehen können.

Nichts, was gegen die heilige Diskretion verstieße, sagte er sich; auch nicht der mit Baltasars Gesichtszügen ausgestattete lachende Buddha, eine kaum zwanzig Zentimeter große Schnitzerei aus gelblichem Holz, die er eben musterte, als sich hinter ihm jemand räusperte.

»Gut getroffen, würde ich sagen.«

Matzbach drehte sich nicht um. »Unschuldig, Euer Ehren«, sagte er. »Manchmal werden einem visuelle Kakophonien hinterhergeschmissen.«

»Laß dich mal von vorn betrachten.«

Er hatte die Stimme sofort wiedererkannt; in beinahe zwanzig Jahren hatten sich Höhen, Tiefen und Intonation kaum verändert. ›Drei große Liebschaften‹, dachte er, während er sich umzudrehen begann, ›und die mit klebrig Braunem verschmierte Hand von Fräulein Fortuna … Die dritte zerschnitzt mich, die zweite liegt unter der Erde, und die erste muß ausgerechnet hier auftauchen.‹

Ariane Binder war nur unwesentlich gealtert. Das damals von beginnender Versilberung geadelte Blondhaar war inzwischen völlig grau, und sie trug es noch immer kurz. Die Anzahl der gröberen Schleifspuren, die die Zeit in ihrem Gesicht hinterlassen hatte, war geringer als die der Jahre – sie mußte 61 sein, sagte er sich, zwei Jahre jünger als er. Groß und immer noch schlank, als betriebe sie regelmäßig sportliche Fasten; einen Moment kam er sich dagegen vor wie ein feister Greis. Aber dann sagte er sich, daß er das schon immer gewesen sei, und: ›mit der Dauer des Währens schrumpft die Bedeutung des Seins‹.

»Du hast dich eigentlich kaum verändert«, sagte Ariane.

»Bei Kindern heißt das: Du bist aber groß geworden.«

Sie lächelte und stupste mit sanftem Finger seine Bauchgegend. »Bei Baltasar könnte es heißen: Hast du etwa abgenommen?«

»Ein Kilo mehr, ein Kilo weniger; man muß mit seinen Pfunden wuchern, auch wenn es keinen Zins abwirft. Was treibt dich in die Vorhölle der Kunst?«

Ariane blinzelte schnell. »Die Ähnlichkeit gewisser Figuren läßt auf gründlichen Umgang schließen; das mit der Vorhölle darauf, daß es ein ebenso gründliches und unerfreuliches Ende genommen hat, ja? Ich bin rein zufällig hier. Was wären Galeristen und Künstler ohne Frührentner, die Zeit für so etwas haben?«

Baltasar hörte keinerlei Bitterkeit in der Stimme, sah keinen Gram um die Mundwinkel; aber bei der mutmaßenden Suche nach diesen Empfindungen entdeckte er anderes. Dezentes Make-up, zum Beispiel, wie Ariane es früher verschmäht hatte, einen Hauch von Lippenstift, und blaßroten Lack auf den in grauer Vorzeit ungefärbten Nägeln.

»Freiwillig?« sagte er. »Oder hat man dich freigesetzt – falls das der zur Zeit gängige Euphemismus ist?«

Sie hob die Schultern. »Du weißt doch, wie das ist. Sie hätten alle gern Dreißigjährige, die wie fünfundzwanzig aussehen, für das Gehalt von Zwanzigjährigen arbeiten und die Erfahrungen von Siebzigjährigen einsetzen.«

»Warst du bis zum Schluß bei der alten Truppe?«

Ariane nickte. »Und du? Immer noch das gleiche?«

Baltasar versuchte sich an die genaue Bezeichnung des Industrieverbands zu erinnern, dessen Pressestelle Ariane geleitet hatte. Es gelang ihm nicht.

»Ich bin unwandelbar fraktal«, sagte er. »Und leider in heftiger Eile, sonst könnte ich glatt vorschlagen, diese unverhoffte Begegnung in einem Café fortzusetzen.«

Er hatte keinerlei Eile und absolut nichts zu erledigen; er wollte lediglich woanders sein. ›Anderswo?‹ dachte er. ›Anderwann? Vielleicht Nimmerwie.‹

»Schade.« Ariane lächelte – ein Sommerlächeln, das ihn einmal gewärmt hatte. Früher. Vorher. »Ich finde, wir könnten nach all der Zeit ruhig mal essen gehen. Und ein bißchen plaudern. Oder sogar reden.«

Matzbach runzelte die Stirn. »Reden? Ei. Aber wieso nicht? Hast du morgen abend schon was vor? Ich muß irgendwann, so gegen zehn, ein paar Freunde vom Flughafen abholen.«

»Vorher?« Sie nickte. »Ja, ist gut. Wo? Wohnst du immer noch in der Nordstadt? In deiner unmöglichen Bude?«

»Nein. Nicht immer noch, sondern wieder, und in einer anderen unmöglichen Bude. Und du? Plittersdorf?«

»Ich bin ziemlich seßhaft; ja. Aber mobil.«

Sie verabredeten sich für sieben Uhr in einem Lokal nahe der Bonner Oper, von wo Matzbach schnell Richtung Flughafen würde verschwinden können. Dann machte er eine Art Diener und verschwand.

Es dauerte einige Zeit, bis ein freies Taxi vorbeikam; die Wartezeit und die Fahrt zu seinem Parkplatz verbrachte Baltasar mit unwirschen Gedanken.

Einerseits war er beinahe gerührt über die Feststellung, daß Hermine ihn offenbar in erträglicher Erinnerung behalten hatte – erträglich genug jedenfalls, um auf Entstellungen oder andere Formen von Attacken zu verzichten. Andererseits mochte dies weniger an Erinnerungen liegen als vielmehr an den Erfordernissen der Kunst; vielleicht eigneten sich die diversen Hölzer nicht zu Persiflagen, vielleicht hatten sich Holz und Messer gegen die Absichten der Schnitzerin durchgesetzt und einen lachenden Buddha erzeugt, wo Hermine einen feixenden Matzbach anstrebte. Aber wer würde schon einen feixenden Matzbach anstreben? Ihn schauderte bei dem Gedanken.

Und dann auch noch Ariane. Er war nicht ganz sicher, wie er gewisse Anzeichen deuten sollte. Damals, lange her, hatte sie jäh beschlossen, er sei ihr zu unruhig; »anderthalb Jahre mit einem Ungeheuer reichen«. Offenbar waren aber die Erinnerungen entweder verblaßt oder nicht so ungeheuerlich, daß sie ein gemeinsames Abendessen ausschlössen. Oder wollte sie etwa neu beginnen, nach all der Zeit? Allzu ruhiger Ruhestand?

Als der Taxifahrer ihn neben seinem alten Citroën absetzte, war Baltasar noch nicht mit Denken fertig. Deshalb blieb er, nachdem er in die DS gestiegen war, einige Momente reglos sitzen, statt zu starten und Richtung Bonn zu fahren.

›Bin ich etwa abgehauen?‹ dachte er. ›Ei wie denn; ich flöhe nimmer. Sondern was nämlich?‹

Flucht schied schon allein deswegen aus, weil er sich sagte, daß er, wenn Fluchtimpulse ihn getrieben hätten, keineswegs eine Verabredung zu einem Abendessen eingegangen wäre.

Er brauchte fast fünf Minuten, bis ihm endlich die Erleuchtung kam: zuviel Matzbach. »Moi myself«, murmelte er, »plus die Canaillen aus Holz, plus was auch immer in Arianes Augen stak. Ei. Nun denn.« Er ließ den Wagen an; während die DS sich seufzend auf die Beine stellte, fiel ihm ein, daß er einmal vorgegeben hatte, an Omphalophobie zu leiden – krankhafte Abneigung dagegen, den eigenen Nabel zu betrachten, eine in der deutschen Literatur längst nicht ausreichend verbreitete Krankheit. Überdruß, Matzbach nicht nur sein zu müssen, sondern sich mit diesem auch noch beschäftigen zu sollen.

Nachdem er dies endlich begriffen hatte, grinste er und beschloß, auf der Fahrt nach Bonn an interessantere Dinge zu denken. Rosa Elefanten, zum Beispiel, oder Käfer im

Bergischen. Oder Lokale in Bonn, in denen er nach der Dö-
ner-Vorspeise ein wirkliches Nachtmahl zu sich nehmen
konnte.

7.

Konfuzius zufolge ist ein Tag nur gut, wenn man
ihn nach dem Aufstehen mit tugendhaften Tätigkeiten füllt; es bleibt jedoch das Dilemma, daß
ein Tag nichts mehr wert ist, den man mit Aufstehen beginnt.

FELIX YÜ

Der nächste Tag begann ausgezeichnet, wie Matzbach fand.
Die dem Morgen zuteil werdende Auszeichnung war ein gepflegter Landregen, der sich in die Stadt verirrt hatte und
dort den Sommer verfremdete. Baltasar zog den Regen und
die etwas mildere Temperatur den sommerlichen Hitzewal-
lungen der vergangenen Tage vor. Dies vor allem, weil die
Luftfeuchtigkeit des Bonner Sommers durch Regen kaum
vermehrt wurde. Die leise Hoffnung, bei diesem Wetter weniger Leute auf den Straßen anzutreffen, erfüllte sich aber
nicht; außerdem ging der Regen in Genesel über, als Matzbach eben den Bonner Nordverteiler verließ, und lange vor
Erreichen des Kölner Südens brach die Sonne durch und erfüllte die sichtbare Welt mit der optischen und thermischen
Entsprechung von Blöken und Grölen.

Kurz nach Vollendung des ersten Kaffees betrat jemand
das Antiquariat; es war jedoch kein prospektiver Kunde,
sondern ein Fahrradkurier (abgestiegen), der Matzbach einen dicken Umschlag brachte.

Er enthielt die erbetenen Unterlagen über die mysteriöse Säuglingsentführung in Klitterbach: Kopien, Ausschnitte, grobkörnige Fotos. Nach Abzug der Rhetorik, welcher sich offenbar alle mit dem Fall befaßten Dam- und Herrschaften zu befleißigen verabredet hatten, blieben ein paar nicht gerade sättigende Fakten, die Matzbach sich, um sie halbwegs genießen zu können, aus der Mangelsprache der Unterlagen ins Baltasarische übersetzte:

Am 1. Juli genas Babette F., Gemahlin von Dr. Albrecht F., eines Knäbleins, dessen sie durch Handreichungen einer Hebamme sowie vermöge der medizinischen Tüchtigkeit des zeugenden Gemahls (und ob eigener Wünsche) zu Hause entbunden ward. »Gebären begehren?« murmelte Matzbach. »Gier gebärdet, Begehr gebiert? Ah, wenn man nur wüßte. Weiter.«

Solches geschah des Abends. Am nächsten Tag kamen zwei oder etliche Freunde bzw. Nachbarn vorbei, wurden eines schlummernden Bündels ansichtig und genossen mit den Eltern einen muttermilchtreibenden Sekt – Champagner, hieß es in einem anderen Artikel – sowie des heiteren Tages besonnte Anmut. Nachmittags, zur Siesta, stunden dem schönen Wetter Türen und Fenster offen; die junge Mutter schlummerte, den Knaben in der Wiege zur Linken des Pfühles, während der Vater in der Küche größere Kaffeemengen für die erwarteten Besucher bereitete. Nach einiger Zeit bemerkte er, daß sich dräuende Wolken am Himmel ballten und zu balgen begannen; auch erhob sich ein Wind. Das sommerliche Unwetter mit Donner und mehrstündigem Platzregen ahnend, schloß der Hausherr Türen und Fenster, um Zugluft und sonstiger Unbill zu wehren. Als er dabei auf Zehenspitzen, um nicht zu stören, die Zweisamkeit von Mutter und Sohn zu beschauen begehrte, fand er die erschöpfte Mutter schlummernd und die Wiege leer.

Soweit etwa der Hergang. Nun malten die mit fetten Pinseln gerüsteten Journalisten üppig das Entsetzen aus, ließen Nachbarinnen die Hände über dem Kopf zusammenschlagen und die Medien eingreifen. Ein Freund der Eltern, ebenfalls pinseliger Journalist im Dienst eines größeren Privatsenders, und dessen Freundin, die seine Tätlichkeiten durch Verfertigen tränenreicher Prosa für ein Boulevardblatt ergänzte, waren zufällig zum Geburtskaffee angemeldet, erschienen nahezu zeitgleich mit der vom Vater Dr. F. alarmierten Polizei und monopolisierten in den nächsten Tagen die Berichterstattung. Es herrschten Sommer und Überfluß an sauren Gurken, daher genoß man das Wetter und die gesteigerten Quoten bzw. Auflagen. Am Tag nach dem Verschwinden des Säuglings erfuhr man, daß kurz vor Eintreffen der ersten Beamten jemand im Hause F. angerufen habe. Der Säugling sei wohlauf, man verlange von dem zweifellos gutverdienenden Arzt 50.000 Euro und werde sich wieder melden, um Einzelheiten der Übergabe zu erörtern.

Diese zweite Meldung fand jedoch nicht statt. Zur Verzweiflung der Eltern und zum Entsetzen der Berichterstatter schwelgten die Entführer in ungepflegtem Schweigen, wenn man nicht mehrere anonyme Briefe (zusammengesetzt aus Buchstaben, die jemand ausgerechnet aus der Zeitung geschnipselt hatte, für welche die Freundin des Fernsehmannes arbeitete) als Wortmeldung betrachten wollte. Da die Briefe jedoch nichts an Informationen oder auch nur präzisen Forderungen enthielten, wollte dies keiner.

Nach zehn Tagen zermürbenden Wartens setzte der Vater die geforderten 50.000 Euro als Belohnung aus für Hinweise, die zum Auffinden des Kindleins führen würden; eine Woche später erhöhte er auf 100.000 – aber nichts geschah.

Matzbach zog einen Flunsch. Er hatte alles gesichtet, mit teils breitem, teils angewidertem Grinsen die Prosa der Berichte (auch der diversen Transkriptionen von Fernsehsendungen) gekaut und zwischenzeitlich gekichert. Stumm entschuldigte er sich nun bei den Eltern, die das alles sicher nicht lustig fanden; andererseits waren sie wohl nicht ganz unschuldig an der mangelhaften Ästhetik der Reportagen, da sie darauf bestanden hatten, ausgerechnet das Boulevardblatt und den Privatsender mit dem Monopol auszustatten.

Von diesen gab es überdies Weiteres zu vermelden; der Gewährsmann hatte noch ein paar Kopien beigelegt – »falls es dich interessiert«. Mit leicht angewidertem Grinsen las Matzbach, daß der Kandidat des umgebenden Wahlkreises, Lothar Pittrich, sich in Klitterbach oder jedenfalls in der Nähe aufgehalten habe. Er hatte natürlich den armen Eltern kondoliert, seine Unterstützung und die seiner Partei angekündigt – und Wahlkampf gemacht. Oder, wie Baltasar fand, degoutanten Hokuspokus mit sich machen lassen. Offenbar hatte er, wie die Eltern des Säuglings, den Leuten von Boulevardblatt und Privatsender eine Art Monopol gewährt: Monopol, mit ihm Unfug zu machen und dies als Wahlkampfberichterstattung zu veröffentlichen. Man sah (oder konnte erraten; das Gesicht des Mannes war auf den Kopien nicht zu erkennen) den Abgeordneten, wie er mit erhobener Hand einem Panzer Einhalt gebot (Text: »Schluß mit der Verwüstung unserer friedlichen Felder!«), wie er Abfall auf einem Schulhof sammelte (Text: »Der Abgeordnete geht mit gutem Beispiel voran«), wie er mit einem Mädchen an der Hand aus einem Wäldchen kam (Text: »Kandidat rettet Kind vor Wildschwein!«), und so weiter.

»Kandidat macht Handstand auf Misthaufen«, knurrte Baltasar. »Politiker beißt Wildsau. Bäääh. Ob der die Journaille mit Parteigeldern bezahlt oder sich von denen für grauenhafte Stories bezahlen läßt?«

Es blieb ruhig im Laden; offenbar war kein guter Tag für Bücher. Matzbach dachte eine Weile über Wildschweine, Säuglinge, Eltern und Medien sowie bergische Dörfer nach; dann aktivierte er sein Handy und rief den Hacker an.

»Ich hab was«, sagte dieser. »Wann kommst du?«

»Ich kann jetzt nicht. Erzähl's mir doch einfach.«

Schweigen, Summen, etwas wie ein unhörbares Nägelbeißen; dann seufzte der Computerkünstler. »Eigentlich nur gegen Cash, aber weil du's bist«, sagte er.

»Ich bringe dir die Knete vorbei – morgen, einverstanden? Nun schieß schon los.«

Der Hacker holte tief Luft und schoß. Eine Marion Wiegeler, Jahrgang circa 1948 bis 1952, geboren in oder bei Düsseldorf, sei bundesweit nicht aufzutreiben; es gebe fraglichen Alters auch keine verzeichnete Dame Marion XY, geborene Wiegeler. Andere Marions und Wiegelers und Marionwiegelers dagegen wohl. Es habe die Gesuchte jedoch durchaus gegeben, und zwar als einziges Kind inzwischen verstorbener Eltern. Da könne man vermutlich niemanden mehr fragen; immerhin, Düsseldorf stimme, und das Geburtsjahr sei 1951. Aber, wie gesagt, spurlos verschwunden – Namensänderung, mehrfache Heirat, Auswanderung; vielleicht lebe sie heute als Marian Wiggles oder so in Australien.

»Maid Marian«, sagte Matzbach, »she who wiggles. Na ja. Weiter bitte.«

Der Hacker erweiterte. In der Umgebung von Klitterbach gebe es etliche alte Schächte, teils reine Luft- beziehungsweise Versorgungsschächte alter Stollen, teils trockene Tiefbrunnen, teils echte ehemalige Bergwerksanlagen. Man habe dort bis ins 19. Jahrhundert Kohle, Eisen, Zink und Silber gefördert, allerdings von geringer Qualität und stetig abnehmender Menge. Es habe sich nicht einmal in kargen Zeiten gelohnt, deshalb sei alles nach und nach eingestellt worden. Aus dem Fundus der diversen mit Bodenpflege, industrieller Archäologie, Landesvermessung et cetera befaßten Ämter habe er einiges heruntergeladen und ausgedruckt, Karten über alte Fundorte zum Beispiel, die er Matzbach gegen Zahlung der vereinbarten Summe gern aushändigen werde.

»Beim Landesvermessungsamt gäb's das billiger«, sagte Baltasar.

»Auf den Gedanken muß man aber erst mal kommen. Du kennst doch die Geschichte mit der Karrenreparatur – zehn Pfennig für den Schlag mit dem Hammer, neun Mark neunzig für ›gewußt, wo man schlagen muß‹ oder so.«

»Ei ja.«

Der Wagen des unauffindbaren Detektivs Sammy Goldstein habe sich finden lassen, und zwar in allgemein unzugänglichen Polizeidaten. Es handle sich um einen acht Jahre alten Fiesta, der tagelang in der Nähe des Bahnhofs Dieringhausen gestanden habe. Er sei leer gewesen, ohne bedeutende Hinweise, bis auf einen mehrfach gefalteten Zettel. Dieser habe auf dem Beifahrersitz gelegen.

»Was stand drauf?«

Der Hacker schnaubte. »Könnte interessant werden, nämlich so was wie ein Drohbrief. Großbuchstaben, aus einer Zeitung zusammengeschnibbelt. Der Text: Sieh dich vor Saujude hör auf zu schnüpfeln.«

»Schnüpfeln, mit pe eff?«

»Genau so.«

Über den Kontostand des Detektivs gebe es nichts Bemerkenswertes zu berichten: weder große Einzahlungen noch große Abhebungen, kein Reichtum, keine Armut, alles normal.

»Waffen?«

»Wieso Waffen?«

»Ich meine, hat oder hatte Goldstein Waffen?«

»Ach so. Ja, Moment … Hier. Zwei sind registriert. Eine alte Null Acht und eine Walther.«

»Was heißt, er könnte auch noch mehr haben.«

»Vielleicht ist er aus seinem Fiesta in einen Panzer umgestiegen. Weiß man's?«

»Man weiß sowieso viel zu wenig. Noch was zu Goldstein?«

»Ja.« Der Hacker gluckste. »Besonderes Kennzeichen: Trägt fast immer einen offenen Schal.«

»Läßt zur Rechten wie zur Linken einen halben Fittich heruntersinken, oder wie?«

»Oder so, ja. Es ist aber ein besonderer Schal.«

»Mach's nicht so spannend.«

»Seidenschal, nämlich; den hat ihm eine alte Freundin geschenkt, die Kurse in Seidenmalen veranstaltet.«

»Woher weißt du das?«

»Beim Suchen nach Goldstein habe ich seinen Namen in einer offenen Chatrunde gefunden, wo scharfe Jungs und Mädels sich über Piercing und sonstige Accessoires ihrer Liebsten äußern.«

»Irgendwas Besonderes an dem Schal?«

»Und ob. Grundfarbe türkis, darauf hellrote beziehungsweise – abweichende Äußerung, läuft aber wohl auf dasselbe hinaus – grellrote Darstellungen.« Er machte eine Pause.

Matzbach stöhnte. »Spuck's schon aus, Mann!«

»Die Freundin sagt, sie hat ihm die drei Dinge, für die er sich interessiert, ziemlich deutlich draufgemalt. Einen Geldschein – Hunderter –, seinen Pimmel und ihre Möse.«

Matzbach murmelte: »Grundfarbe türkis, was? Hurra. Und die anderen Fragen?«

»Also, Knabe in Schacht gefallen is nix. Ich nehme an, das würde man vielleicht im Archiv der zuständigen Lokalzeitung finden, nach langem Suchen, aber es ist offenbar nie EDV-mäßig verarbeitet worden. Über die Schatzgeschichte, verbuddelte Franzosenbeute oder was auch immer, gibt's nicht mehr, als du ohnehin weißt. Irgendwer hat mal was auf der Homepage eines Heimatvereins abgesondert, aber nur Mutmaßungen, die sich immer auf diesen Montanus beziehen.«

Der Hacker sagte – deutlich stolz ob seiner Umsicht –, er habe auch alle umliegenden Museen und in Frage kommenden Auktionshäuser abgegrast, größere Münzmengen aus der Zeit zwischen 1750 und 1800 betreffend – Fehlanzeige, jedenfalls nichts Auffälliges. In den diversen zugänglichen oder auch mühselig zu knackenden Quellen gebe es ferner über den Säugling und seine Entführung nicht mehr als in den Zeitungen.

Die Dame, die laut Yüs Ankündigung den Laden möglicherweise übernehmen wollte, ließ sich weder sehen noch vernehmen; Matzbach verbrachte einen beinahe ruhigen Nachmittag, ungewöhnlich für Freitage, mit wenigen Kunden, kaum Umsatz und einem kleinen Abstecher zu einem Juwelier in der Nähe, dem er den Ring zeigte.

»Ich wollte gleich auch noch zu Ihnen kommen«, sagte der Mann. »Ich brauch was zu lesen fürs Wochenende. Und was haben wir denn da?«

Er klemmte sich das unvermeidliche Spezialmonokel ins linke Auge, drehte den Ring hin und her und pfiff dabei leise durch die Zähne.

»Irgendwer war mal unvorsichtig damit«, sagte er. »Hier ist was abgerieben, nein, abgesplittert, wie bei einem Sturz aus großer Höhe. Oder« – er kicherte – »die Dame, deren Finger der Ring zierte, hat das Schmückchen abgezogen und wütend auf den Boden geknallt, als der Gemahl ihr seine Maitresse vorstellte. So ähnlich.«

Baltasar versuchte, etwas zu sehen, konnte aber keinerlei Absplitterung erkennen.

»Vermutlich um die Mitte des achtzehnten Jahrhunderts angefertigt. Schönes Stück. Was ist damit?«

Matzbach hob die Schultern. »Erbstück; hat ein Freund mir mitgegeben, um es taxieren zu lassen. Ich habe ihm gesagt, Sie wären der Beste für so was.«

»Danke.« Mit einer Miene des Bedauerns gab der Juwelier ihm den Ring zurück. »Wenn er ihn verkaufen will, würde ich ihn gern in Kommission nehmen.«

»Können Sie eine Hausnummer nennen?«

Der andere blies die Wangen auf. »Tja, das ist etwas für Liebhaber; wahrscheinlich müßte man ein bißchen warten, bis der Richtige vorbeikommt. Ich kenne ein oder zwei Leute, die sich dafür interessieren könnten, aber …«

»Was schätzen Sie denn, so ungefähr?«

»Abzüglich meiner Kommission könnte Ihr Freund wohl mit, na ja, ungefähr zwanzigtausend rechnen. Euro.«

»Ts ts ts«, machte Baltasar. »So viel für ein bißchen Metall und grünliches Glas?«

»Sie sind ein Banause, Mann! Das hat wahrscheinlich ein venezianischer oder florentinischer Goldschmied gemacht; ich kenne jemanden, der das notfalls sogar auf zwei oder drei Namen einengen könnte. Das Metall, Sie dummes Stück, ist Gold, und was Sie grünliches Glas zu nennen belieben, ist ein Smaragd. Wahrscheinlich kolumbianisch.«

8.

Dann will ich gern eine Beute für Hunde sein
und den Vögeln, die ringsherum nisten, ein Fraß;
denn der Tod schenkt Freiheit
vom tränenerregenden Schmerz.
Komme der Untergang, packe mich
vor dem Beischlaf der Hochzeitsnacht!

AISCHYLOS

Um sechs schloß Matzbach den Laden; kurz vor sieben fand
er einen Parkplatz in der Nähe des Bonner Rheinufers. Ariane traf wenige Minuten später ein.

Das Abendessen bestand aus vielen kleinen Schweinerei-
en kulinarischer und verbaler Art und war angenehm ent-
spannt. Matzbach fand es – überrascht – nicht überraschend, daß man schnell zu einem beinahe altvertrauten,
spöttischen Tonfall fand. Dabei begann alles mit einer eher
peinlichen Beinahe-Doppelung. Ariane sagte: »Und wie ist
es dir so ergangen, oder was man jetzt so sagen sollte?«, und
gleichzeitig sagte er: »Und wie hat das Leben dich betreten,
falls es das getan hat?«

Während des Essens tauschten sie nicht besonders infor-
mative Informationen aus, die im wesentlichen daraus bestanden, daß Matzbach sich weigerte, über sein Innenleben
zu reden (»du weißt doch, ich habe keins«), während Ariane andeutete, daß sie länger mit einem zusammengewesen

sei, dessen Herz vor zwei Jahren den Dienst aufgegeben habe.

»Wenn er großherzig war, könnte es einfach an Überdehnung gelegen haben.«

»Klingt wie Matzbach«, sagte sie.

»Was? Das Herz?«

»Der Kommentar. Kommt mir irgendwie immer noch bekannt vor.«

Nach kurzer Pause, in der er sich eine Grimasse verkniff, sagte er:

»In der Schüssel der Beziehung scheint nach Verdunsten der Amouren ein Bodensatz Freundschaftlichkeit zurückgeblieben zu sein; oder so; oder wie? Nachhut, gewissermaßen; könnte man das jetzt ein Nachhutgefecht unter Zurückgebliebenen nennen?«

Ariane lachte und kräuselte die Nase. »Früher hättest du wahrscheinlich noch was von geistig Zurückgebliebenen gesagt oder retardierende Amnesie erwähnt. Kann es sein, daß du ohne weitergehende Änderungen einfach sanftmütig geworden bist?«

»Das kann nicht sein.«

»Weil nicht sein kann, was nicht sein darf? Oder was nicht zugegeben sein darf?«

»Gibt's zwischen diesen beiden Varianten einen wichtigen Unterschied?«

»Den gleichen, möglicherweise«, sagte Ariane betont beiläufig, »wie zwischen etwas noch tun und etwas wieder tun.« Sie legte die Linke auf Baltasars Rechte.

Matzbach schwieg einen Moment. Dabei betrachtete er zunächst die Hand, die schlanken schmucklosen Finger mit den dezent lackierten Nägeln; dann hob er den Blick und sondierte Arianes Gesicht. Eine Hälfte seiner Gedanken erwog angenehme An- und Aussichten und verheddette sich in Metaphern: antike Glut unter Asche, der passende Blasebalg zum Entfernen dieser und Anfachen jener, dazu die Rückfälligkeit von Verbrechern angesichts ersprießlicher Schauplätze, außerdem Kitsch, der auf Stelzen über einen Gemeinplatz wandert. Die andere Hälfte sortierte Bemerkungen darüber, daß er nicht viel davon halte, seinerzeit einfach so lediglich darum abgeschafft worden zu sein, um sich nun wieder bei Bedarf anknipsen zu lassen, und beschloß dann, diese ungesagt zu verschlucken.

»Du hast da eben etwas ganz richtig gesehen, wiewohl falsch«, sagte er statt all dessen.

»Erleuchte mich, o Baltasar.«

»Von wegen sanftmütig geworden; nein, bin ich nicht, aber wahrscheinlich hast du andere Auswirkungen der galoppierenden Vergreisung gesehen und daraus auf mögliche Sanftheit geschlossen.«

»Vergreisung?« Ariane kicherte. »Das muß ziemlich – ja, wie sein? Einfach ziemlich wie, oder?«

»Weder sowohl noch als auch. Aber mit der Jahre Anzahl, nunmehr dreiundsechzig, läßt meine mangelhafte Verwendbarkeit als Kuschelbär oder Nachtgespiele nicht einmal mehr zu wünschen übrig, allenfalls noch zu erinnern. Das Verfallsdatum ist überschritten, liebe Ariane. Die Nähe schöner Frauen ist für alte Männer bestenfalls bestürzend.«

Langsam zog sie die Hand zurück. »Das heißt nein, im weniger höflichen Klartext«, sagte sie.

Baltasar musterte das Arrangement aus zusammengeknüllten Servietten und Brotresten. »Bis vierzig passen Frauen und Männer zwar nicht zusammen, aber auf- und ineinander, und miteinander können sie es vielleicht aushalten. Danach?« Er hob die Schultern. »Zunahme des Mangels an

Durchführungskompetenz bei gleichzeitigem Schwinden der Geistesgegenwart macht Männer zu entbehrlichem Spuk. Frauen dagegen gedeihen jederzeit prächtig. Ich fürchte, es wäre auch in der Konversation nur eine Reihe kläglich scheiternder Wiederholungen. Wiederholungen.«

»So schlimm?« Ariane schüttelte mit einem beinahe trotzigen Lächeln den Kopf. »Sollte man nicht vielleicht noch einmal darüber reden? Oder zweimal? Bei Kaffeetrinken?«

»Kaffeetrinken«, sagte Matzbach.

Gegen zehn holte er Daniela und Yü ab, deren Chartermaschine eine Ladung braungebrannter, widerlich erholt aussehender Leute ausspie.

»Ihr seht braungebrannt und widerlich erholt aus«, sagte Baltasar zur Begrüßung. Er umarmte Daniela und klopfte Yü auf die Schulter. »Ich hoffe, du hast an dieser Stelle Sonnenbrand. Wie war's denn so?«

»Widerlich erholsam und bräunend«, sagte Daniela.

»Jetzt freuen wir uns darauf, ob Eurer Gegenwart des Grames Fahlheit zu gewinnen, herrlicher Mann.« Yü blinzelte. »Und wie war's hier? Hat sich die Erwerberin des Horts bedruckter Papiere gemeldet?«

»Sie hat derlei intensiv unterlassen.« Matzbach öffnete den Kofferraum der DS. »Der Hort der Gepäckstücke, bitte sehr. Ich nehme an, sie will das mit kompetenten Partnern erörtern. Wahrscheinlich fürchtet sie, daß ich sie herunterhandle.«

»Rauf, meinst du doch sicher?« sagte Daniela auf dem Weg zur Beifahrertür.

»Nein, Holde, meine ich nicht.« Baltasar klemmte sich hinter das Lenkrad; von der Rückbank gab Yü windartige Geräusche von sich, die Seufzer sein mochten, wenn nicht

Schlimmeres. »Ich würde ihr sagen, daß der Bestand weniger wert ist, als sie hofft, und viel mehr, als die Bewohner der heiligen, aber bildungslosen Stadt Köln dafür auszugeben bereit sind. Das möchte sie wohl abschrecken und ihre Illusionen mindern; wovor Erwerber von Antiquariaten sich bekanntlich fürchten.«

»Hach.« Daniela beendete das Anschnallen, indem sie die linke Hand kurz auf Matzbachs Oberschenkel legte. »Es tut gut, dein Geschwätz wieder zu hören. Irgendwas hat mir gefehlt.«

»War sehr erholsam, ja«, sagte Yü. »Mir hat das irgendwie nicht gefehlt.«

Baltasar ergriff Danielas abgewanderte Hand und führte sie an die Lippen. Nach einem lauten Schmatz erstattete er sie ihr zurück. »Du labst mein Gehör. Aber sag an, was ist mit deinen Nägeln?«

»Was soll mit meinen Nägeln sein?« Daniela betrachtete die Objekte von Matzbachs Rede.

»Es war einmal eine Winzerin mit feinen, wiewohl kräftigen Fingern. Dann ergab sie sich dem Verräumen von Büchern und Chinesen, wodurch – leider kaum ein Paradoxon, gebe ich zu – die Feinheit zunahm, wiewohl die Kraft schwand. Nun ward gänzlich ersetzt die Kraft durch Freude, eh, Bräune, und die Feinheit ertrank in Lack. Seit zehn Jahren kenne ich deine Hände, und jetzt hast du erstmals Nagellack aufgetragen. Was, frage ich mich, steckt dahinter?«

»Willst du es wirklich wissen?«

»Ist es intim? Wenn es nämlich intim ist, will ich es nicht wissen.«

»Es ist intim.« Sie schnalzte leise. »Felix ist fast überall braun, und da, wo er nicht braun ist, ist er hellhäutig und

70

schwarzbehaart. Ich finde, da paßt ein bißchen Rot gut hin. Vor allem bei gewissen ...« Sie brach ab.

Matzbach wartete zwei oder drei Sekunden; dann sagte er: »Du hast recht, das ist intim, und ich danke dir, daß du es mir nicht gesagt hast.«

Auf der Fahrt nach Köln gab es einen kleinen Austausch defätistischer Chinoiserien über die Qualitäten deutscher, britischer und amerikanischer Urlauber in der Karibik. Daniela berichtete von der zufälligen Pool-Begegnung mit der Dame, die zuviel Geld hatte und dieses in ein Antiquariat investieren wollte.

»Und wenn das alles über die Bühne geht«, sagte Baltasar, »was werdet ihr zwei denn dann mit der Knete und der hinfort sich türmenden Freizeit anfangen?«

Yü räusperte sich. »Wir sind, sagen wir mal, der mitteleuropäischen Kultur überdrüssig und wollen uns in die karibische Zivilisation begeben.«

»Desertieren?«

»So ähnlich. Wir würden gern eine Hafenkneipe aufmachen und sie *Buccaneer's Barbecue* oder *Long John's Lair* oder *Silver's Theatre* oder so ähnlich nennen.«

Matzbach nickte heftig. »Kann ich verstehen. Statt über Heizkosten und Sozialabgaben wollt ihr euch lieber Gedanken über den Nachlaß der von Haien dezimierten Gästeschar machen, nicht wahr? Falls die Touristen euch ins Testament aufnehmen.«

»Für dich ist jederzeit ein Feldbett neben der Traufe reserviert«, sagte Daniela. »Mit Moskitonetz und *yo ho ho a bottle of rum.*«

»Ich bin gerührt.« Baltasar zog den Inhalt seiner Nase hoch. »Ich fliege aber so ungern, daß ich die Einladung erst annehmen werde, wenn wieder Linienschiffe fahren.«

»Damit haben wir gerechnet«, sagte Yü. »Sonst wäre die Einladung ja leichtfertig, um nicht zu sagen riskant.«

»Hafenkneipe«, murmelte Matzbach. »Keine Antiquariate, Weinberge oder Kampfsportschulen?«

»Keinerlei und nichts davon.«

»Vorher gäbe es aber noch etwas zu tun, bei dem vielleicht Startkapital für die Unternehmung zu gewinnen ist.«

Daniela sagte leise: »Ah nein, nicht doch schon wieder.«

»Was denn etwa?« Yü klang durchaus interessiert.

Matzbach berichtete von Klitterbach und einer sechszehigen Dame, französischen Münzschätzen, einem entführten Säugling und einem verschwundenen Detektiv. Zum Schluß sagte er:

»Machst du mit?«

Yü wartete, bis Baltasar den Wagen heroisch eingeparkt und ausgeschaltet hatte. Dann öffnete er die hintere Tür und sagte allgemein in die Nachtluft des Kölner Südens: »Klingt gut. Wir hatten ja auch länger nichts Derartiges. Wie Konfuzius sagt, sollte man neue Pläne erst dann machen, wenn die alten möglichst pittoresk gescheitert sind.« Er stieg aus.

Daniela seufzte. »Chef, hast du jemals etwas so schön zusammenkrachen sehen?«

Yü ging um den Wagen herum und öffnete ihr die Tür; mit einer halben Verbeugung sagte er: »O Danybaby, wem gilt dein Seufzen?«

»Euch.« Sie stieg aus und baute sich auf dem Trottoir auf; mit verschränkten Armen stand sie da, bis Matzbach ebenfalls den Wagen verlassen hatte. »Wie ich den da kenne, soll es morgen früh gleich losgehen, oder?«

»Nett von dir, daß du so freundlich bereit bist, der Erholung die Stirn zu bieten, dem Jetlag zu trotzen und morgen den Laden zu übernehmen«, sagte Baltasar. »Ich wußte, auf dich ist Verlaß. Habe ich nicht schon oft gesagt, daß Frauen in ihrer Art das Beste sind?«

»Alles, damit die Jungs ihr Abenteuerspiel durchziehen können.«

Nachdem sie die Koffer in die Wohnung geschleppt hatten, holte Matzbach aus dem Wagen noch die Flasche Ygay, entkorkte den Willkommensschluck und füllte drei Gläser.

»Damit ihr wißt, daß ihr vom zivilisierten Rum wieder auf den kultivierten Wein heruntergekommen seid«, sagte er. »Schön, euch zu sehen. Prost.«

Yü hielt das teuer gefüllte Glas mit den Zähnen fest, während er die Beine auf dem Ledersofa verknotete. Dann nahm er die Hände zu Hilfe, um einen Schluck zu trinken. »Endlich bequem sitzen«, sagte er mit einem Seufzer.

»Und morgen unbequem aufstehen. Ich zöge aber sogar einen Sitz in der Sardinenbüchse einer Fluglinie dieser Folterform vor.«

»O Matzbach, du hast keine Ahnung, welche Labsal es für Beine ist, die daran gewöhnt sind.«

»Wohl wahr. Also, wie wollen wir verfahren?«

Sie debattierten eine Weile über die Vorzüge und Nachteile, sich in Klitterbach direkt detektivisch umzutun; am Ende beschlossen sie, Maske zu machen. Baltasar zog aus dem nicht existenten Zylinder einen Vorschlag, den er nach langem Brüten dort deponiert hatte: zwei Landschaftsmaler mit Leinwänden, Staffeleien und allem Zubehör. Er werde am Samstag – morgen – das nötige Zubehör beschaffen, danach könne man aufbrechen.

Yü strahlte breitmäulig. »Ich wollte schon immer das Prinzip der chinesischen Tuschezeichnung, also Tuschel-Chinoiserie, gegen die Hügelkuppen des Bergischen Landes einsetzen. Kannst du denn überhaupt malen?«

»Überhaupt gar nicht; das macht es ja so kunstvoll.«

Daniela keckerte. »Baltasar, hurtig den Pinsel schwingend. Du brauchst aber unbedingt einen Schlapphut und einen langen weißen Schal, Typ Fledermaus, zum Reinigen der Pinsel.«

Matzbach nickte. »Du willst mich zur Albino-Fledermaus machen, wie?«

Daniela streifte Yü mit einem Seitenblick. »Na ja, pinselmäßig ist doch sonst mit älteren Herren nicht viel los.«

9.

Die Gewalt, die vom Volk ausging, hat sich bisher
nicht wieder blicken lassen. Sagen wir, sie ist ver-
schollen; vielleicht findet man sie auf einer Reise
durch dies verwunschene, kaum verheißene Land.
Reisen bildet, verreisen verbildet.

JAKOB JANSEN

Am Samstagmorgen brachte Matzbach, wie abgemacht, dem
Hacker einen größeren Barbetrag. Bei strammem Kaffee im
Antiquariat überlegten er und Yü danach, ob sie nicht doch
lieber pendeln und in gewöhnlichem Zivil ermitteln sollen.

»Es wäre ein Jammer, die netten Überlegungen nicht um-
zusetzen«, sagte Daniela; dann gähnte sie. »Männer mit Pinsel sind viel besser als Frauen mit Jetlag. Und wie heißt das
Kaff noch mal? Knötterbach?«

»Klötenbach«, sagte Matzbach. »Mangels Masse.«

»Kleckerbach, weil man da so schön mit Farbe sauen
kann.« Yü fuchtelte mit den Armen, als würfe er literweise
Karosserielack in die Landschaft.

»Also – pendeln oder nicht pendeln? Ist das hier die Frage?«

Daniela gähnte abermals. »Ich hätte nichts gegen Bewe-
gungen des Pendels, wenn es das richtige ist.«

Matzbach kratzte sich den Kopf. »Ihr seid obszön, Ver-
ehrteste. Zeit, daß man Euch in der Karibik versenkt.«

»Wie Meng-tse sagte, kann der Reinlichste nicht in Gelassenheit sudeln, wenn es dem über die Maßen befleckten Nachbarn nicht genehm ist.«

Matzbach schwieg einen Moment. »Ach ja, die Weisheit der Chinesen«, sagte er dann. »Das trifft mich tief. Nun denn, aber wie? Ich glaube, trotz aller Hers und Hins und Kunz sollten wir bedenken, daß es sich um einen entlegenen Ort handelt. Klitterberg, meine ich, oder Klapperbach, oder Kletterburg.«

»Entlegen?« sagte Daniela. »Mindestens dreißig Kilometer Luftlinie von Köln, also kurz vor Sibirien, oder wie meinst du?«

»So ähnlich.«

»Was hat es mit der Entlegenheit auf sich?« Yü blickte interessiert.

»Entlegene Orte sind für bloß Zugereiste nicht zu durchschauen.« Matzbach rieb das Gesäß an der Kante des Kassentischs. »Sie sind gewöhnlich bewohnt von Personen, die mangelnde Weltkenntnis vorteilhaft verbinden mit überschäumender Heimatliebe.«

Daniela grinste. »Ach!«

»Eben. Wie wir aus Köln und Bonn, aber auch Paris und Berlin wissen, sind Metropolen Hochburgen des Provinzialismus; in der Provinz dagegen gibt es keinerlei Hochburg, sondern nur die Flachheit, vor allem in hügeligen Gegenden. Wer dort etwas erfahren will, muß sich heftig anpassen.« Er zauderte, dann sagte er: »Wollen wir es osmotische Anpassung nennen? Eintauchen, um von innen zu erfühlen, wie alles tickt.«

Yü schüttelte den Kopf. »Die Bewohner sind, deinem Vernehmen nach, lauter Zivilisationsflüchtlinge, vor allem aus Köln; Medienleute und so was. Meinst du wirklich, die müßte man behandeln wie Marsbewohner beim ersten Kontakt?«

»Vorsichtiger.« Matzbach schnitt eine Grimasse. »Marsbewohner, sagen wir mal so, dürften für ihre Umgebung relativ normal sein. Wir haben es dagegen in Kittelbach ausnahmslos mit Durchgeknallten zu tun. Und die wenigen überlebenden Eingeborenen sind so an Durchgeknallte gewöhnt, daß wir nur eine Chance haben, wenn wir irgendwie mitspielen können.«

»Er meint«, sagte Daniela mit hörbarem Hohn, »nur als Meschuggene maskierte Meschuggene haben eine Chance, für normal gehalten zu werden. Ihr braucht euch also nicht weiter zu verstellen.«

»Also nix wie hin.« Yü leerte seinen Kaffeebecher und stand auf. »Hast du dir schon überlegt, wo du das künstlerische Zubehör kaufen willst?«

»Feuchtwarme Gedanken habe ich mir gemacht.« Matzbach nannte den Namen eines größeren Ladens am Rande der Innenstadt. »Was brauchst du denn so, für malérische Chinoiserien? Tusche, Pinsel, Skizzenblock?«

»Anders als du«, sagte Daniela, »kann Felix tatsächlich malen.«

»Erspart mir das.« Baltasar preßte die Lippen zu einem schmalen Strich. »Keine weitergehenden Intimitäten über den Einsatz persönlicher Pinsel; ich werde jetzt einkaufen gehen. Geldverschwendung ist für einen Greis angenehmer, als daß er den Frivolitäten der Jugendlichen lauschte. Kommst du mit?«

Unterwegs hielt Yü einen von Matzbach bestenfalls durch Grunzlaute punktierten Monolog über die Möglichkeiten, im Bergischen Land nicht nur Hügelkuppen mittels Tusche zu vertuschen oder zu verkuppeln; man könne, sagte er, ja auch Kurse anbieten, um derlei Kunstfertigkeit weiter zu verbreiten. Zweifellos gebe es dort, wo die schönen Menschen der schönen neuen Medienwelt sich tummelten, jede Menge Bedarf an Lehrveranstaltungen für Batik, Heilpraktik, Wünschelrutengehen und andere Zerstreuungen, warum also nicht auch Tusche?

Ferner erörterte er, daß zum Zweck der besseren Maskerade ein Chinese neben chinesischer Malerei auch verheißen könnte, Modepazifisten asiatische Kampfsportkurse zu erteilen und zu diesem Zweck nebenher nach Gebäuden und Infrastruktur zu suchen. Was der Schnüffelei nur dienen könne.

»Matzbach dagegen«, sagte Yü versonnen, mit einem Unterton von begieriger Erwartung oder freudigem Ausblick auf eine Naturkatastrophe, »wird nur malen, und wie: abstrakte Landschaftsdeformationen, Stilleben mit Lärm, allegorische Collagen mit Algorithmen. Habe ich etwas vergessen?«

»Einen Knebel«, sagte Baltasar. »Möglichst automatisch. Einen, der bei Annäherung geschwätziger Chinesen aktiv wird.«

Sie kauften einen schwarzen Schlapphut für Matzbach, dazu Tusche, Pinsel, Kreide, Ölfarben, Paletten, Staffeleien, Leinwand, Skizzenblocks, Wischlappen, Lösungsmittel, packten alles zu ihrem Gepäck in die DS und brachen auf. Zuvor desertierte Yü kurz; als er wieder auftauchte, hatte er Meßtischblätter von Klitterbach und umliegenden Gegenden beschafft. Matzbach pries ihn dafür.

Um nach Klitterbach zu gelangen, mußten sie – »liegt präzise irgendwo zwischen Gummersbach, Lindlar und Wipperfürth; man könnte es auch das Bergische Bermuda-Dreieck nennen, was?« sagte Baltasar – von Bundesstraßen und ähnlichem Zubehör der Zivilisation Abschied nehmen und sich immer engeren, windungsreichen und oftmals defekten Wegen anvertrauen. Yü sagte, man habe hier die Frostaufbrüche des vorigen Winters nicht repariert, weil der nächste Winter zweifellos kommen werde und sich wohl fühlen solle.

»Wie Meister Kung schon so treffend sagte«, setzte er hinzu, »ist es nicht förderlich, einen Brunnen leerzuschöpfen, in den der Fürstensohn gefallen ist; auch andere Kinder mag es bisweilen dürsten.«

In einer wundersamen Berg- und Talfahrt bestaunten sie Viehweiden, einsame und weniger einsame Gehöfte, alte Schieferschindeln auf alten Häusern, mindestens drei verschiedene Typen des mitteleuropäischen Holzzauns, braune Kühe, schwarzweiße Kühe, weiße Kühe, Pferde, Schafe, hin und wieder sogar Personen.

»Wenn ich nicht ahr- und eifelgestählt wäre«, sagte Yü, »könnte ich mich glatt darüber wundern, daß so viel Gegend so nah an einer Metropole gedeiht.«

»Na ja.« Matzbach schnaubte leise. »Metropole? Gedeihen? Abermals na ja.«

Klitterbach selbst lag in einem weiten Tal, durch das – wie Yü frei vom Meßtischblatt dozierte – sich der gleichnamige Wasserlauf schlängelte.

»Keine Tankstelle«, sagte Matzbach. »Ein Bus wohin auch immer, wahrscheinlich zum nächsten Bahnhof. Anzahl der Bevölkerung vielleicht sechzehnhundert, Verteilung der Geschlechter gemischt mit Streifen. So etwa?« Er schaltete herunter, in den zweiten Gang, und ließ die Pallas schleichen.

»Wie kommst du auf sechzehnhundert?« Yü blickte durch die Windschutzscheibe auf einen der pittoresken Vorgärten, die eine Reihe Neubauten an der Hauptstraße gleichsam als Sättigungsbeilage garnierten.

»Ich hab die Schornsteine gezählt und mit dreieinhalb multipliziert.«

»Interessant. Ein Kaff mit vierhundertsiebenundfünfzig Komma eins vier irgendwas Schornsteinen?«

»Richtig. Das da ist Komma eins vier irgendwas.« Baltasar wies auf ein leeres Grundstück zwischen zwei Häusern; dort kokelte etwas vor sich hin, was Ruine eines Bienenkorbs oder Meiler eines untüchtigen Köhlers sein konnte, wahrscheinlich aber nur ein vorzeitiges Kartoffelfeuer war. »Übrigens bin ich einbedruckt, was deine Kopfrechnerei angeht.«

Yü schob die Unterlippe vor. »Hast du etwa nachgerechnet?«

»Lieber nicht; am Ende stimmt's auch noch. Ei, sieh mal!«

Von rechts, wo jenseits von Feldern eine Pappelreihe das Bachufer markierte, kam ein mit Stopschild versehener Weg zur Hauptstraße geschlendert, eine peinlich saubere Ziegelmauer entlang. Ein paar Schritte weiter, an der Hauptstraße, prangte an einer der beiden mannshohen Betonsäulen, die das Gittertörchen einfaßten, ein Emailleschild alter Art mit der Aufschrift:

DR. MED. ALBRECHT FLEISSNER – PRAKTISCHER ARZT – ALLE KASSEN – SPRECHSTUNDEN …

Die Uhrzeiten waren jedoch so winzig angegeben, daß Matzbach sie vom Auto aus nicht lesen konnte.

»Ist er das?« sagte Yü; er verrenkte sich beinahe den Hals, um beim Weiterfahren gründlich zurückzublicken.

»Müßte er sein. Ich glaube nicht, daß in einem Ort dieser Größe zwei Ärzte namens Fleißner existieren.«

Baltasar kuppelte aus und ließ den Wagen rollen, bis er

neben einer Laterne stehenblieb. Im Rückspiegel betrachtete er das Haus der Leute, denen man einen neugeborenen Jungen gestohlen hatte.

»Ob sie sich noch Hoffnungen machen?« sagte Yü.

»Kommt drauf an.«

»Worauf?«

»Zum Beispiel, wieviel Hoffnungen sie am Anfang hatten. Vielleicht haben sie inzwischen von den Kidnappern noch was gehört. Nettes Gemäuer.«

Das Haus, in dem sich Wohnung und Praxis befanden, war quadratisch: ein wenig der französische Landhaustyp. Matzbach schätzte, daß die beiden Stockwerke zusammen mehr als dreihundert Quadratmeter Wohnfläche boten; vielleicht hatten die Fleißners auch noch das Dach ausgebaut, und wenn er sich nicht irrte, lag der Praxiseingang vom Törchen aus rechts abwärts, eine metallbeschlagene Holztür im Souterrain. Die Fenster des eigentlichen Hauses waren nicht vergittert, es gab auch keine Rolladenkästen, nur hölzerne Läden alter Art. Um das Haus lag ein gepflegter Garten mit diversen Beeten und Gesträuch; kein Baum, der älter als vielleicht zehn Jahre sein konnte. Zur Hauptstraße wurde der Garten begrenzt durch ein etwa hüfthohes Mäuerchen mit aufgesetztem Metallgitter; zum Nachbarhaus gab es wie zum Feldweg hin eine hohe Ziegelmauer, und nach hinten, zum Richtung Bach abfallenden Gelände, eine lichte Hecke.

»Um da reinzukommen, muß man nicht besonders gelenkig sein«, sagte Yü.

»Willst du damit andeuten, selbst mir wäre es möglich gewesen, den Säugling zu klauen? Ich war's aber nicht.«

»Hast du ein Alibi?«

Matzbach fuhr langsam wieder an. »Im Zweifelsfall war ich gerade auf dem Klo.« Dann stoppte er. »Moment.«

Im Rückspiegel sah er einen Mann aus dem hinteren Teil des Gartens kommen. Er trug abgerissene Freizeitklamotten und hatte eine Heckenschere unter dem linken Arm. Vor der Haustür blieb er stehen, legte die Schere auf die oberste der drei Stufen, zog etwas – vermutlich einen Schlüsselbund – aus der Hosentasche und schaute einmal kurz zur Straße, ehe er die Tür aufschloß und ins Haus ging.

»Ob er das war?« sagte Yü.

»Wer sollte es sonst sein? Aber das wird sich weisen.«

Der eigentliche Ort bestand aus meist schiefergedeckten und an den Wetterseiten mit Schiefer verkleideten Häusern, die in der Mehrzahl spätes 19. Jahrhundert zu sein schienen. Dazwischen gab es auch ein wenig Fachwerk. Die Kirche lag rechts der Hauptstraße, am Scheitelpunkt eines fast gleichseitigen Dreiecks: des mit Kopfsteinen gepflasterten Platzes. Ihr gegenüber, etwa in der Mitte der Fassadenfront, stand – unten Fachwerk, oben Schieferplatten – ein Lokal. ›Wahrscheinlich *das* Lokal‹, dachte Matzbach; ›eigentlich sollte es Hypotenuse heißen, oder Opposition, oder so.‹ Auf dem Messingschild, das über dem Eingang an einer kurzen Stange senkrecht zum Haus baumelte, war in verschnörkelten Lettern Die Tränke zu lesen; neben der Tür vermerkten weitere Schilder, es gebe Fremdenzimmer und bürgerliche Küche.

»Ich finde, das paßt sehr gut.«

Yü blickte ihn von der Seite an. »Du hast doch bestimmt gerade furchtbar gedacht, ohne mich zu informieren. Was, bitte, paßt sehr gut?«

»Das Kopfsteinpflaster zum Citroën, wir zu dem Lokal, das Lokal zur Kirche, die Umgebung insgesamt zu wandernden Kunstmalern.«

»Hier einquartieren?« Yü hob die Brauen; dann nickte er.

»Warum eigentlich nicht? Hier gibt's bestimmt reichlich Bier, also wirst du nicht viel trinken.«

Matzbach rümpfte die Nase. »Es könnte mir wie immer gelingen, dich zu erstaunen.«

Nachdem er den Wagen auf einen Kopfstein-Parkplatz bugsiert hatte, gingen sie in die *Tränke*. Offenbar war halb drei nachmittags nicht die richtige Zeit; das Lokal war leer. Durch lautes Rufen und Händeklatschen scheuchte Matzbach eine etwas verhuschte Kellnerin in einem der hinteren Räume auf. Sie zeigte ihnen zwei schlichte Zimmer, jeweils mit Bad und schlichtem Preis; als Matzbach ihr daraufhin zwanzig Euro in die Hand drückte, machte sie eine Art Knicks.

Auf dem Weg zum Wagen, aus dem sie das Gepäck holen wollten, sagte Yü halblaut:

»Bißchen heftig, oder? Zwanzig?«

»Vielleicht weiß sie was. Und wenn sie sich bei Fragen an das Trinkgeld erinnert, könnte das dem Erinnern an mögliche Antworten helfen.«

»Die sieht nicht so aus, als ob sie viel wissen könnte.«

»Denk an stille Wasser. Und wenn nichts dabei herauskommt, haben wir jedenfalls jemanden überrascht und ein wenig glücklicher gemacht.«

Yü nahm seine Reisetasche, hängte sie über die Schulter und blickte zwischen Matzbach und der Eingangstür hin und her. »Glücklicher? Ob sie nicht vielleicht eher bangt?«

»Ei, warum sollte sie das?« Matzbach schloß den Wagen ab; dann schloß er ihn wieder auf und steckte den Schlüssel ein.

»Warum schließt du zu und wieder auf?«

»Der Reihe nach, bitte. Ich bin zuerst dran; ich habe zuerst gefragt.«

Yü stöhnte. »Korinthenkacker. Vielleicht ist sie besorgt, daß du wegen des heftigen Trinkgelds auf irgendwelche nächtlichen Sonderdienste spekulierst. Das Mädchen ist höchstens Mitte zwanzig und sieht ein bißchen zerbrechlich aus. Dich betrachtend, wenn ich sie wäre, überkämen mich da Besorgnisse.«

»Blödsinn.« Matzbach packte seinen abgewetzten Lederkoffer. »Sie hat, wie jeder in der Gastronomie, zweifellos ein Auge für Gäste; deshalb weiß sie, daß ich für so etwas viel zu alt bin.«

»Seit wann?«

»Das ist eine andere Frage, die wir bei Gelegenheit nicht erörtern werden. Was nun den Wagen angeht – erstens habe ich nicht vor, diesen schönen warmen Nachmittag im Lokal oder gar in dem opulenten Zimmer zu verbringen; zweitens sieht das hier nicht so aus, als ob man Autos abschließen müßte.«

»Ich vergaß; hier klaut man nur Säuglinge.«

10.

Wer vorgeht und sich mengt in fremden Hader,
der ist wie einer, der den Hund bei den Ohren
zwackt.

Sprüche Salomonis

Als sie die Schlüssel am Tresen abgeben wollten, der auch als Rezeption diente, stand dort ein etwa vierzig Jahre alter Mann und polierte Gläser.

»Sie müssen die Gäste sein«, sagte er mit einem eher verhaltenen Lächeln. »Gudrun hat mir schon gesagt, daß jemand hier übernachten will. Bleiben Sie länger?«

»Keine Ahnung.« Matzbach legte seinen Schlüssel neben den von Yü. »Vier, fünf Tage vielleicht; mal sehen. Wir wollen uns ein bißchen die Gegend ansehen und malen.«

»Malen? Ach, wie interessant. Ich hoffe, Sie …«

Dann unterbrach er sich, denn es kamen drei Männer in die Gaststube: ein Riese mit schwarzem Bart, ein kugelförmiges Geschöpf, das dem anderen kaum bis zum Kinn reichte, und ein Mann mittleren Alters, an dem nichts besonders auffällig war, außer der Tatsache, daß er einen Fuß eingegipst hatte und Krücken benutzte.

»Tach, Pater«, sagte der Kugelförmige mit dröhnender Baßstimme. »Drei Pils, bitte, damit wir den Nachmittag besser überstehen.«

Der mit »Pater« angeredete Wirt langte nach Pilsgläsern; dabei sagte er:

»Ich weiß nicht, wie die Herren heißen …«

»Matzbach«, sagte Yü; er deutete auf Baltasar.

»Yü«, sagte Matzbach; er deutete auf den Chinesen.

Der Wirt grinste. »Sieht aus, als ob Sie das geübt hätten. Also, die Herren Yü und Matzbach, beide Kunstmaler. Sie werden ein paar Tage hier wohnen. Ah, wollen Sie heute abend hier essen?«

»Bitte gern, jawohl doch«, sagte Baltasar. »Ab wann ungefähr, und wer sind die edlen Gentlemen?«

»Ab sieben. Der Lange ist unser Apotheker, Herr Fischer. Der Dicke da mit der Riesenstimme ist Herr Lemberger, Sargtischler und Bestatter. Der Hinkefuß ist Herr Lauritzen, der hat hier keine Funktion, er ist irgendwas beim Funk in Köln und lebt hier nur so.«

»Parasitär, gewissermaßen?« sagte Matzbach. Er deutete eine Verbeugung an. »Ich bin entzückt.«

»Trinken Sie was?« sagte Lauritzen; er stützte sich auf eine Krücke und holte Zigaretten aus der Brusttasche. Der Riese neben ihm lächelte und nickte nur.

»Heute abend gern – wenn wir die erste Runde übernehmen dürfen. Jetzt wollten wir uns noch ein bißchen die Gegend ansehen. Besser ohne Fahne, oder?«

»Ich weiß nicht, wo der Sheriff steckt, aber sicher ist sicher. Na denn, bis später.«

»Ein Wirt, den sie ›Pater‹ nennen«, sagte Matzbach, als sie im Wagen saßen. »Ein stummer Riese. Ein gipsfüßiger Mann, wahrscheinlich vom WDR, oder? Und ein Sargtischler und Bestatter namens Lemberger … Um den solltest du dich kümmern, demnächst.«

»Erfahrungen austauschen, sargmäßig?« Yü nickte. »Ist eine Weile her, aber ich krieg bestimmt noch ein paar plausible Erinnerungen hin.«

Ohne die ins Hotel gebrachten Gepäckstücke rappelten die Maler-Utensilien im Kofferraum; Matzbach weigerte sich jedoch, anzuhalten und die artistische Fracht neu zu trimmen.

Yü hielt das Meßtischblatt auf den Knien und wollte versuchen, befahrbare Wege zu möglichst vielen der verzeichneten alten Schächte zu finden.

»Was mich beunruhigt«, sagte er, als sie an der Kirche vorbei aus dem Ort fuhren, »ist die Frage, wo die alle stecken.«

Baltasar trommelte mit den Fingern aufs Lenkrad. »Es ist warm, Samstag, Ende Juli, keine Bundesliga … Ich nehme an, einige machen noch Ferien beziehungsweise Urlaub, und andere gehen vielleicht spazieren. Mal sehen, wen wir überfahren können auf den Wegen, die du aussuchst.«

Außerhalb des Orts passierten sie einen verwaisten Fußballplatz, der rechts von der Straße zum Bach hin lag. Links stiegen teilweise abgeerntete Felder zum Wald, der am Fuß der Hügelkette begann. Die Straße verlief in leichten Windungen nach Nordosten, dem Bachlauf folgend.

»Fahr mal da links rein«, sagte Yü, als sie eine Baumgruppe erreichten, hinter der ein Weg Richtung Waldhügel führte.

»Nur für Anlieger.« Matzbach schielte auf das windschiefe Schild. »Aber wir haben ein Anliegen. Welches, zum Beispiel?«

»Sieht aus, als gäb's da hinterm Wald ein Hochplateau, oder vielleicht eine Ebene; so, wie du fährst, kann ich keine Höhenangaben lesen. Aber da gibt's ein paar Höfe, mindestens sieben alte Schachtanlagen und eine gestrichelte Linie.«

»Gevatter Yü«, sagte Matzbach, »was willst du mit einer solchen? Und wie wird sie wohl in der Natur sein?«

»Na wie? Gestrichelt.«

Der zunächst finstere Bergwald war lediglich ein bewaldeter Hügel; dahinter fiel ein weites Tal ab, das kaum höher liegen konnte als Klitterbach. Es gab ein paar brachliegende Felder, hier und da größere Flächen mit Kartoffeln, Kohl und allerlei Gemüse, eingezäunte Viehweiden. Die Höfe lagen jeweils unter windbrechenden Bäumen und hielten fast mißtrauisch wirkenden Abstand voneinander.

»Wo ist dein Gestrichel?« sagte Matzbach.

»Da vorn.« Yü deutete nach links. »Am Nordwestrand des Tals.«

»Ich sehe nichts.«

»Wir kommen gleich näher ran.«

»Ah. Du siehst mich erwartungsvoll fiebern.«

»Blöde Socke.«

Das Tal hatte etwa die Form einer nicht ganz runden Schüssel, vielleicht drei Kilometer lang und zwei Kilometer breit. Ringsum zogen sich bewaldete Höhen. Die Wirtschaftsstraße verlief nicht in der Mitte, sondern eher am linken Rand, passierte Zäune und Hecken und Einmündungen von Zufahrtswegen der einzelnen Höfe, aber auch kleine paßartige Einschnitte in Bodenwellen oder »Binnenhügeln«, wie Matzbach sagte.

»Dein Gestrichel fehlt mir immer noch; und wo sind all die Schächte, die es hier angeblich gibt?«

Yü fuhr mit dem Zeigefinger über die Karte. »Gleich müßte links noch so eine Welle kommen, dahinter könntest du vielleicht mal halten.«

»Soll ich etwa zu Fuß gehen?«

»Wenn du gestrichelte Dinge und verschüttete Schächte haben willst.«

»Ich überleg's mir.«

Hinter dem nächsten Binnenhügel fiel die Straße in eine kleine Senke; am linken Rand, unter üppigen alten Buchen, stand ein Gerüst, das vielleicht einmal Sitzbank oder Milchbank gewesen war. Daneben war Platz für die DS.

Sie brauchten nicht weit zu gehen, um das Rätsel des Gestrichels zu lösen. Hinter den Buchen, verdeckt durch eine dichte Buchenhecke, verlief eine Art Damm, darauf ein schmaler Schienenstrang. Die Strecke war keineswegs überwuchert, die Schienen kaum angerostet, die Schwellen wirkten solide.

»Was mag das denn mal gewesen sein?« Matzbach hatte die Hände in die Hosentaschen gesteckt und wippte auf den Ballen.

Yü wedelte mit der Karte. »Jetzt, wo du nicht mehr wie ein Irrer über holprige Wege bretterst, kann ich's lesen. ›Alte Grubenbahn‹. So, wie's aussieht, hat die mal irgendwas weiter im Norden mit einer ganzen Reihe von Schächten verbunden und ging wahrscheinlich bis Klitterbach.«

Baltasar schaute über Yüs Schulter auf das Meßtischblatt. »Glaub ich nicht«, sagte er dann. »Es sei denn, Klitterbach hätte mal Bahnanschluß gehabt. Vielleicht ging's weiter nach Süden, zur Bahn kurz vor Gummersbach, oder nach Norden. In beiden Fällen geht's auf die nächste Karte.«

Yü fächelte Mücken fort, bei denen sich die plötzliche Anwesenheit großer Beutetiere offenbar herumgesprochen hatte. »Fragt sich nur, wieso die so gut in Schuß ist. Die Gruben sind doch längst defunkt.«

Matzbach zuckte mit den Schultern und wandte sich

zurück zum Wagen. »Vielleicht will der zuständige Heimatverein demnächst Touristen von Grube zu Grube schippern. Komm, weiter.«

»Moment.« Yü hob den Kopf. »Hörst du das?«

»Was?«

Aber dann hörte Matzbach es auch: ein tiefes, grollendes Keuchen, das sich schnell näherte und zu wüstem Gebell wurde. Es kam aus dem Wald jenseits des Bahndamms.

»Ob das uns gilt?« sagte Baltasar.

»Der Hund der Baskervilles, so wie es klingt.« Yü machte ein paar Schritte Richtung Wagen. »Komm, weg hier. Man weiß ja nie ...«

In diesem Moment erschien ein riesiges, zottiges Vieh auf den Schienen, bellte noch einmal und stürzte sich auf Matzbach. Er sah, wie Yü sich zu irgendeiner asiatischen Abwehrhaltung kauerte, registrierte, daß er sich allenfalls hinter die Buchenhecke flüchten konnte, hielt dies für sinnlos, reckte die Arme, brüllte und rannte dem Hund entgegen.

Das Tier war ein Stück rechts von ihnen aus dem Wald gekommen, hatte die Schienen überquert und kam nun zwischen Damm und Hecke angerast. Baltasar hielt es für eine Kreuzung aus Neufundländer und schottischem Hochlandrind. Vielleicht auch Wisent – ›Bonsai-Wisent‹, dachte er, als er sich röhrend auf das Ungeheuer stürzte.

Stürzen wollte. Der Hund stemmte die Vorderbeine zu einem Bremsmanöver in den Boden, schlitterte ein paar Meter weiter, prallte gegen Matzbachs Bauch, wimmerte und schnaufte leise, als Baltasar sich die Schnauze des Tiers in die linke Achselhöhle klemmte.

»Ist ja gut, Fiffi«, sagte er; dabei klopfte er ihm mit der Rechten auf den Rücken. Mit den Fingern der Linken begann er, den Hund unter dem Kinn und an der Brust zu kraulen.

»Scharfe Slapstick-Nummer.« Yü kam hinter der Hecke hervor und stand feixend neben ihnen. »Woher wußtest du … ach, du wußtest es ja überhaupt nicht. Aber wolltest du ihn wirklich beißen?«

»Wieso beißen?«

»Du hattest die Zähne gefletscht – solang ich dich noch sehen konnte jedenfalls. Dann hab ich nur noch deinen Rücken gesehen, und der sah aus wie der eines mythischen Kriegers. Achilles stürzt sich auf Hektor. Oder so.«

»Achilles *a tergo*? Charmant.« Matzbach kraulte weiter. Der Hund stieß eine Mischung aus Knurren und Glucksen aus; dann begann er –

»Schnurrt der etwa? Wie ein Kater?« Yü stemmte die Hände in die Hüften und schüttelte den Kopf. »Am besten adoptierst du ihn. Also nee.«

»Ich glaube«, sagte Baltasar, »er hat genug in meine Achselhöhle gesabbert. Eigentlich müßte er jetzt wissen, wie ich rieche, und daß ich der Chef bin. Mal sehen.«

Er ließ den Hund los und ging ein paar Schritte rückwärts. Einen Moment sah es so aus, als wolle das Ungetüm die Zähne fletschen; dann stieß es einen eindeutig sanften Knurrlaut aus, wedelte mit dem Schwanz und kam hinter Baltasar her.

Ein Kopf tauchte über dem Damm auf, dann der Rest des zugehörigen Körpers. ›Leibes‹, verbesserte Matzbach sich in Gedanken.

Es war eine große, kräftige Frau mit kurzem braungrauen Kraushaar. Sie trug ein bis zu den Ellenbogen aufgekrempeltes Flanellhemd und Jeans, die an den Knien in Fetzen endeten. Die Schuhe waren einmal Gummistiefel gewesen, ehe man sie an den Knöcheln abgeschnitten hatte.

Mit dem Kinn deutete sie auf Baltasar, aber die Augen und die Stimme richteten sich an Yü. »Ist der echt?«

»Kommt drauf an.« Yü breitete die Arme aus, in einer Geste der Resignation. »Es gibt kein Zertifikat.«

Sie hob eine Braue. »Kann ich mir denken; wer würde das schon riskieren. Mann!«

»Frau!« sagte Matzbach. »Wenn ich das mal so antworten darf. Sind Sie die Herrin dieses Zwergpudels?«

Er fühlte sich von scharfen grauen Augen gemustert, empfand dies aber als durchaus angenehm, verglichen mit dem Sabbern des Hundes, der vor ihm stand, ihn mit der Schnauze stupste und aus braunen Augen anhimmelte.

»Bin ich.« Plötzlich lächelte sie. »Er heißt Gandalf und hält mir normalerweise die Esoteriker vom Leib.«

»Gibt es davon so viele?« Matzbach versuchte, die Sommersprossen in ihrem Gesicht zu zählen. Das war jedoch nicht einfach, da einige sich in Lachfältchen verbargen und die anderen zu zahlreich waren.

»Horden, die bei gutem Wetter ausschwärmen und mit Wünschelruten auf Kräutersuche gehen. Oder was immer man mit Wünschelruten macht.«

Yü keckerte. »Meinen Sie das esoterisch oder sexuell? Wie Konfuzius bei Gelegenheit sagte, lassen sich nicht gestellte Fragen besser beantworten, wenn man weiß, in welche Richtungen die Gedanken des anderen schweifen.«

»Sie sind aber auch nicht echt.« Die Frau schüttelte den Kopf. »Konfuzius … Und Übergriffe auf fremde Hunde. Was machen Sie eigentlich hier?«

Matzbach räusperte sich. »Wir stehen herum und warten darauf, daß Sie dieses blutrünstige Untier einsammeln, damit wir uns wieder frei bewegen können.«

Sie schnippte mit den Fingern der Rechten. Der Hund maunzte leise, rieb den Kopf an Baltasars linker Hüfte und schlich zu seiner Herrin.

»Wir danken.« Matzbach vollführte eine Art Salut, indem er den Zeigefinger hob, nachdem er ihn an die Schläfe gelegt hatte. »Dürfen wir uns erkundigen, was Sie hier machen? Abgesehen davon, daß Sie Esoteriker scheuchen?«

»Ich wohne hier.« Mit dem Kinn wies sie nach irgendwo jenseits von Hecke und Straße. »Und manchmal gehe ich mit Gandalf in den Wald. Was, abgesehen von herumstehen, haben Sie denn hier vor?«

»Das ist der frühergeborene Herr Yü, ich heiße Matzbach, und wir wollten uns ein paar Tage in der weiteren Umgebung umtun und Motive suchen.«

Sie kniff die Augen zusammen. »Motive? Krimimäßig oder wie?«

Yü schüttelte den Kopf. »Pinselmäßig«, sagte er.

»Ach du liebe Zeit.« Sie seufzte. »Nichts gegen Anstreicher, aber … Maler? Muß das sein?«

»Manchmal muß so etwas sein, gnädige Frau?«

Sie hörte Matzbachs Fragezeichen. »Bergedorf«, sagte sie. »Wayne Bergedorf.«

Baltasar klatschte in die Hände. »Entzückend. Wie man an ein norddeutsches Toponym als Familiennamen kommt, kann ich mir notfalls denken; aber wie kommt man zu so einem cineastischen Vornamen?«

»Sie sagen es.« Sie verzog den Mund zu einem etwas schiefen Lächeln. »Meine Eltern sind gern ins Kino gegangen.«

Yü hüstelte. »Wollen wir den ganzen Nachmittag hier stehen und Konversation machen, Dicker? Wir haben doch noch zwei bis sieben Dinge vor.«

»Richtig. Blöde Fragen stellen, zum Bleistift.«

»Blöde Fragen? Ich denke, du willst Motive suchen.«

»Ja, aber ich wüßte auch gern, was diese Gleisanlage hier für einen Zweck hat.«

Frau Bergedorf gluckste. »Gleisanlage? Bißchen großes Wort für die paar Schienen, oder? Das ist eine alte Grubenbahn. Die Bauern hier haben sie immer mal wieder benutzt, um Erzeugnisse nach Klitterbach zum Wochenmarkt zu bringen. Und vor ein paar Jahren haben die Fremdenverkehrsleute der umliegenden Gemeinden überlegt, ob man hier nicht so was wie ein Bergisches Disneyland machen kann, mit Besichtigungstour und Dampflok und so.«

»Wie weit sind die denn mit den Planungen?« sagte Matzbach. »Irgendwie wäre es doch ein Jammer, dieses schöne Tal zu verhunzen, oder?«

»Bis jetzt ist nichts draus geworden; wie ich die damit Befaßten kenne, dauert es bis ungefähr zweitausendfünfzig.« Sie warf einen Blick auf ihr linkes Handgelenk, an dem eine Swatch mit grünem Plastikarmband ätzte. »Zeit für Kaffee«, sagte sie dann. »Ich lade zwar selten und ungern Bekloppte ein, aber wo Sie schon mal da sind …«

»Bei einer so nett formulierten Aufforderung kann man eigentlich nur nein sagen.« Matzbach grinste. »Also nehmen wir gern an – oder?«

Yü, den er dabei ansah, hob die Schultern. »Du meinst, es ist egal, wovon uns schlecht wird?«

»So etwa. Dürfen wir Sie und Ihr, eh, Ihren Ork in Richtung Kaffee chauffieren?«

Sie grinste. »Nein, danke; ist nicht weit. Wollen Sie den Wagen hier stehen lassen? Sonst fahren Sie weiter nach links, dann den ersten Feldweg rechts. Mein Hof hat ein oranges Tor; nicht zu verfehlen.«

11.

Ladies und Gentlemen dürfen Freunde im Zwinger haben, aber nicht in der Küche.

G. B. Shaw

Als Matzbach den Citroën durch das schmerzhaft orange Tor auf den Innenhof gefahren und zwischen skelettierten Karren und Kutschen geparkt hatte, kam Wayne Bergedorf mit ihrem schmusigen Ungetüm in einem kurzen Trab angelaufen.

»Treten Sie ein.« Sie winkte die beiden zu einer himmelblauen Tür.

Aus dem Stall oder Schuppen auf der anderen Seite des Hofs erschien ein jüngerer Mann in blauem Monteurs-Overall. Er blinzelte ins grelle Nachmittagslicht, hob die Hand und näherte sich schlurfend.

»Kaffeebesuch?« sagte er, als er neben Matzbach und Yü an der Tür stand. Mit einer Hand, auf der Maschinenöl sich unsystematisch verteilt hatte, fuhr er sich durch das wirre braune Haar. »Tach zusammen.«

»Das sind Herr Yü und Herr Matzwas? Bach? Ah ja. Knecht Recht.«

Yü neigte den Kopf; Matzbach gluckste.

»Knecht Recht?« sagte er. »Und der dicke fette Pfannkuchen rollte kantapper kantapper die Straße hinab – *der* Knecht Recht?«

Der Mann lächelte flüchtig; das Grübchen in seinem Kinn zuckte. »Sie kennen sich ja echt aus. Super, Mann.«

»Kennt sich nicht nur aus«, sagte Frau Bergedorf. »Er hat außerdem Gandalf gezähmt.«

Recht blickte interessiert in Matzbachs Gesicht, dann zum Hund. »Echt? Wie das?«

»Kommt doch erst mal alle rein.« Sie ging ins Haus.

Hinter der Tür lag eine hektisch möblierte Wohnküche. Ein englischer Aga als Herd und Heizquell war so etwas wie Zentrum und optischer Ruhepol; der Rest bestand aus Formen und Farben: ein lila gestrichener Nierentisch mit Plastikstühlen – fünf; sie waren rot, himmelblau, türkis, preußischblau und ocker-metallic – und einer beißend gelben, beinahe S-förmigen Sitztruhe; ein Stahlschrank (veilchenblau) als Anrichte; ein eher normaler Geschirrschrank, hinter dessen Glasflächen Teller, Tassen und Schüsseln von unsagbaren Formen und Farben schmachteten. Einige schienen aus einem unvollendeten Gemälde von Salvador Dalí zu stammen und waren wohl ursprünglich für die Aufbewahrung schlaffer Fließuhren vorgesehen. Andere Objekte wirkten eher so, als solle man aus ihnen bei Bronchitis und gebrochener Nase inhalieren oder als seien sie zur Aufnahme unförmigen Hustens geeignet.

»Wo ist der Hund?« sagte Matzbach; er sah, daß Yü Einrichtung und Ausstattung mit hungrigen Augen verschlang und sich zumindest andeutungsweise auf die Zunge biß, um weder zu lachen noch unpassende Kommentare abzugeben.

»Gandalf? Der bleibt draußen.« Frau Bergedorf löffelte eben Kaffee in eine Emaillekanne und sprach über die Schulter.

»Ich dachte, er müßte spülen.«

Knecht Recht giggelte leise.

»Wieso spülen?« Nun verdrehte die Herrin von Haus, Hof und Hund den Oberkörper, um Matzbach anzusehen.

»Ach, nur so – die Form des Geschirrs legt diese Mutmaßung nahe.«

Der gelbgrün kreuzschraffierte Wasserkessel begann auf dem Aga zu summen.

»Finden Sie? Und was meinen Sie dazu?« Sie ging zum Geschirrschrank und nahm ein paar Nutzbarkeiten heraus, die sie auf den lila Nierentisch stellte.

Es handelte sich theoretisch um Becher. Einer war lila, aber eine Nuance heller als der Tisch, und hatte gegenüber vom Henkel einen nach außen gewölbten, abfallenden Rand. Der zweite, rotzgrün, war quadratisch, mit einer stilisierten Schlange als Henkel. Der dritte, tulpenförmig und fleischfarben, hatte in der Mitte eine Art Blütenstempel ohne jede Funktion. Der vierte, den sie Matzbach hinstellte, paßte zu dessen preußischblauem Stuhl: ein Humpen mit abnehmbarer Pickelhaube als Deckel.

»Tja«, sagte Matzbach.

»Nur tja?«

»Ich erwog gerade die Frage, ob Sie schon lange farbenblind sind, sagte mir dann aber, gerade noch rechtzeitig, daß es unhöflich wäre, die Frage zu stellen, und vor allem, daß auch intensive Farbenblindheit die Formen nicht erklärt.« Er deutete auf den Becher mit Wölbrand. »Der da, zum Beispiel, mit seiner Habsburgerlippe, könnte einem von Gandalf gezeugten Ork-Embryo als Ersatz-Uterus mit Ausschlupf dienen.«

Der Knecht zielte mit dem Zeigefinger auf ihn, wie mit einem Pistolenlauf. »Und Sie haben den Hund überstanden? Hätte ich gern gesehen. Haben Sie den plattgeredet? Wie war das, Wayne?«

»Gandalf ist auf ihn losgegangen, er ist ihm mit Gebrüll entgegengerannt. Darauf hat Gandalf eine Schlitterbremsung gemacht, und Herr Matzdings hat ihn in seiner Achselhöhle rumschnüffeln lassen.«

»Nicht schlecht, echt.« Knecht Recht nickte, ohne eine Miene zu verziehen. »Dann gibt's ja sozusagen ein Herrchen für Hundchen, was?«

»Der Himmel sei davor!« Baltasar hob die Hände, mit gespreizten Fingern. »Ich will keine Tiere, außer gesotten oder gebraten.«

Frau Bergedorf kam mit der Kanne zum Tisch, setzte sich und rührte mit einem langstieligen Löffel im Kaffee herum. Dabei blickte sie zwischen Yü und Matzbach hin und her.

»Netter Besuch«, sagte sie. »Kommen Sie mal wieder vorbei.«

»Heißt das, wir haben jetzt aufzustehen, ehe der Kaffee sich setzt?«

»Ach was. Ich meine grundsätzlich.« Sie schloß einen Moment die Augen. »Sagen wir mal so: Wenn Sie demnächst gegangen sein werden, könnten Sie sich gelegentlich an die Einladung zu einer Wiederkehr erinnern.« Sie öffnete die Augen wieder. »Alles klar?«

Matzbach hob die Linke an die Lippen, schmatzte in die Handfläche und schnippte das verhallte Produkt der Gastgeberin hin. »Empfindsamen Dank.«

»Darf ich eine Vermutung äußern?« sagte Yü.

»Ich bitte darum.«

»Esoteriker«, sagte Yü langsam, »und jede Menge Medienleute in Klitterbach und Umgebung. Alternative Kräuterhexen, minderbegabte Töpfer, Hobbyschreiner und alles, was dazugehört. Könnte es sein, daß Sie bei den Ausstellungen die gräßlichsten Erzeugnisse aufkaufen und in ihrer

Küche deponieren, um sicher zu sein, daß niemand zu schnell wiederkommt?«

Recht, der sich auf die Truhe gesetzt hatte, langte über Eck und klopfte Yü auf die Schulter. »Echt Klasse, Mann. Gut geschlossen. Stimmt bloß nicht.«

»Ich bin untröstlich.«

»Wie fühlt sich das innen an?« Recht zwinkerte und hob dabei die Oberlippe. Die grauen Augen schienen lachen zu wollen, aber bis auf die gehobene Lippe machte der Rest des Gesichts nicht mit.

»Betrüblich«, sagte Yü. »Wie Meng-tse feststellte, gleicht der Wanderer, in dessen Eingeweiden Gram wuchert, einer mit kostbaren Hölzern getäfelten Pagode, in der Holzwürmer schmatzen.«

Frau Bergedorf war offenbar mit dem Zustand des Kaffees in der Kanne zufrieden; sie begann, die Becher zu füllen. »Zucker jemand, oder etwa am Ende gar Milch?«

»Furchtbar«, sagte Matzbach; er setzte sein gewinnendstes Lächeln auf. »Ich etwa am Ende gar beides.«

Sie stand auf, hantierte am schwarzgelben Kühlschrank und auf der stählernen Anrichte; als sie wieder zum Tisch kam, trug sie ein silbernes Zuckerdöschen und eine kleine Milchkanne. Die Zuckerdose war ein fünffüßiger Elefant, der auch sonst nicht nur aussah, wie kein Elefant je ausgesehen hat, sondern dem auch noch der Rücken fehlte. Und das Milchkännchen war eine Tongiraffe mit verkürztem Hals; aus dem zahnbewehrten Maul, vermutete Baltasar, würde sich bei entsprechendem Kippen ein weißer Sturzbach ergießen.

»Danke«, sagte er, und »abermals danke«, als Frau Bergedorf neben ihm unter dem Nierentisch eine leberfarbene Schublade hervorzog und ihr Löffel entnahm.

Er goß Milch in seinen Kaffee, murmelte dabei »Giraffenkotze«, nahm drei Löffel Zucker und begann zu rühren.

»Giraffenkotze ist nett«, sagte sie. »Also, die Herren haben Motive gesucht?«

Die rhetorische Frage klang so, als sei sie zugleich Information für Knecht Recht.

»Motive?« sagte der junge Mann. »Klasse, so eine Motivsuche. Echt. Was soll's denn geben? Landschaft mit eingeborenen Kühen? Hühnchen im Schlafrock? Oder so? Oder wie?«

»Netter Vorschlag.« Matzbach nahm einen Schluck Kaffee. »Uh«, sagte er dann. »Steife Brise. Sehr genehm. Nein, wir wollten unsere Staffeleien irgendwo aufbauen, wo Heiterkeit das Herz weit macht.«

»Deswegen überfallen Sie fremde Hunde an der alten Grubenbahn?«

»Nur pinselmäßig«, sagte Yü mit ernstem Gesicht.

»Darf ich rauchen, gnä' Frau?« Matzbach holte sein Zigarrenetui hervor. »Ich meine, wo wir doch schon gute alte Freunde und auf den Hund gekommen sind ...«

»Wenn ich bei Ihnen schnorren kann, ja.«

Knecht Recht stand auf, ging zum Geschirrschrank und kam zurück mit Zigaretten und einem blutroten Aschenbecher, der auch zwei Ofenrohre und ein paar gebrauchte Handtücher hätte aufnehmen können.

»Dä«, sagte er, als er sich wieder setzte. »Was rauchen Sie denn? Inhaliert man so was?«

»Nur ganz harte Männer.« Matzbach bot Frau Bergedorf eine seiner Macanudos an.

»So was wie ich«, sagte sie.

»Und«, fuhr Yü fort, »eigentlich wollten wir sehen, was es mit den alten Schächten auf sich hat, die in der Karte verzeichnet sind. Das hätte vielleicht einen schönen Hintergrund gegeben – alte Fördergerüste, wissen Sie.«

»Schächte?« Der Knecht runzelte die Stirn.

»Weißt du doch.« Frau Bergedorf sog an ihrer Zigarre. »Hm, lecker. Die verschütteten Löcher.«

»Ach, das sind Schächte? Was haben die denn da abgebaut?«

»Alles von Kohle bis Silber.«

Recht wackelte mit den Ohren. »Jetzt benutz ich schon so lange die Schienen«, sagte er traurig, »und hab mich nie gefragt, was die mal für nen tieferen Sinn hatten.«

»Was haben Sie denn gedacht? Das wäre alles für die Katz? Eh, die Bauern?« sagte Yü.

»Apropos Bauern.« Matzbach wandte sich an Frau Bergedorf. »Was bauert man denn hier so?«

»Alles Mögliche. Wenn Sie mich gemeint haben, ich hüte ein paar Pferde für die Damen- und Herrenreiter aus Klitterbach. Außerdem gibt's bei mir Hühner und Gemüse. Für den eigenen Bedarf.«

»Kann man davon leben?«

»Nein. Sagen Sie, wie lange wollen Sie hier rummalen?«

»Ein paar Tage. Wir haben uns in Klitterbach einquartiert, in der *Tränke*. Warum?«

Frau Bergedorf legte die Zigarre in den Aschenbecher, trank ihren Kaffee und stand auf. »Ich hab was zu tun. Ihre Zigarre rauche ich zu Ende, wenn Sie mal wieder vorbeikommen.«

Baltasar wirkte offenbar ein wenig zerstreut; nachdem sie ein paar hundert Meter Richtung Norden gefahren waren, sagte Yü halblaut:

»Na, so versonnen, Dicker? Hat's dir gefallen?«

»Was genau?«

»Der Hund und die Herrin. Und der Knecht vielleicht auch, oder all das in einer anderen Reihenfolge. Das Geschirr nicht zu vergessen.«

»Die Farben. Brrrr.« Matzbach schüttelte sich. »Und die Formen.«

Yü lachte. »Also, zumindest eine der Formen hat dir doch gefallen, wie ich dich kenne.«

»Solltest du die Herrin des Hofs meinen …«

»Müßte doch genau deine Kragenweite sein.«

Matzbach zupfte an seinem Hemd. »Kragenweite, bah. Ich glaube, die pferdehegende Kastellanin hat eine andere Hemdengröße.«

»Na und? Kein Ausschlag deiner körpereigenen Wünschelrute?«

Baltasar versuchte, streng dreinzublicken. »Ich muß doch sehr bitten. Erstens sowieso, und zweitens passiert alten Männern so etwas nicht mehr.«

»Ernsthaft?« Yü blickte ihn von der Seite an. »Du hast das jetzt schon mehrmals gesagt, so oder so ähnlich. Nix mehr?«

»Du solltest nicht in meinem Privatleben wühlen; du weißt doch, wie auskünftig ich da bin.«

Yü seufzte leise. »Weiß ich, und deine vermeintliche Seele, die du viel zu billig verkauft hast, interessiert mich auch gar nicht. Ich wollte nur wissen, wie das so ist. Ich meine, irgendwann erreiche ich ja vielleicht auch mal dein biblisches Alter. Da ist es dann besser, man weiß, was einen erwartet.«

»Laß dich überraschen.«

»Na gut. Was halten wir denn von dem Arrangement da drin, mit den beiden?«

»Was meinst du?«

»Wer läßt sich heutzutage denn noch Knecht nennen, es sei denn, er wäre Witzbold oder Beischläfer?«

»Mir fällt gerade noch was anderes ein.« Baltasar spitzte den Mund. »Bei den Farben und Formen … Würde da nicht der türkisfarbene Seidenschal von Goldstein wunderbar passen? Mit grellroten Phalli, Vulvae und Banknoten?«

Yü blickte starr geradeaus. »Manchmal wäre ich gern farbenblind.«

Sie hatten das Ende des Tals erreicht. Matzbach fuhr an den Straßenrand. »Laß mal die Karte sehen. Kommen wir irgendwie außen rum zurück nach Klitterbach?«

Yü faltete das Meßtischblatt wieder auf. »Hm«, sagte er. »Nicht genau zu sehen; wir sind am Rand des bedruckten Papiers.«

»Ach, dann versuchen wir's doch einfach. Was ist denn das Leben ohne Mysterium?«

Yü pfiff ein paar Melodiefetzen. Als sie den Kamm des nördlichen Waldhügels hinter sich gelassen hatten, hörte er damit wieder auf und sagte:

»Knecht Recht … Was ist das für eine Kantapper-kantapper-Geschichte?«

»Ein Märchen, die Geschichte vom dicken fetten Pfannkuchen. Der Pfannkuchen ist entwischt, wie Knecht Recht, und rollt kantapper, kantapper die Straße hinab. Dabei begegnet er lauter Geschöpfen, die ihn fressen wollen und sich auf sich selbst reimen. Knecht Recht, zum Beispiel, und Kuh Muh, Maus Raus, derlei. Kennst du das denn nicht?«

»Vergib einem armen Chinesen, daß er nicht von allen Feinheiten der hiesigen Überlieferung weiß.« Dann stutzte er. »Wieso ist Knecht Recht entwischt?«

»Fällt dir noch ein anderer Knecht ein – ein beinahe sprichwörtlicher?«

»Meinst du Knecht Ruprecht? Ist aber zu früh für den.«

»Ruprecht Tugendhaft«, sagte Matzbach. »Ich habe das Foto gesehen, in Händen des Vaters – braune Haare, Grübchen im Kinn, und nicht zu vergessen die schiefen Schneidezähne oben.«

»Scharfes Gebiß, wenn er lächelt, ja.« Yü summte; dann sagte er: »Und nach den Auskünften des Vaters, hattest du erzählt, bastelt er an alten Autos herum. Die Hände waren voll Ölflecken, der Overall auch. Aber was macht der hier, und warum will er nicht gefunden werden?«

Matzbach nickte nachdrücklich. »Und wieso verschwindet ein Kölner Detektiv, den der Vater auf den Sohn angesetzt hat, ausgerechnet kurz nachdem er sich aus Klitterbach gemeldet hat?«

»Findest du das interessant?«

»Ich glaube, diese ganze Affaire beginnt mich zu amüsieren.«

»Du warst schon anspruchsvoller.«

»Ich weiß. Und vergeßlicher.«

»Wieso dieses nun wieder?«

Matzbach schnitt eine Grimasse. »Früher hätte ich noch ein paar zweifellos unwichtige, aber kluge Fragen gestellt. Zum Beispiel die nach der Herkunft des entsetzlichen Porzellans und dem Prinzip der Farbgebung. Sowie auch unkluge, aber wichtige Fragen.«

Yü wartete; erst als Baltasar länger geschwiegen hatte, sagte er: »Zum Beispiel welche?«

»Gewisse Taktlosigkeiten. Zum Beispiel, ob man etwas von hiesigen Antisemiten weiß oder von einem Detektiv, den diese haben verschwinden lassen. Hätten verschwunden haben lassen können.«

Yü nickte. »Wäre aber ein bißchen voreilig, oder? Vielleicht sollte man erst mehr über die Dame und den Knecht wissen.«

»Über Damen weiß man nie genug, über Knechte fast immer zuviel. Und ein paar andere Fragen habe ich auch nicht gestellt. Taktlose, vor allem.«

»Du machst mich neugierig.«

Matzbach kicherte. »Ah, vielleicht kannst du mir eine beantworten. Dein Kollege Vogelsang, zum Beispiel.«

»Prothesen-Benno? Was ist mit ihm?«

»Ob er nicht doch wieder in seine Heimat blicken möchte, wenn er erfährt, was hier so alles los ist? Außerdem hätte ich ihn beinahe gefragt, ob seine Warze ein Nagel ist, mit dem er die Tonsur am Abrutschen hindert.«

Yü schien zu stutzen. »Warze? Tonsur? Beschreib ihn mir doch mal.«

»Anfang fünfzig«, sagte Matzbach. »Hager, hohlwangig, eins siebzig oder so, Glatze mit grauem Haarkranz, Warze oben mitten drauf. Wieso?«

Yü schüttelte den Kopf. »Benno Vogelsang, mein Lieber, ist ungefähr fünfzig, das kann hinkommen. Aber er ist kaum kleiner als du, sagen wir eins fünfundachtzig, stämmig, und als ich ihn vor, na ja, vier Wochen gesehen habe, hatte er noch volles dunkelbraunes Haupthaar.«

12.

Essen hält, sagt man, Leib und Seele zusammen. Bei manchen Kommensalen, die mir die Tiden widerwärtigen Geschicks an die Tafel spülen, zöge ich eine gütliche Trennung der genannten Teile vor.

B. MATZBACH

Bis Baltasar und Yü Klitterbach wieder erreichten, war es kurz nach sieben. Vor der *Tränke* stand der Wirt, die Hände über der Lederschürze gefaltet, und unterhielt sich mit einem Mann. Es war jener, der nachmittags am Haus des Arztes eine Heckenschere getragen hatte.

»Ja, gut, Doktor«, sagte der Wirt; »also fünf Plätze gegen halb neun. Irgendwelche Sonderwünsche?«

»Haben Sie was Besonderes?«

»Nee.« Der Wirt lachte.

»Warum fragen Sie denn dann?« Fleißner klang ein wenig genervt.

»Der schwache Versuch eines Scherzes.«

»Sehr schwach, Pater. Ich hoffe, Ihre Frau kocht besser, als Sie blödeln.« Fleißner wandte sich ab, streifte Yü und Matzbach mit einem desinteressierten Blick und ging zur Hauptstraße.

»An Ihrer Stelle würde ich jetzt Gewissenserforschung betreiben«, sagte Baltasar. »Ob Sie etwas getan haben, um mürrische Kunden zu verdienen.«

Der Wirt bemühte sich um ein Lächeln. »Nachsicht mit den Mühseligen und Beladenen; gehört zur Nächstenliebe.«

»Eine Bürde ist nicht zu sehen.« Matzbach blickte Fleißner hinterher, der um die Ecke bog und verschwand. »Und Mühsal ist kein Argument gegen Höflichkeit.«

»Im Prinzip haben Sie recht, aber … Ich weiß nicht, ob Sie die Berichterstattung verfolgt haben. Das ist nämlich der Mann, dessen Neugeborener vor kurzem gekidnappt worden ist.«

»Ach!« Matzbach schüttelte den Kopf. »Ich habe davon gelesen. Schlimme Sache.«

Yü räusperte sich. »Der Schmerz des Vaters über den Verlust des Sohnes ist wie ungenießbares Salz, in schwärende Wunden gerieben. Er ist ein bedauernswertes Stück Mensch.«

»Ich hätte es nicht besser formulieren können.« Der Wirt grinste ein wenig. »Nur ganz anders.«

»Hören Sie, warum nennt man Sie Pater?« sagte Matzbach.

»In einem früheren Leben war ich Jesuit. In diesem Dasein sollte ich mich vielleicht wieder um meine Gäste kümmern.« Er wandte sich zum Eingang. »Im Moment sind noch einige Tische frei; oder wollen Sie sich erst frisch machen?«

»Das wäre bei mir völlig wirkungslos«, sagte Matzbach. »An heißen Tagen erfrischt nichts so sehr wie eine Pfütze Rotwein und ein Napf Essen.«

Yü legte ihm eine Hand auf die Schulter. »Die Frische ist immer in der Nase des Zeugen, wie die Schönheit der Musik im Auge dessen, der die Partitur durchblättert. Ich dagegen bin selbstreinigend.«

Mit einem unterdrückten Glucksen sagte der Wirt: »Kommen Sie, Euer Merkwürden – alle beide.«

»Warum stellen Sie bei dem schönen Wetter nicht ein paar Tische auf den Platz?« sagte Matzbach.

»Bei dem schönen Wetter sind die meisten den ganzen Tag draußen und suchen abends Zuflucht.«

»Oh wie gut ich das verstehe! Alkohol und Tabak schmecken in geschlossenen Räumen viel besser. Außerdem weiß man dann am nächsten Tag, wovon einem schlecht ist.«

Als sie die Gaststube betraten, murmelte Yü: »Das erklärt die geringe Lautstärke …«

»Gefräßige Stille.« Baltasar grinste. »Übrigens meine Lieblingsmusik.«

Vier Männer saßen auf Hockern am Tresen; zwei tranken stumm vor sich hin, die beiden anderen, mit dem linken beziehungsweise rechten Ellenbogen auf der Theke, taten dies auch, widmeten sich dabei aber einem kleinen Schachspiel, das zwischen ihnen auf einem weiteren Hocker ruhte. Sechs der neun Tische waren besetzt; etwa zwei Dutzend Esser gaben sich dort der Vertilgung von Braten und Salaten hin.

»Wir wünschen allerseits köstliche Verdauung«, sagte Matzbach laut; dabei bewegte er die Rechte wie ein Staatsgast, der aus der gepanzerten Limousine das Volk grüßt. Bis sie einen freien Tisch in einer Ecke erreicht hatten, wurde ihnen allerlei Dankesgemurmel und Grimassenschneiden zuteil. Die einzige wirklich verständliche Äußerung tat die Baßstimme des Bestatters:

»Es schmeckt uns auch ohne Ihr Geschwätz.«

Der Wirt brachte ihnen Speisekarten. »Wissen Sie schon, was Sie trinken möchten?«

»Ein Pils, bitte«, sagte Yü. »Und – wie sollen wir Sie eigentlich anreden? Herr Wirt? Pater? He, Sie da?«

»All das ist zulässig.« Der Wirt lächelte. »Wenn Sie es gern ziviler hätten: Leonhard Mertens, zu Diensten.«

Baltasar wedelte mit der Karte. »Wie ich hier sehe, haben Sie einen achtundneunziger Priorato, Don Leonardo; bringen Sie mir doch davon bitte ein Fläschchen.«

Auf dem Weg zum Tresen stellte der Wirt ein Reserviert-Schild auf den Nachbartisch.

Matzbach hatte sich schnell für das Tagesgericht entschieden: Rinderbraten, Kartoffeln, Erbsen. Er fand es ausreichend sommerlich, um es mit katalanischem Rotwein zu kombinieren. Yü schien seinen heiklen Abend zu haben oder eher an Lektüre denn an Nahrung interessiert zu sein; während er blätterte und las, lehnte sich Matzbach zurück, verschränkte die Hände hinter dem Kopf und ließ seine Blicke schweifen.

Der kugelförmige Bestatter, Lemberger, war der einzige, den er vom Sehen kannte. Und der einzige, der hingebungsvoll fraß. Alle anderen, etwa je zur Hälfte Frauen und Männer, aßen extrem manierlich, beinahe geziert; die meisten wollten unter 40 sein, bei einigen schien dies auch zu stimmen. Schlank, sportlich, braungebrannt, Kleidung zwischen teuer und affektiert lässig; die Damen mit Schmückern und Make-up, etliche der Herren mit Siegelring. Soweit Baltasar die Tische überblicken konnte, war Lemberger wohl auch der einzige, der das zu sich nahm, was mit dem scheußlichen Begriff »Sättigungsbeilage« bezeichnet wurde: vor allem Kartoffeln. Die übrigen rührten derlei nicht an oder hatten sich Belieferung damit von vornherein verbeten.

Matzbach betrachtete eben den besonders prunkvollen Siegelring eines besonders prunkvollen jungen Gentleman, als Yü vom Kartenstudium aufschaute, Baltasars Blicken folgte und mit einem flüchtigen Lächeln sagte:

»Der Edle verbirgt seinen Adel; der Sklave protzt mit Ketten.«

Baltasar knurrte: »Sein Vater pflegte, nehme ich an, die Serviette mit einer diamantbesetzten Spange am Schlips zu befestigen. Sein Sohn wird Vorhautpiercing vorziehen; weshalb dem Globus Enkel erspart bleiben dürften.«

»Hühnerfrikassee«, sagte Yü.

»Dein Kommentar oder dein Essenswunsch?«

»Ja.«

»Ach so.«

Die Kellnerin, von Baltasar geschmiert und insgeheim Gudrun-die-Verhuschte geheißen, erschien mit größeren Salatmengen aus der Küche. Nachdem sie diese auf zwei Tischen besonders schöner Menschen hinterlegt hatte, kam sie zu Yü und Matzbach. Mit einem Lächeln, das Matzbach als beflissen-besorgt deutete, sagte sie:

»Haben Sie was gefunden?«

Yü bestellte Frikassee mit Reis, Matzbach bat um Braten und setzte hinzu:

»Aber bitte ersparen Sie mir den Salat; verträgt sich nicht mit Rotwein. Und … essen die hier alle keine Kartoffeln? Nudeln? Brot? Reis?«

Gudrun hob eine Braue und sah plötzlich nur noch halb so verhuscht aus. »Die doch nicht! Nur die Einheimischen.«

Als sie gegangen war, sagte Yü leise: »Deinen schweifenden Blicken ist sicher der Garderobenständer nicht entgangen, oder?«

Baltasar nickte. »Ist er nicht. Auch der Schal daran entging mir keineswegs. Er ist aber nicht türkis, sondern bei längerem Hinsehen fast aquamarin. Und die roten Objekte darauf sind nicht grell, sondern dezent – Regenschirme und Autos, wenn ich mich nicht irre.«

»Ein Jammer. Hätte ja sein können, daß Goldstein ihn hier hat hängen lassen, bevor er im Bierkeller vergraben wurde.«

Pater (demob.) Leonhard Mertens brachte das Pils, ein Weinglas und die Flasche. Geräuschlos entkorkte er und goß ein wenig ein.

Matzbach schlürfte, kaute, schmatzte; dann sagte er: »Es konveniert; walten Sie. Und könnten Sie mir freundlicherweise einen Aschenbecher bringen?«

Der Wirt blickte skeptisch drein. »Ich weiß nicht, ob Sie sich damit viele Freunde machen. Jedenfalls solange die essen. Aber – noch sind wir nicht in Amerika.« Er ging zum Tresen (wo zwei aktive Zigarettenraucher saßen), kehrte mit einem großen Aschenbecher zurück und zwinkerte. »Wohl bekomm's.«

Baltasar blinzelte Yü zu, zog eine Zigarre aus dem Etui, stand auf, hielt sie hoch, räusperte sich dröhnend und sagte: »Darf ich um Ihre Aufmerksamkeit bitten? Zu meinem Bedauern leide ich an zwei seltenen Krankheiten, nämlich Omphalophobie zunebst einer Vitamin- und Chlorophyllallergie. Wenn beide gemeinsam auftreten, kann es zu Tobsuchtsanfällen kommen. Aus Rücksicht auf meine Umgebung und dem Rat meines Arztes folgend bekämpfe ich dies Risiko durch kontrollierte Einnahme naturreiner karibischer Rauchkrautblätter. Ich versichere Ihnen, daß sie keinerlei amerikanische Chemikalien enthalten. Ihrem Widerspruch sehe ich gelassen entgegen; Pardon wird nicht gegeben.«

Er sah Lemberger grinsend aufblicken; andere schauten irritiert oder fragend. Als er sich setzte und die Zigarre anzündete, brach an einigen Tischen mittleres bis heftiges Gehuste und Gemurmel aus, das er zu ignorieren beliebte. Dann stand eine hagere, hochgewachsene Asketin auf, die mit zwei weiteren unterernährten Damen die Welt von etlichen Salaten kuriert hatte, und kam zu ihm.

Sie beugte sich vor – beinahe vertraulich, wenn nicht gar

zutraulich, wie Baltasar fand – und sagte in einem stentorischen Flüstern: »Ich bin Ludmilla Fischer, die hiesige Apothekerin. Was Sie da eben gesagt haben, finde ich sehr interessant. Kommen Sie doch, wenn Sie mögen, morgen mal in die Apotheke; wir haben Notdienst. Ich würde mich gern mit Ihnen über Ihre Allergien unterhalten. Ich glaube, ich wüßte da ein paar Kräuter.«

Matzbach erhob sich halb, in einer Art Verbeugungs-Verklappung. »Sie sind zu freundlich, gnädige Frau. Wenn ich es übers Herz bringe, mir dies und mich Ihnen anzutun, werde ich Sie mit Vergnügen aufsuchen.«

Es war, als habe jemand einen großen Knebel entfernt oder einen kollektiven Stöpsel gezogen. Plötzlich wurde an allen Tischen geredet. Matzbach war jedoch ziemlich sicher, daß dies weniger an seiner Dreistigkeit lag als daran, daß die Phase der bewußt betriebenen, konzentrierten Nahrungsaufnahme beendet war. Mit artistischer Geräuschlosigkeit geschwungene Bestecke wurden beiseite gelegt, hier und da klirrten auch Gläser aneinander. Als ein paar Leute Zigaretten anzündeten, sagte sich Matzbach, daß ihre trotzige Haltung, garniert mit herausfordernden Blicken, wahrscheinlich nur in seiner Einbildung stattfand.

Während er und Yü aßen, fand eine allgemeine Vermengung statt. Etliche Gäste verließen ihre Tische, setzten sich an andere oder standen, redend und trinkend, vor dem Tresen, wo sich bald eine Doppelreihe bildete.

»Ich bin mal gespannt.« Yü schaute auf die Uhr. »Die Tagesschau läuft, gleich beginnt das Abendprogramm.«

»Ich glaube, von den Snobs hier interessieren sich nicht viele für Politik, oder wenn, dann sehen sie die Tagesschau im Dritten Programm.«

»Meinst du, die wollen alle den Abend hier in der Kneipe verbringen?«

Matzbach kicherte. »Wo kriegen sie sonst einen Chinesen zu sehen?«

Yü blickte zur Tür, wo eben ein paar neue Gäste erschienen. »Einheimische, die zu Hause Kartoffeln gegessen haben und jetzt vor dem Abendprogramm fliehen«, sagte er. »Wo bleibt denn der Doktor?«

»Dem wird's schon früh genug kommen. Und was das Abendprogramm angeht – ein Bekannter von mir, angeblich Schriftsteller, will seit Jahren eine Geschichte schreiben, die so anfängt: In den alten Zeiten, als das Wünschen längst nicht mehr geholfen hat, aber im öffentlich-unrechtlichen Fernsehen das Programm für Nicht-Analphabeten noch vor Mitternacht begann.«

»Würde ich glatt lesen. Warum schreibt er es nicht?«

»Habe ich doch gesagt – *angeblich* Schriftsteller.« Matzbach schob den Stuhl zurück und stand auf. »Wollen wir uns unters Volk mischen?«

»Meinst du, das Volk hält das aus?«

»Es muß. Jede Kneipe hat die Gäste, die sich verdienen.« Yü verzog das Gesicht, etwa wie bei heftigem Zahnschmerz.

Baltasar, die halbleere Flasche unterm linken Arm, das Glas in der Rechten und die vor dem Essen nur halb gerauchte Zigarre zwischen den Zähnen, ging voran in das Gedränge. Dabei brüllte er: »Wahrschau! Gangway!«

Redner, Raucher und Trinker wichen; fast wäre Matzbach, der den sich bahnenden Gang hemmungslos nutzte, über Lemberger gestolpert, der nicht schnell genug beiseite rollen konnte.

Der Bestatter strahlte ihn an. Ohne die alte Bruyère-Pfeife aus dem Mund zu nehmen, sagte er: »Hat mir gefallen, Ihre Zigarrenrede.« Leiser setzte er hinzu: »Die sind ja so was von blöd!«

Mit dem Kinn deutete Matzbach zur offenen Tür. »Kommen Sie mit? Draußen ist die Luft nicht so von Zugereisten durchsetzt.«

Lemberger stieß ein schrilles Keckern aus. »*Sie* haben es gerade nötig! Aber na gut.«

Yü hatte etwa zehn Quadratzentimeter freien Tresen erobert, stellte dort sein leeres Glas ab und wartete offenbar darauf, daß der Wirt sich zu ihm umdrehte. Mertens fummelte gerade an Apparaturen herum; entweder fühlte er sich durch die Gespräche seiner Gäste belästigt, oder ihn verlangte nach Abwechslung. Jedenfalls erfolgte plötzlich eine Eruption: Musik schwoll.

Baltasar floh; noch auf dem Weg ins Freie registrierte er dankbar, daß die Lautstärke reduziert wurde, und daß es sich um barocke Fanfaren handelte.

»Hätte ja auch Rap sein können«, sagte er.

»Macht er manchmal, wenn er schließen will.« Lemberger nahm die Pfeife aus dem Mund, trank zweieinhalb Schluck Bier, ächzte wohlig und klemmte die Pfeife wieder zwischen die Zähne.

»Und? Wirkt das?«

»Weiß ich nicht. Ich gehe dann immer.«

Matzbach nickte. »Versteh ich gut. Wahrscheinlich bleiben dann nur die schönen Menschen zurück; was wahrscheinlich die sind, die er eigentlich loswerden will.«

»Was Sie als Zugereiste bezeichnet haben, ja? Sie Zugereister.«

»Ich bin kein Zugereister, ich bin Tourist.«

Auf dem Bürgersteig vor der *Tränke* tummelten sich bereits tapfere Trinker; einige standen, sichtlich begeistert, neben dem Citroën und streichelten ihn mit Blicken. Auch auf dem Platz lungerten einige, die zuvor im Lokal gewesen waren. Sie lehnten an Bäumen, hockten auf dem Rand der schmucken viereckigen Blumenkästen aus Bunkerbeton oder hielten sich an ihren Gläsern aufrecht. Lemberger ging ein paar Schritte nach rechts, wo der rücksichtsvolle Besitzer eines Kram- und Antiquitätenladens unter seinem Schaufenster einen breiten Sims angebracht hatte. Dort ließ er sich nieder und klopfte auf die freie Fläche neben sich.

»Was ist der Unterschied?«

Matzbach füllte sein Glas auf und stellte die Flasche zwischen seine Füße. »Zugereiste«, sagte er, »tun so, als wären sie Einheimische auf Durchreise; hiesige Fremde, könnte man sagen. Touristen tun so, als wären sie Fremde, damit man nicht auf den Gedanken kommt, sie könnten heimisch werden. Und Sie? Sind Sie ein Eingeborener?«

»Ich bin zugereister Einheimischer.«

»Hab ich mir gedacht. Von wegen Lemberger.«

»Jüdische Familie«, sagte der Bestatter. »Hab ich mir gedacht, daß Sie sich das gedacht haben.«

»Wie wird man dann Bestatter in einem Kaff im Bergischen?«

»Finden Sie das irgendwie makaber?«

»Eher … schräg, möchte ich sagen.«

»Ich bin Halbjude«, sagte Lemberger. »Ganzatheist und Halbjude. Wenn wir das Auserwählte Volk sind und der Herr die Schoa zuläßt, will ich lieber nicht wissen, wozu er uns sonst noch ausgewählt hat.« Er nahm die Pfeife aus dem Mund und betrachtete seine gesammelten Beißspuren. »Natürlich ist das keine besonders originelle Position, aber bin ich denn verpflichtet, originell zu sein?«

»Und Ihre Familie?«

»Die mehr oder minder katholische Verwandtschaft meiner Mutter hat meinen Vater von Versteck zu Versteck geschmuggelt; der Rest der Sippe ist nach Auschwitz gekommen. Dafür, daß einige Leute meinen Vater über der Erde erhalten haben, bringe ich jetzt deren Verwandtschaft unter die Erde. Ich finde, das ist so in Ordnung.«

»Wer wollte Ihnen widersprechen? Ich nehme aber an, daß hier vor allem katholisch verbuddelt wird, mit Pope und allem Zinnober. Gibt das keine Probleme?«

»Hier gab's eine ganze Weile lang überhaupt keinen Bestatter. Deshalb sind die froh, daß sie mich haben.«

»Das klingt so, als ob Sie das noch nicht lange machten.«

Lemberger blickte ihn von der Seite an; Baltasar war nicht sicher, ob das Zucken des linken Auges ein Zwinkern sein sollte.

»Stimmt, mach ich noch nicht lange. Und das bringt uns jetzt zu Ihnen.«

Matzbach runzelte die Stirn. »Inwiefern? Genießen Sie es, daß Sie mich jetzt verbuddeln könnten, was Ihnen vorher nicht möglich gewesen wäre?«

Lemberger musterte ihn von Kopf bis Fuß. »Ich hätte einen Sarg, der Ihnen wie maßgefertigt passen müßte. Aber das ist es nicht. Ich bin hier in der Nähe aufgewachsen; ein Onkel mütterlicherseits hat bis zu seinem Tod das Geschäft betrieben. Zwei Jahre Pause, dann hab ich es übernommen.«

Die Pause, die er machte, war eine merkwürdig betonte Form von Schweigen.

»Ich tue Ihnen jetzt einfach den Gefallen und sage: Und?« sagte Matzbach.

»Und vorher war ich in Köln, bei der Kripo.«

»Aha.«

»Da bin ich ausgeschieden, weil ich irgendwann keine Lust mehr hatte, mit ansehen zu müssen, wie die ach so progressiven Damen und Herren Richter alles, was die Kollegen und ich mühsam einfangen, am nächsten Tag wieder laufen lassen. Vorher« – er kniff ein Auge zu – »hatte ich gelegentlich auch mit Bonner Kollegen zu tun. Zum Beispiel Hauptkommissar Freiberg.«

Mit einem schwächlichen Lächeln sagte Matzbach: »Ei, Genosse Freibier.«

»Der mir schon mal von einem gewissen Matzbach erzählt hat.«

In diesem Moment erschienen – hilfreich, weil es Baltasar der Notwendigkeit enthob, sofort etwas Kluges zu antworten – Dr. Fleißner, zwei Damen und zwei Herren. Die Ankunft löste bei den übrigen Trinkern eine merkwürdige Reaktion aus, die konditionierter Reflex zu sein schien.

Und zwar ereignete sich ein allgemeines Grüßen, Grinsen, Zappeln, Fuchteln, Zähneblecken sowie weitere Bekundungen, die auf entsetzliche Wichtigkeit aller – oder eines der – Ankömmlinge schließen ließen. Baltasar konnte nicht sehen, wer zu wem sagte: »Hallo, nett, Sie alle zu sehen.« Fleißner, in einem leichten Leinenanzug samt Flower-Power-Krawatte, ging als erster hinein. Ihm folgten eine stämmige, offenbar muntere Brünette im Designer-Dirndl, eine schmale, ätherische Blondine in lückenhaften schwarzen Spitzen, ein graumelierter Herr in graumeliertem Sommerflanell und ein Mann mit Seemannskrause, rosa Rüschenhemd und Jeans.

»Der Doktor und das liebe Vieh«, sagte Matzbach. »Prächtiger Aufmarsch, aber wozu das Zappeln und Salutieren?«

Lemberger schnalzte. »Das galt dem Grauen. Der Herr Abgeordnete des Kreises, Lothar Pittrich, der sich vor den Wahlen hier noch einmal umtun will.«

»Welche Partei?«

»Sehen Sie einen großen Unterschied?«

»Eigentlich nicht. Austauschbare Manövriermasse für Parteistrategen. Aber nicht alle beißen Wildschweine oder verscheuchen Panzer, wo nie welche waren.«

»Ach, haben Sie dieses Zeug gelesen?«

»Ungern.« Matzbach zündete seine abermals erloschene Zigarre wieder an; paffend sagte er: »Aber er scheint ja beliebt zu sein. Oder man hält ihn für wichtig.«

»Wer sich für unersetzlich hält, sollte häufiger auf Beerdigungen gehen. Die anderen, übrigens, waren Frau Fleißner, die Brünette, dann die ebenso schöne wie schleimige Radegunde Sager und ihr Zuträger, Komplize und Beschäler Camillo Herms alias Hermes. Die beiden, die auch die Wahlkampfportraits für Herrn Pittrich verbrechen.«

Baltasar hob das Glas. »Auf Ihr Wohl, Monsieur. Hermes ist der Fernsehmann, nicht wahr, und – wie sagten Sie? Die ebenso Schöne wie Schleimige? Gefällt mir ausgezeichnet. Frau Radegunde, triefende Feder auf allen Boulevards. Nach ihrer Prosa hatte ich etwas Fettes, Kleines, Derbes erwartet, unbehindert durch Geschmack und gebremst durch Ignoranz.«

»Im echten Manne steckt ein Kind; das will spielen. Vielleicht steckt in dieser schicken Journalistin ein trüber Trampel mit Absichten, die wir besser nicht ergründen sollten. – Aber eigentlich waren wir bei Ihnen.«

»Ach, lassen Sie uns doch bei der noch Unerwähnten verweilen. Ich finde, die junge Mutter des entführten Knäbleins dürfte ruhig minder munter wirken.«

Lemberger leerte sein Bier. »Erzählen Sie mir jetzt, was Sie hier wirklich wollen, oder hol ich mir erst ein Bier?«

Matzbach lachte. »Der zweite Teil der Frage scheint vorauszusetzen, daß ich den ersten auf jeden Fall mit ja beantworte; sehe ich das richtig?«

»Ich glaub schon.«

»Na schön. Dann holen Sie sich Ihr Bier; sonst verdursten Sie mir noch, ehe ich fertig bin.«

13.

Jeder Liebende kämpft, und Cupido hat seine
Festung.
... Das zum Kriege tüchtige Alter taugt auch für
Venus.
Tölpel der Greis als Soldat, tölpelhaft greise Liebe.

P. Ovidius Naso

Kurz vor zehn wollte es ernsthaft dunkel werden; auf dem
Platz gingen die Laternen an. Inzwischen waren auch die
Herren Fischer und Lauritzen eingetroffen und hatten das
von Yü angebotene Bier akzeptiert. Sie standen weiter links,
wohin Yü sie nach kurzem Blickkontakt mit Matzbach ge-
lotst hatte.

Baltasar und Lemberger waren mit dem gründlichen Austausch fertig; im Prinzip herrschte Einigkeit darüber, daß der
Bestatter die Ohren auf- und sich aus der Sache ansonsten
heraushalten würde.

»Ach, eines wollte ich Sie fragen. Wissen Sie etwas von
Antisemitismus hier in der Gegend?«

Lemberger klackte mit der Zunge. »Nichts Ungewöhnli-
ches, nur das, was man nach Lage der Dinge im Orient und
nach Lage der Hirne im Bergischen erwarten kann. Daß der
Papst die kollektive Verdammung der Juden durch die Kirche für Unrecht erklärt hat, wurde hier noch nicht so richtig registriert. Warum fragen Sie?«

»Dieser Detektiv, Goldstein. Man hat seinen Wagen gefunden, wochenlang irgendwo geparkt, und zwar mit einem Zettel auf dem Beifahrersitz. Darauf stand so etwas wie: Saujude hör auf zu schnüffeln. Schnüpfeln, genauer.«

Lemberger preßte die Lippen aufeinander. »Goldstein, wie immer er an den Namen gekommen sein mag, ist ungefähr so jüdisch wie Ihr Freund Yü schwarz. Als ich noch in Köln gearbeitet habe, hatte er gerade die Seiten gewechselt. Wenn man das so nennen kann.«

»Also kein Jude.«

»Definitiv. Und abgesehen von den üblichen Aufwallungen von ... sagen wir mal grob Fremdenangst, oder Angst vor dem, womit man nicht vertraut ist, gibt's hier nichts Großes zu erwähnen.«

»Sie meinen, selbst wenn Goldstein Jude wäre, oder jemand ihn wegen des Namens dafür hielte, wüßten Sie nicht, was das mit seinem Verschwinden zu tun haben könnte?«

»Ja. Wie gesagt, es gibt hier wie überall latente Xenophobie, aber die ist bisher nicht aktiv oder gar gewalttätig und richtet sich im Moment sowieso eher gegen Dinge, die mit dem Islam zu tun haben.«

Baltasar nickte. »Wofür ich ein gewisses Verständnis nur mühsam unterdrücken kann.«

»Wie soll man das verstehen?«

»Wir haben ein paar Jahrhunderte gekämpft, um Gedankenfreiheit zu bekommen und Religion zur Privatsache zu machen. So daß jeder nach der jeweils eigenen *façon* unselig werden kann. Da mag ich dann keine Anschauung tolerieren, deren lauteste Vertreter keine anderen Anschauungen tolerieren. Die das ganze Leben ihrer Religion unterordnen wollen. Aber das ist eine andere Geschichte. Bleiben wir bei Goldstein. Was war er, bevor er Detektiv wurde?«

»Drogenkurier. Die zuständigen Kollegen wußten es, konnten ihm aber nie etwas nachweisen.«

Fleißner und die anderen hatten wohl ausreichend gegessen und kamen nun auch an die frische Luft. Alle fünf hielten Sektgläser; Matzbach vermutete, daß darin Prosecco lungerte. Sofort schlenderten alle möglichen anderen demonstrativ beiläufig zu ihnen und begannen eine Art Belagerung des Abgeordneten.

»O Schmerz meiner Netzhaut«, sagte Baltasar leise. »Aber bleiben wir bei Goldstein. Sie wissen nicht zufällig, was aus ihm geworden ist?«

»Nein.«

»Und diese beiden Exemplare Journaille – hängen die hier schon länger rum oder erst seit der Entführung?«

Lemberger hatte seine Pfeife lange genug kalt werden lassen; aus einem Lederbeutel stopfte er sie nun neu. Dabei sagte er: »Ich glaube, die sind mit den Fleißners befreundet.«

»Jeder hat die Freunde, die er kriegen kann.«

»Hö hö hö. Mißfällt Ihnen irgendwas daran? Ich finde, die vier haben einander gründlich verdient. Oder die fünf; vergessen wir nicht den Wildschweine stemmenden Herrn Pittrich.«

»Mag sein. Aber diese Berichterstattung, noch dazu exklusiv, war wirklich vom Schweinsten.«

Lemberger zuckte mit den Schultern. »Was wollen Sie? Im Krieg und in der Liebe ist alles erlaubt; ich fürchte, das gilt auch für Journal und Freundschaft.«

Matzbach schnaubte. »Für Krieg und Liebe bin ich zu alt, von Journalen verstehe ich nichts, und Freundschaft stelle ich mir anders vor.«

»Wenn Sie für das eine zu alt sind, wieso haben Sie dann bei Freundschaft noch Illusionen?«

»Habe ich nicht. Ich sagte, ich stelle mir das anders vor; das sind keine Illusionen, das ist nur üppige Phantasie.«

Der Bestatter stand auf. »Ich hol mir noch ein Bier. Wollen Sie was?«

Baltasar hielt die nicht mehr ganz halbvolle Flasche hoch. »Ich bin heute offenbar genügsam; manchmal muß man sich eben überraschen. Macht es Ihnen etwas aus, wenn ich mich mal an die Bagage da drüben pirsche?«

»Tun Sie das. Sie wissen ja, wo Sie mich finden.«

Matzbach blieb noch einen Moment auf dem Sims sitzen. Nachdem er so überraschend einen Verbündeten gefunden hatte, lag ihm einiges an der Erwägung der Frage, ob er diesem behaglich mißtrauen könne oder sich zu skeptischem Vertrauen aufraffen müsse. Außerdem wußte er nicht recht, wie er nun weitermachen sollte.

»Das spielen wir nach Gehör«, murmelte er schließlich. »Mal schauen, was uns zu Gehör kommt.«

Mit einer neuen Zigarre zwischen den Zähnen, der Flasche unterm Arm und dem halbleeren Glas in der Linken schlurfte er dorthin, wo sich nach den ersten Aufwallungen gegenüber dem Phänomen der Prominenz das Gedränge um den Abgeordneten auszudünnen begann.

Fleißner, seine Frau und der TV-Journalist Herms standen abseits und unterhielten sich offenbar über etwas Ernstes, den Mienen nach zu urteilen. Der riesige Apotheker Fischer gehorchte nicht gerade rasch dem Lockruf seiner Frau, die in der Nähe der Tür stand und ihm anscheinend etwas Dringliches mitzuteilen wünschte.

Baltasar zog es vor, nicht zu ihr zu blicken; er wollte Abhandlungen über Kräuter vorerst ausweichen. Er ging zu Yü, der mit Frau Sager, drei anderen und Herrn Lauritzen dem Abgeordneten lauschte.

Pittrich sagte eben etwas über »gewisse Reformen«, die dem Steuerwesen und Sozialsystem der Republik zuträglich wären.

Yü näherte seinen Mund Matzbachs Ohr. »Ich hoffe«, flüsterte er, »bei dir war es interessanter. Der da sondert portionsweise seine Wahlkampfrede ab. Eine Wüstenei, in der man den Brunnen des Schweigens verschüttet hat.«

Ebenfalls flüsternd sagte Baltasar, der Bestatter sei gewissermaßen ein Verbündeter; mehr werde er später berichten.

Lauritzen, der Mann vom WDR, hob die rechte Krücke, um damit auf Pittrich zu deuten. »Die Fachleute sehen das aber anders«, sagte er. »Die sagen, die öffentlichen Finanzen sind zerrüttet, die Subventionen absurd, die Steuergesetze ein Dschungel, Kranken- und Rentenversicherung pleite. So daß gewisse Reformen, wie Sie sagen, bloßes Flickwerk an einem untauglichen System wären, das keiner Reform, sondern einer Revolution bedarf.«

Der Abgeordnete verzog das Gesicht; in seiner Stimme lag nun einige Schärfe. »Wenn Sie mich fragen, ist das alarmistisches Geschwätz. Sie können sicher sein, daß die beiden großen Parteien etwas unternehmen würden, wenn es so wäre. Bei aller Meinungsverschiedenheit sind wir da einig.«

Matzbach räusperte sich. »Ich bin entzückt«, sagte er, »endlich einmal die Chance zu haben, einem jener Männer, die sich so trefflich der Republik verdingen und daran so trefflich verdienen, in aller Dankbarkeit eine Frage, die ein alter Bekannter in Lippstadt an mich herantrug – waren Sie eigentlich schon mal in Lippstadt?«

Pittrich schien zu überlegen. »Ich glaube nicht«, sagte er dann. »Warum?«

»Ach, nur so; Reisen erweitern den Horizont – nicht nur

die auf Kosten des Steuerzahlers. Aber die Frage, die ich Ihnen stellen wollte, und ich genieße es, sie endlich einem Zuständigen vorlegen zu können ... «

Matzbach machte eine winzige Pause; als er ganz sicher war, daß alle in Hörweite aufmerksam lauschten, fuhr er fort:

»Also, Frage an einen Politiker: Was halten Sie als Außenstehender von Intelligenz? «

Yü gluckste vernehmlich. Lauritzen starrte Matzbach an und begann zu lachen, einige der Umstehenden fielen ein.

»Wenn das ein Scherz sein soll, ist es ein schlechter«, sagte Pittrich.

»Bis jetzt habe ich von Ihnen nichts gehört, das mir die Mutmaßung erlauben würde, Sie könnten zwischen einem guten und einem schlechten Witz unterscheiden.«

Pittrich machte eine wegwerfende Handbewegung und wandte sich ab.

»Nicht kneifen«, sagte Lauritzen. »Ich finde ...«

Baltasar hörte nicht, was der Funkjournalist fand, denn in diesem Augenblick zupfte etwas an seinem rechten Ärmel, und eine Stimme neben seinem Ohr sagte:

»Ich glaub, Sie haben echt Chancen. Die Chefin sagt, ich soll Ihnen sagen, sie hat keine Zigarren mehr.«

Knecht Recht stand neben ihm, ein breites Grinsen im Gesicht.

»Raucht sie nachts?« sagte Matzbach. »Oder nur tagsüber, vor Zeugen? «

»Notfalls auch in der Badewanne und beim Essen.«

»Du bist für so etwas zu alt.« Yü bemühte sich um einen ernsten Gesichtsausdruck. »Hast du jedenfalls gesagt.«

»Willst du mich übermorgen auf mein gestriges Geschwätz vereidigen? «

»Ich kenne mich nicht aus mit den Gesetzen bei euch Langnasen; aber ich glaube, das wäre Beihilfe zum Meineid, oder?«

»Das war ein affirmatives ›oder‹, wie man es in der Schweiz verwendet, oder? Auf so was muß ich nicht eingehen. Ich glaube, ich bringe Madame ein paar Zigarren.«

»Und wenn's ein Hinterhalt ist?« Nun feixte Yü.

»Auch Greise müssen mal was riskieren.«

Plötzlich herrschte Schweigen ringsum; alle Gesichter waren auf Matzbach gerichtet. Pittrich blickte ein wenig höhnisch.

»Gehen Sie mir aus dem Weg, Sie Wicht«, sagte Matzbach. »Ihre Anwürfe sind auch nicht besser als Ihr Wahlkampfgeschwätz.«

»Sie haben doch gar nicht gehört, was ich gesagt habe!«

Baltasar nickte. »Ich bin edelmütig genug, Ihnen das nicht nachzutragen. Und ausreichend großzügig, um eine Bemerkung über Ihre mangelnde Satisfaktionsfähigkeit zu unterdrücken. Leute, die Panzer stemmen und Wildschweine beißen … «

Pittrich baute sich vor ihm auf; als Matzbach an ihm vorbei zum Wagen gehen wollte, hielt er ihn an der linken Schulter fest. Durch die Zähne sagte er:

»Das muß ich mir nicht gefallen lassen.«

»Machen Sie sich mal klar, junger Mann, von wem Sie Ihren Posten, Ihre Knete und Ihren Einfluß haben. Vom Wähler, also von mir. Ein bißchen Demut und Dankbarkeit stünde Ihnen gut zu … zu was? Na ja, nennen wir es vorläufig Gesicht.«

»Danke, danke, danke, hoher Herr.« Pittrich ließ Baltasars Schulter los. »Was Posten und Einfluß angeht – Sie werden von mir hören!« Dabei hob er die geballte Linke.

»Kennen Sie Phaedrus?« sagte Matzbach. »Ach, Sie kennen ja nicht mal Lippstadt. Bei Phaedrus gibt es einen Fuchs, der hat Sie portraitiert. Beim Anblick einer Tragödenmaske sagte er nämlich, was auch für die Maskierung Ihrer Macht gilt: Sehr schön, aber überhaupt kein Gehirn.«

»Das haben hier alle gehört! Sie sind alle meine Zeugen!«

»Wollen Sie mich wegen Geheimnisverrats belangen? Machen Sie sich nicht lächerlich. Und lassen Sie mich jetzt endlich …«

Er sah den Schlag von Pittrichs linker Faust kommen und fing ihn ab, indem er das Handgelenk des Abgeordneten umklammerte und nach unten gerichtet zusammendrückte. Pittrich jaulte leise und ging in die Knie.

Fünfzehn Minuten später jaulte Gandalf leise, nachdem er Matzbach mit einem trockenen *Wuff* begrüßt hatte und gekrault worden war, aber offenbar nicht gründlich genug.

Die schmerzend blaue Hintertür, dank der Dunkelheit ohne optischen Harm, war nicht verschlossen, und in der Küche brannte Licht. Baltasar ging hinein und stieß ein vernehmliches »Hallo« aus; als dies keinerlei Antwort auslöste, wagte er sich in den unbeleuchteten Flur. Von oben hörte er Wasser rauschen. Ehe er die Tür zur Küche schloß und damit das Licht aussperrte, betrachtete er einen Moment versonnen die Garderobe. Dort hingen allerlei Lodenmäntel vom Typ Schleusentunker und absurde Kopfbedeckungen; unter den Schals und Halstüchern war jedoch nichts zu sehen, was bei besserer Beleuchtung als grellrote Phalli auf türkisem Grund identifizierbar gewesen wäre.

Da er keine Lust hatte, in fremdem Gelände Lichtschalter zu suchen, nahm er das Zigarrenkästchen in die Linke, tastete mit der Rechten nach dem Treppengeländer und ging hinauf. Drei Stufen knarrten, alle in unterschiedlichen Tonhöhen.

Durch den Spalt zwischen Rahmen und angelehnter Tür fiel Licht aus dem Badezimmer, in dem das Wasser immer noch laut rauschte. Baltasar klopfte; als keine Reaktion erfolgte, öffnete er die Tür und trat ein, wobei er sich um ein ausdrucksloses Gesicht und die Körperhaltung demütiger Dreistigkeit bemühte.

Wayne Bergedorf saß im Schaum, der die Brüste noch nicht erreicht hatte, und blickte ihm mit einem schrägen Lächeln entgegen.

»O prunkvoll Prangende«, sagte Matzbach; dabei hob er das Zigarrenkistchen. »Euer Knecht sprach von Mangel.«

»Wollten Sie mir den Rücken schrubben?«

Baltasar legte das Kistchen aufs Waschbecken und ging zur Wanne. Er langte nach dem Lappen, der auf dem Wannenrand lag, und tunkte ihn ins schaumige Wasser.

»Mit Vergnügen, Madame. Für alles andere bin ich zu alt und zu schmutzig.«

Er fand, daß es sich um einen ersprießlichen Rücken handelte: angemessen fleischig; keine im Kollisionsfall schmerzhaft ragenden Knochen; reife griffige Haut, versehen mit interessanten Konstellationen aus Sommersprossen. Im Gefühl eiliger Muße begann er zu schrubben.

»Ach«, sagte sie. Es klang wie eine Mischung aus behaglichem Seufzen, Unglaube und Frage. »Gegen Schmutz könnte man was tun, und das mit dem Alter sollte man wenigstens testen.«

Er rieb kräftiger und beugte sich vor, um bis an die unteren Rundungen zu gelangen. »Ich dachte, Sie hätten was gegen ätherische Künstler. Esoteriker sowieso.«

Er hörte die aufgerauhte Altstimme leicht lachen; dann

kam zumindest eine feuchte Hand aus dem Wasser und beschäftigte sich mit seiner Gürtelschnalle.

»Wenn Sie Künstler sind«, sagte Wayne Bergedorf dabei, »revidiere ich meine Vorurteile. Und ›ätherisch‹ endet ein bißchen unterhalb Ihrer wieviel Kilo?«

»Hundertneunzehn. Oder so.«

Nach der Schnalle hatte sie den wichtigen Halteknopf geöffnet; nun zupfte sie am Reißverschluß.

Matzbach legte den Waschlappen auf den Wannenrand und trat einen Schritt zurück. Dabei schüttelte er sich, damit die Hose zunächst gleiten, dann fallen konnte. Als er das Piquéhemd über den Kopf gestreift hatte, griff die Hausherrin, ohne hinzusehen, nach den Wasserhähnen und drehte sie zu; dabei wühlte sie mit den Blicken in seiner wüsten Brustbehaarung und sagte: »Ei.« Matzbach grinste flüchtig, stieg aus den Schuhen, bückte sich, streifte die Socken ab, richtete sich wieder auf und entledigte sich der Unterhose, die sich verhakte beziehungsweise verhakt wurde. Wayne sagte: »Abermals – ei. Wieso zu alt?«

»Hat was mit Wollen zu tun, nicht mit Können.«

»Lassen Sie … laß uns das testen. Vielleicht kommt das Wollen ja beim Können.« Sie patschte aufs Wasser; Schaum spritzte auf. »Was war mit dem Esoteriker?«

»Na ja, wegen der Wünschelrute.«

Sie schnalzte leise. »Bei Rutengängern schlägt die aber nur wegen Wasser aus.«

Matzbach kratzte sich den Kopf und deutete auf die Wanne, wo eben sein Fuß im Wasser verschwand.

»Schon recht«, sagte Wayne. »Aber ich bin eitel und beziehe das Ausschlagen erst mal auf mich.«

»Wie recht Ihr doch habt, o Schaumige.«

Irgendwie war die Wanne dann aber doch zu eng für jenes, dies und das. Also folgte Matzbach der Hausherrin nackt und naß in ihr Schlafzimmer und auf das breite Bett, wo zur beiderseitigen Zufriedenheit jenes (»statt Zigarren und Austern, erst mal«), dies (»mobile Seßhaftigkeit«) und das besser gelang.

Nach der nötigen Weile stand sie auf, um zwei Gläser, eine Flasche Rotwein, einen Aschenbecher und die Zigarren zu holen. Matzbach rollte sich auf den Bauch und sah ihr beim Herumgehen zu, betrachtete die Beine und die Füße und sagte sich, daß Mister Wayne, ehe er John hieß, Marion geheißen hatte, aber in seiner staatstragenden Art kaum als Wiegeler durchgehen konnte, daß es für den »Bergedorf«-Teil bestimmt eine Erklärung gäbe, daß sechs Zehen interessant aussahen und daß er jetzt ganz bestimmt keinen Ring aus dem Portemonnaie holen und auch nicht von Benno Vogelsang reden würde, dessen Identität zweifellos zweifelhaft war. Dubioses aber, dachte er, gab es ohnehin genug.

14.

Leidenschaft macht oft die klügsten Männer
zu Narren und die größten Trottel klug.

LA ROCHEFOUCAULD

Kurz vor zwei verließ Matzbach den gastlichen Hof. Im kur-
zen sommerlichen Frotteehemd, das maximal zur Hälfte der
Oberschenkel reichte, geleitete Wayne ihn bis zum Wagen.
Als er einstieg, streichelte sie das Dach des Citroën.

»Irgendwann demnächst möchte ich da mal mitfahren«,
sagte sie. »Ich hab noch nie in so was gesessen.«

»Jederzeit, Madame.«

»Und irgendwann erzählst du mir dann auch, was du
wirklich machst, ja? Von wegen malen ...«

»Ach, zum Beispiel könnten Yü und ich unsere Staffelei-
en hier aufbauen und dein Haus oder gar dich portraitie-
ren.«

»Jederzeit, Monsieur.« Sie schüttelte den Kopf, lachte und
schleuderte eine Kußhand nach ihm.

Durch die Nacht zum Hotel in Klitterbach heimzufahren
war nicht unbedingt die attraktivste aller Möglichkeiten;
jene, die Wayne Bergedorfs Haus, Hof und Schlafgemach
boten, hätte Baltasar lieber vorgezogen, mußte sie jedoch
hintanstellen. »Nicht zum Vergnügen«, knurrte er, »sondern
für die Schule lernen wir.«

Als er dies eben gesagt hatte, erreichte er die Straße, die das Tal durchquerte. Und hätte beinahe einen einsamen Fußgänger überfahren, der von der Straße in die Zufahrt zum Hof bog.

Baltasar bremste und rief »He!«

Knecht Recht hob die Hand und kam um den Wagen, zum offenen Fahrerfenster. In der milden Sommernachtluft flatterte ihm seine Bierfahne gar munter voraus.

»Na, war's gut?«

Matzbach wedelte. »Mann, Sie haben aber gründlich zugeschlagen. Sind Sie den ganzen Weg gelatscht?«

»Nee. Gefahren.«

»Womit denn? Haben Sie irgendwo einen Wagen versteckt oder verschusselt?«

»Ach was, Wagen. Kommen Sie mal.«

Matzbach schaltete den Motor aus und folgte dem Knecht. Die Nacht war klar und hell; deshalb gelang es ihm, auf dem Fußweg jenseits der Straße nicht allzu oft zu stolpern.

Recht ging voran, ohne zu schlingern oder zu torkeln. Er führte Baltasar Richtung Bahndamm, vielleicht drei- oder vierhundert Meter nördlich der Stelle, wo sich nachmittags die Begegnung mit Gandalf zugetragen hatte. Dort gab es eine Art Abstellgleis neben der eigentlichen Strecke, und darauf stand etwas.

»Qu'est-ce que dat dann?« sagte Matzbach, als sie neben dem Objekt standen.

»Echt, Mann, also! Noch nie ne Draisine gesehen?«

»Nur im Film.« Baltasar ging einmal um das etwa fünf Meter lange Gefährt; dabei pfiff er mißtönend. »Wie bewegt man das? Mit diesem Pumpenschwengel da?« Er deutete auf den Holm, der in die Nacht ragte.

»Wenn's eben ist oder bergab geht, ja, und nachmittags, wenn man gut in Form ist.«

»Und was machen Sie abends? Nachts? Wenn Sie in guter Bierform sind?«

Waynes Knecht deutete auf einen Kasten unterhalb dessen, was Matzbach in Ermangelung von Fachkenntnissen und entsprechendem Vokabular als »Kutschbock« ansah.

»Da hab ich nen Motor von nem ollen Mini drangeknallt«, sagte er.

»Begabter Autobastler, was?«

»Na ja, begabt?« Recht zog den Inhalt seiner Nase hoch und spuckte in die seitliche Düsternis. »Sagen wir, ich hab nich grade zwei linke Hände mit insgesamt zehn Daumen.«

»Ich bin beeindruckt.« Baltasar klatschte sachte in die Hände. »Was können Sie denn sonst noch?«

»Dies und das. Möbel reparieren. Knalltüten basteln. Pflugscharen zu Schwertern machen. Warum? Haben Sie Probleme?«

»Die DS braucht irgendwann demnächst mal eine Überholung, und der Typ, der das bisher für mich gemacht hat, ist nicht mehr im Geschäft.«

Recht zögerte. »Also, Franzosen? Weiß nicht. Da braucht man Spezialwerkzeug. Kennen Sie ja, wenn Sie das fahren; man muß den Motor ausbauen, um die Bremsen neu zu belegen. So was. Könnt ich mir aber mal ankucken.«

»Irgendwann die nächsten Tage, ja?«

Recht kicherte. »Beantwortet meine erste Frage. War wohl gut genug, um wiederzukommen.« Er schnalzte. »Wieder zu kommen.«

Die *Tränke* stand trocken und düster da, als Baltasar um vierzehn nach zwei den Wagen abschloß. Er blickte hinauf zur Kirchturmuhr, über deren Zifferblatt Mondlicht schwappte. Der große Zeiger sprang auf 2:15, aber es gab keinen Schlag.

»Gut so; keine nächtliche Ruhestörung«, murmelte Matzbach. Er pries sich glücklich, daß er daran gedacht hatte, vor dem Aufbruch die Schlüssel für Zimmer und Eingang einzustecken.

»Die Stimme aus dem Off erklingt von oben.« Die Stimme aus dem Off erklang von oben. Yüs Kopf, schattig im Fensterrahmen, hätte auch ein Blumentopf sein können.

»Herr der Seidenraupen«, sagte Matzbach, immer noch auf dem Trottoir. »Kinder und Ausländer sollten zu dieser Stunde pennen. Pofen. Ratzen.«

»Ich harrte deiner, trefflicher Mann, um zwei oder drei Worte zu sagen.«

»Ich komme.«

Yü öffnete seine Zimmertür, als Matzbach eben klopfen wollte.

»Wie ich annehme, wünscht Ihr zu qualmen; das solltet Ihr in Eurem Gelaß verrichten.«

Baltasar knurrte und schloß auf. Erst als er das Licht angeknipst und die Tür geschlossen hatte, bemerkte er zweierlei: die noch etwa 0,3 l enthaltende Flasche Priorato in Yüs Hand; und seine gelben Boxershorts mit grellbunten Früchten.

»Huh«, sagte er. »Diese oralen Öbste! Aber heißen Dank fürs Bewahren des Weins.«

»Dem Höslein konnte Dany nicht widerstehen, als sie es auf einem karibischen Markt sah.« Yü stellte die Flasche auf Baltasars Nachttisch.

»Du mußt sie wirklich sehr lieben.« Matzbach schüttelte den Kopf. »Sonst wäre deine Hinnahme der Tracht unerklärlich. Aber vielleicht hat sie dir das Ding ja nur angetan, um zufällig durch dein Schlafgemach stapfende Damen in die Flucht zu schlagen.«

Yü ließ sich im Schneider-Buddha-Sitz auf Baltasars Bett nieder; sein Waschbrettbauch, fand Matzbach, glich in diesem Moment einer vom Wind nach innen gewölbten Jalousie.

»Du auch?« Er wies auf die Flasche.

Yü schüttelte den Kopf. »Erzähl mir lieber von in die Flucht geschlagenen Damen.«

Baltasar holte ein Glas aus dem Bad, goß Wein ein und hockte sich auf die Bettkante. »Es gibt überstürzte Fluchten«, sagte er nach dem ersten Schluck, »hastende Fluchten, harrende Fluchten, entgegenkommende Fluchten und noch ein paar andere. Keine von diesen fand statt; es war, sagen wir, ein flüchtiges Weilen.«

Yü lächelte. »Dem Alter des Knaben angemessen? Der jenseits von Krieg und Liebe ist?«

»Es kam« – Matzbach betrachtete versonnen die Zigarre, die er aus dem Etui genommen hatte – »zu gewissen Inspektionen. Dabei stellte sich heraus, daß die Dame links sechs Zehen hat.«

»Wie ich dich kenne, hast du die Entdeckung ausgenutzt, um schamlos zu schweigen.«

»Du sagst es. Zweifache Schamlosigkeit, gewürzt durch spezifisches Schweigen.«

»Also, Wayne Bergedorf ist Marion Wiegeler. Knecht Recht ist Ruprecht Tugendhaft. Oder auch nicht, oder anders herum.«

»Ist denn nicht jeder das, was er zu sein vorgibt? Und auch die Essenz des Gegenteils?«

Yü seufzte. »Heben wir uns diese Erörterung für den Tag

auf, an dem wir nichts Besseres zu tun haben, ja? Aber …
die Identität des Nichtidentischen ist gewissermaßen gleichsam. Und sonst? Nichts Negatives zu vermelden?«

»Gandalf hat mich mit einem zarten *Wuff* empfangen.«

»Negativ, aber nicht erwähnenswert. Ein Jammer. Wie du
weißt, sind schlechte Eindrücke besonders dauerhaft. Denn
das Gute verfällt rasch; Laster dagegen lassen sich nicht in
Tugenden verwandeln.«

»Welches kluge Schlitzauge hat das nun wieder gesagt?«

»Ein römisches Schlitzauge namens Quintilian.« Yü grinste. »Aber bleiben wir bei den Identitäten. Davon wimmelt
es hier. Der Wirt war mal Jesuit, der Bestatter Polizist, der
Detektiv Goldstein ein Drogenkurier. Die Kirche drüben« –
er deutete mit dem Kinn zum Fenster – »mag gottvoll sein,
es fehlt ihr jedoch der Mittler.«

»Kein Pope?«

»Hochwürden wesen ab. Der Mann ist offenbar krank
und zur Kur oder Erholung gereist; deshalb gibt es im Moment keine Messen. Man hat sogar die Steuerung der
Glocken abgeschaltet und erspart uns Sonntagsgeläut.«

»Dem Schlummer günstig. Noch mehr falsche oder feh-
lende Identitäten?«

Yü verzog den Mund. »Wie man's nimmt. Dein besonderer Freund, Genosse Pittrich, ist nicht eigentlich der Abgeordnete des Wahlkreises. Man behandelt ihn hier als solchen, aber tatsächlich ist er nur über die Liste in den Bun-
destag gerutscht.«

Matzbach legte eine Denkpause ein, in der er seine Zigarre anzündete. Als die ersten Schwaden durch den Raum
zogen, sagte er:

»Bevor wir uns über eine Liste einigen, auf der alle verzeichnet sind, deren Identität doppelt und/oder zweifelhaft

ist, sag mir doch, was bei deinen Unterredungen sonst noch herausgekommen ist.«

»Du meinst, was meine Pflicht zutage brachte, während du nächtlicher Kür oblegen hast?«

»Das wird aber jetzt schwierig.«

»Wieso?«

»Mit dem Zutagebringen und der Kür.«

Yü schloß die Augen; mit von Entsagung triefender Stimme sagte er: »So, wie du mich ansiehst, kommt jetzt irgendeine sprachliche Schamhaarspalterei.«

Baltasar blies eine Rauch-Ellipse zur Deckenlampe. »Mühseliges Ringen um Genauigkeit ist keine Schamhaarspalterei, mein Lieber. Ehe du vor Ort, an der Stelle des Abbaus, etwas fördern kannst, mußt du forschen, ob dort etwas ist. Hierzu magst du muten. Vielleicht hast du also in den Flözen der Hiesigen eine Mutung vorgenommen; was nicht unbedingt deine Pflicht war.«

Yü rutschte auf dem Bett nach oben, bis er mit dem Hinterkopf die Wand erreichte. Dann sagte er leise »au – au – au«, wobei er jedesmal den Schädel gegen die Täfelung fallen ließ.

»Ich dagegen«, fuhr Matzbach fort, »kiese zuweilen, etwa diese Herberge und deine Gesellschaft; da ich sie kus, mag sie als gekosen gelten. Köse ich sie nicht, köre sie jedoch, hätte ich sie erkoren, und durch dieses Küren wärest du gewissermaßen auserkoren, mich zu erdulden. Falls du diese Duldung freiwillig ertrügest, gölte sie *entre nous* als masochistisch angehauchte Kür. Die Liegenschaft hingegen, der ich mich befleißen, wäre, falls Obliegenschaft, eher mit Pflicht verbunden. Sagen wir also: Dieweil ich mich horizontal befliß, ergötztest du dich vertikal; laß mich nun wissen, welche Frucht deine Ergötzung trieb.«

Yü öffnete die Augen und stellte die Hinterkopfstöße ein. Mit weinerlicher Stimme sagte er:

»Es sind schon viele Menschen für weniger erschlagen worden. Du solltest gelegentlich über folgendes Problem nachdenken: Gerechtfertigter Totschlag und wie man vermeidet, solchen zu erleiden.« Nach einem Räuspern setzte er hinzu: »Offenbar geht es dir zu gut; wahrscheinlich hast du dieses erotische Zwischenspiel gebraucht, um wieder zu gedeihlicher Entkräftung zu kommen. Ich will also duldsam sein.«

»Brav dahergesagt, mein Bester. So sprich denn.«

»Nicht viel zu sprechen. Wir haben noch ein wenig herumgeredet. Wie du dir denken kannst, war der Herr Abgeordnete stinkig auf dich, desgleichen seine Freunde. Die anderen fanden es eher erbaulich. In den nächsten Tagen werden wir hier und da einem freundlichen Lächeln begegnen, an anderen Stellen einer Grimasse. Der Apotheker hat den ganzen Abend kein Wort gesagt, seine Frau dafür um so mehr. Der Doktor scheint Wert auf gute Beziehungen zu Pittrich zu legen, ebenso seine Frau, die ganz munter wirkt und entweder über große Selbstbeherrschung verfügt oder den Verlust des Kindes gründlich verdrängt.«

»Vielleicht vermißt sie es nicht, weil sie es nicht richtig kennengelernt hat?«

Yü bleckte die Zähne. »Glaub ich kaum. Es soll alle möglichen Formen von Vernachlässigung geben, aber unter normalen Säugetieren ist die Zuneigung zum Nachwuchs wohl eingebaut.«

Matzbach schlürfte laut an seinem Wein. »Priorato schmeckt auch aus Zahnbechern. Mütter halten sich auch nicht immer an die Ergebnisse der Verhaltensforschung.«

»Mag sein. Aber bringt uns das weiter?« Plötzlich lachte er. »Übrigens hast du mit deiner idiotischen Zigarrenrede

Eindruck auf die gnädige Frau Ludmilla Fischer gemacht. Ich glaube, das ist eine ziemlich schrille Zicke. Sie will dich, wenn ich das richtig verstanden habe, unbedingt mit Kräutern bezicken.«

»Soll sie versuchen; ich werde mich schon außer Reichweite halten. Hast du mit Lemberger gesprochen?«

»Nur kurz; daß wir hier aber über einen ehemaligen Kripo-Mann aus Köln stolpern, der von dir gehört hat! Und zwar nicht das Beste.«

Baltasar hob die Schultern. »Was wäre das Beste? Nichts, was HaKa Freibier weitergeben könnte, hoffe ich.«

»Und nun?«

»Und nun werde ich den Wein beenden und dir dabei von einer seltsamen Fortbewegungsart berichten.«

Yü kniff die Augen zusammen. »Willst du mehr zu Fuß gehen, ab demnächst?«

»Mitnichten. Weißt du, wie Knecht Ruprecht in den Ort gekommen ist?«

»Fahrrad? Auto? Moped? Ist er auf Gandalf geritten?«

»Er hat eine Draisine mit Hilfsmotor.«

Yü lachte. »Es gibt vielleicht nichts Neues unter der Sonne, wohl aber bei abendlicher Mobilität.«

»Man fragt sich nur«, sagte Matzbach, »wozu der Aufwand.«

»Fragt man sich das?«

»Man tut. Eine instandgehaltene alte Grubenbahn, die offenbar nur dazu dient, am Wochenende eine Draisine zu bewegen. Ein Ruprecht Tugendhaft, der nichts von seinem Vater wissen will und sich als Knecht verdingt. Falls er das tut. Bei einer sechszehigen Dame von beträchtlichem Charme, die behauptet, von ihrem Hof und der Verwahrung fremder Pferde nicht leben zu können.«

Yü glitt vom Bett. »Frag dich das weiter, in deinen Träumen«, sagte er. »Ich träume hoffentlich nicht von deinen Fragen.«

15.

Nur wer genug blöde Fragen stellt, ist imstande,
ohne kluge Antworten auszukommen.

B. Matzbach

»Doch, dieses Wochenende sind Sie die einzigen Übernach-
tungsgäste.« Mertens hatte die zweite Kanne Kaffee gebracht, stützte sich auf die Lehne eines Stuhls und betrachtete Teller und Vorräte. »Haben Sie sonst noch Wünsche?«

»Einen, der ist allerdings unverschämt«, sagte Matzbach.

»Was denn? Einen Aschenbecher?« Mertens lächelte.
»Nette Rede, übrigens, die Sie gestern gehalten haben.«

»War keine Rede, nur eine kleine Anregung zum unselb-
ständigen Denken. Nein, mein Wunsch wäre, daß Sie sich
einen Moment zu uns setzen. Hier gibt's frischen Kaffee;
wollen Sie sich nicht eine Tasse holen?«

Mertens blickte zur Küche, als ob von dort Anweisungen
zu erwarten seien. »Ach, warum nicht? Alles andere kann
ein paar Minuten warten. Moment.«

Als er mit einem größeren Steingutbecher zurückkam und
sich setzte, übernahm Yü das Eingießen; dabei sagte er:

»Gäste, die sich nützlich machen, werden im Karawan-
serai abermals Aufnahme finden, heißt es.«

»Ihre Kamele müssen Sie aber selber striegeln. Oder was
immer man mit Kamelen macht.«

Matzbach schob dem Wirt Zucker und Sahne hin. Mertens schüttelte den Kopf.

»Nein, danke, ich trinke meinen Kaffee so.«

»Schwarz und bitter? Jesuitisch, gewissermaßen? Ah, interessant. Fällt das unter *déformation professionnelle*?«

»Mein Französisch ist mangelhaft, um nicht zu sagen nichtexistent. Das heißt wahrscheinlich so etwas wie ›berufsbedingte Schädigung‹, oder?«

Baltasar nickte. »Leicht aus dem Lateinischen abzuleiten, Pater. Wie schafft man eigentlich den Aufstieg von der Theologie zur Gastronomie?«

»Man muß sich ein bißchen Mühe geben.« Mertens stützte die Ellenbogen auf den Tisch und legte das Kinn auf die gefalteten Hände. »Und Sie beide? Sind Sie wirklich Maler?«

»Man lebt nicht davon«, sagte Yü. »Man befleißigt sich der Kunst, um sich Trost und Erbauung zu verschaffen.«

Matzbach entschied sich für eine leichte Sumatra-Panetela zur Beendigung des Frühstücks und Begleitung des nächsten Kaffees. »Yü«, sagte er dabei, »erteilt Unterricht in diversen Kampfsportarten und betreibt nebenbei mit seiner Lebensabschnittspartnerin ein Antiquariat. Ich dagegen nähere mich dem Rentenalter, und bis zu dessen Beginn lebe ich von Ersparnissen. Hin und wieder schreibe ich einen kleinen Aufsatz, und manchmal verkaufe ich sogar ein Bild.«

»Was für Aufsätze schreiben Sie denn?«

»Keine Besinnungsaufsätze, eher Abhandlungen über Besinnungslosigkeit. Staatsphilosophie, Religionen, Marxismus, die freudianische Scharlatanerie, derlei.«

Mertens grinste breit. »Paßt alles unter den weiten Mantel Mariens.«

»Ich denke, Sie sind abgefallen.«

»Einer meiner alten Vorgesetzten hätte das jetzt wohl gesagt. Auch als Apostat darf ich so etwas zitieren.«

»Ich will nicht zudringlich werden, aber es würde mich durchaus interessieren zu erfahren, was jemanden zu einem so schwerwiegenden Schritt bewegt.«

»Tja.« Mertens blickte ihn an, dann Yü, dann stand er auf, holte ein Päckchen Zigaretten und einen Aschenbecher vom Tresen und setzte sich wieder. »Damit wir beide besser kleckern können.« Er schob den Aschenbecher in die Mitte.

»Wissen Sie« – Matzbach drehte den ersten kleinen Aschekegel ab –, »ich habe mich gestern abend länger mit Herrn Lemberger unterhalten.«

»Noch ein Apostat.« Mertens nickte. »Offenbar ziehen manche Ortschaften bestimmte Leute an.«

»Lemberger hat sich nicht gerade entschuldigt, aber er schien doch irgendwie betrübt, daß er keinen besonders originellen Grund für seinen Atheismus anführen kann.«

»Gibt es originelle Gründe?« Yü runzelte die Stirn. »Oder braucht man originelle Gründe dafür?«

»Ich fürchte, es gibt keine.« Mertens klopfte eine Zigarette aus der Packung, steckte sie aber nicht in den Mund, sondern deutete mit ihr auf den Chinesen. »Da haben Sie ganz recht. Alle Gründe sind längst erörtert worden, tausendmal durchgekaut, und am Ende bleibt nichts als der Glaube. Oder dessen Mangel.«

»Vergessen Sie nicht die Gedankenlosigkeit«, sagte Matzbach. »Auf beiden Seiten. Leute, die ein Leben lang in die Kirche gehen, ohne einmal darüber nachzudenken; und Leute, die das unterlassen, ohne mehr als Desinteresse anführen zu können.«

»Und Sie?«

»Ich? Mir fehlt das, was Schopenhauer ›metaphysisches Bedürfnis‹ nannte; ohne daß ich dies Fehlen als Mangel ansähe.«

»Sind Sie denn sicher, daß Ihr … sagen wir mal Agnostizismus mehr ist als Gedankenlosigkeit?«

»Wie könnte ich dessen sicher sein, wenn ich mir nie Gedanken darüber gemacht habe?«

Mertens seufzte. An Yü gewandt sagte er: »Wie halten Sie das aus? Es stimmt schon, was wer auch immer gesagt hat: Für seine Freunde braucht man fast ebenso viel Langmut wie für die eigenen Macken.«

»Die Geduld des Weisen«, sagte Yü mit einem Lächeln, »gleicht der Pracht einer im Wüstensand begrabenen Sänfte. Man kann sie zwar nicht nutzen, aber sie behindert nicht den Verkehr.«

»Welchen unoriginellen Grund für Apostasie haben Sie denn nun?« Matzbach beugte sich vor und ließ sein Wegwerffeuerzeug vor Mertens Zigarette klicken.

»Danke.« Nachdem der Wirt einen Zug genommen und Qualm abgesondert hatte, senkte er die Lider und strich mit den Fingern der Linken über den Tisch, als wolle er Brotkrumen zusammenfegen. Dabei sagte er halblaut: »Mein unoriginelles Problem war, um das gleich auszuräumen, nicht die Besessenheit der Kirche, was Fortpflanzung, Sexualität und Zölibat angeht. Das ist ja bei vielen Aussteigern … na ja, nicht Grund, aber Anlaß.«

»Immerhin nennen Sie es Besessenheit«, sagte Matzbach.

»Natürlich. Aber es hat relativ wenig Bedeutung. Sagen wir mal so: Wenn Gott ein unendlicher, unfaßbarer Geist ist, wäre es absurd anzunehmen, daß Ihn der Umgang der bestenfalls amöbengroßen Menschen mit ihren Körperteilen interessiert. Wenn wir aber für Ihn interessant sind, wäre es ebenso absurd anzunehmen, unser Umgang mit unseren Körperteilen interessierte Ihn nicht.«

»Wird das jetzt Augustinus – ich glaube, *weil* es absurd ist?«

Mertens schüttelte den Kopf. »Nein. Oder – ja, das auch, aber das ist nicht so wichtig. Wenn man sich dem unendlichen Geist Gottes widmet, werden die eigenen Teile bedeutungslos.« Er schien zu zögern; nach ein paar Atemzügen sagte er: »Irgendwann kam ich mit den beiden fundamentalen Behauptungen, für die es keinerlei … tja, Fundament gibt, nicht mehr zurecht. Daß die Vertreibung aus dem Paradies einen Sündenfall darstellt, einen Erbsündenfall, der erlösungsbedürftig sein soll. Und daß der unendliche Geist es für nötig befunden habe, sich in einer seiner möglichen Emanationen selbst umbringen zu lassen, um die Erlösung zu bewirken. Das hätte er einfacher haben können. Wenn es denn überhaupt nötig war.«

Yü verschränkte die Arme vor der Brust. »Diese westlichen Mysterien«, sagte er, »verwirren mich, aber ich bin ja auch nur ein östlicher Heide. Angesichts der Übervölkerung des Globus scheint mir, man legt zuviel Wert auf Säuglinge – ob diese nun in Bethlehem in einer Krippe liegen oder in Klitterbach aus einer Wiege gestohlen werden.«

»Ach, haben Sie davon gehört?« Der Wirt klang beinahe erleichtert.

»Wenn man nicht die Augen und die Ohren schließt, läßt sich so etwas dank unserer Medien nicht ignorieren«, sagte Matzbach.

Mertens nickte. »Komische Sache, nicht wahr? Vor allem, daß die Kidnapper sich nicht mehr gemeldet haben.«

»Frau Fleißner« – Yü hüstelte – »schien mir nicht arg bekümmert gestern abend. Aber vielleicht ist sie ja nur ungeheuer beherrscht.«

»Zweifellos ist sie Herrin ihrer Gefühle. Aber Sie haben das ganz gut beobachtet, würde ich sagen. Irgendwie wirkte sie von Anfang an – tja, wie soll man das nennen? Kühl, unbeteiligt?«

»Ich nehme an, das Dorf hat großen Anteil genommen, oder?« sagte Matzbach.

Mertens drückte seine Zigarette aus und verschränkte die Hände hinter dem Kopf. »Na ja«, sagte er langsam, »das Dorf, müssen Sie wissen, ist irgendwie nicht sehr ... anteilnehmerisch veranlagt.«

»Wie darf man das verstehen?«

»Das ist ganz einfach. Es gibt ein paar Einheimische und ein paar Zugereiste – wenn ich das mit halbem Ohr richtig registriert habe, haben Sie doch gestern mit Lemberger über etwas Ähnliches geredet. Die Beziehungen zwischen beiden Gruppen sind nicht besonders herzlich, um das mal so auszudrücken. Abgesehen davon, daß es keine Gruppen sind. Es gibt zwischen den Einheimischen alte Freunde und alte Feinde, es gibt zwischen den Zugereisten Freunde und Feinde, und zwischen beiden Gruppen nicht allzu viel Kontakt.«

»Christliches Abendland, mit anderen Worten.«

»Na ja, das besteht ja nicht nur aus gegenseitigen Abneigungen«, sagte Mertens.

»Eigentlich könnten Sie doch ein bißchen Schwarzarbeit übernehmen – schwarz die Messe lesen, solange der Pfarrer zur Kur ist.« Matzbach blies zur Abwechslung einmal einen gelungenen Rauchring. »Oder eine Schwarze Messe.«

»Hat meine Frau auch schon vorgeschlagen.« Mertens blickte in Richtung Küche, von wo das Scheppern großer Behältnisse zu hören war. Er räusperte sich und rief: »Louise! Frau Behrendt!«

Das Scheppern endete, und aus dem Durchgang zur Küche

kam eine üppige, dunkelhaarige Mittvierzigerin. Sie hatte die Ärmel ihres grüngelben Flanellhemds aufgekrempelt und trug mit bunten Flicken besetzte Jeans. Aus den Sandalen vom Typ Birkenstock & Mutterglück lugten kräftige Zehen (›Greifzehen‹, dachte Matzbach) mit knallroten Nägeln.

»Guten Morgen.« Die Stimme war ein angenehmer, etwas kantiger Alt. Sie nickte Yü zu und reichte Matzbach die Hand. Beinahe entschuldigend sagte sie: »Ihren Freund habe ich ja gestern abend schon kennengelernt; Sie müßten dieser Matzbach sein.«

Baltasar hatte sich vorschriftsmäßig erhoben; er führte die rauhe Hand der Wirtin bis einen Zentimeter vor seine Lippen und sagte:

»Yü hat ein ungewöhnlich schweres Verbrechen begangen; er hat mir nämlich nicht berichtet, daß in der *Tränke* der Quell allen Charmes von Klitterbach sprudelt.«

»Hilfe!« Sie lachte; dabei bildeten sich ansehnliche Grübchen in den Wangen.

»Aber bitte, wenn ich fragen darf: Wieso bin ich *dieser* Matzbach?«

»Als ein Teil der Gäste gegangen war, haben die übrigen sich länger darüber unterhalten, daß ein gewisser Herr Matzbach den hochmütigen Herrn Pittrich wunderbar hat auflaufen lassen.«

»Ach, ist er hochmütig?« Baltasar deutete ein Lächeln an. »Mir kam er eher kleinmütig vor. Aber hochnäsig sicher.«

»Wie Meng-tse feststellte: Je hohler der Kopf ist, desto leichter, und desto höher läßt er sich tragen«, sagte Yü.

Die Wirtin schaute zurück zur Küche, dann hob sie die Schultern. »Ach, ich könnte mich eigentlich einen Moment zu Ihnen setzen. Schatz, hast du noch einen Kaffee für mich?«

»Ich bin gewiß nicht gemeint«, sagte Matzbach. »Aber in

der Kanne hier sehnt sich ein fiebernder Rest nach Ihren Lippen.«

Mertens war aufgestanden, um einen Becher zu holen; über die Schulter sagte er: »Mann, Sie verderben die Preise! Wie soll ich da mithalten? Kann man Sie auch abschalten?«

»Es wurde verschiedentlich versucht.« Yü hob die Hände, beabsichtigte jedoch offenbar nicht, sie zu ringen. »Man hat es sogar mit Gewalt versucht. Wahrscheinlich ist er in einem früheren Leben guillotiniert worden, und der Kopf hat im Korb noch weitergeredet.«

»Besser als die ganzen Bauchredner, deren Gewäsch man hört, wenn Marionetten wie Pittrich den Mund öffnen«, sagte Frau Behrendt.

Matzbach goß ihr Kaffee ein, als Mertens einen weiteren Becher geholt hatte. »Klingt, als ob Sie den nicht so richtig gut leiden könnten.«

»Er ist eher … leidig.«

»Wir haben eben von Schwarzen Messen gesprochen«, sagte der Wirt. »Und von der Anteilnahme der Bevölkerung an Frau Fleißners Leid.«

»Wir sind immer alle ganz lieb zueinander.«

»Das ist, glaube ich, Teil der *condition humaine*«, sagte Baltasar. »Katholische Geistliche sollten sich damit auskennen. Wer länger Beichten gehört hat, dürfte eigentlich von nichts überrascht werden.«

»Haben Sie viele Beichten gehört?« Mertens verzog ein wenig das Gesicht.

»Sicher kann ich Ihnen nicht das Wasser reichen, mit dem Ihre Schuhe zuzubinden ich nicht würdig wäre. Aber ich habe zum Beispiel jahrelang für eine große Zeitschrift einen Kummerkasten betreut – *Fragen Sie Frau Griseldis*, falls Ihnen das noch was sagt.«

»Ach, das waren Sie?« Frau Behrendt lächelte. »Hab ich immer gern gelesen. Die meisten Antworten waren witzig, einige sogar hilfreich.«

»Danke, danke.« Matzbach verneigte sich. »Es war auch immer eine Art Beichte, was da kam. Die interessantesten Dinge waren nie zu veröffentlichen, aber extrem lehrreich. Wir wollten aber gar nicht von meinem schlechten Geschmack reden und dem, was ihn speist. Sondern von den lieben Menschen im Dorf.«

»Besonders viel Zuneigung gibt es nicht zwischen den Gruppen, wie ich schon sagte.« Mertens blickte seine Frau an. »Oder siehst du das anders? Und die Trauer von Frau Fleißner um ihr verschwundenes Baby ...«

»Ich glaube, sie hat sich sehr gut unter Kontrolle«, sagte die Wirtin. »Ich hab sie besucht, anstandshalber, als das Kind ganz frisch war, und da wirkte sie durchaus ... tja, von Mutterglück beseelt, sagen wir das mal so.«

»Wie sieht das aus? Ich war nie Mutter.« Matzbach versuchte, ein sehr ernstes Gesicht zu machen, was eine ungewohnte Übung war.

»Ach, sie hatte das Kind auf dem Arm und hat ihm leise was vorgesummt. Sah nicht so aus, als ob sie es nicht haben wollte.«

»Ist Fleißner der einzige Arzt hier?«

»Es gibt noch einen Zahnarzt, das ist ein alter Kerl mit einer hübschen Sammlung mittelalterlicher Folterinstrumente. Außerdem etliche mehr oder minder ›zugelassene‹ Heilpraktiker und jede Menge freier Heiler«, sagte Mertens. Er grinste. »Vor allem Heilerinnen mit absolut betäubenden Kräuterkenntnissen.«

»Die Apothekerin hat mir schon mit Kräutern gedroht, als Ersatz für Tabak, nehme ich an.«

Die Wirtin legte beide Hände um ihren Becher. »Die gute Ludmilla ist besonders schrill. Wenn Sie … Sie beide wollen doch malen, hörte ich? Also, wenn Sie zum Beispiel Wert auf Landschaft legen und irgendwo Ihre Sachen aufbauen, kann es passieren, daß Sie ihr und ein paar anderen in die Finger geraten. Sonntags, vor allem bei gutem Wetter« – sie warf einen Blick aus dem Fenster; blendender Sonnenschein schien den Platz zu fluten – »ziehen einige von den Stadt-mädels gern mit ihr herum und sammeln alles Mögliche.«

Mertens verzog das Gesicht. »Die Bergische Fliegenpilz-Fraktion ist auch dabei«, sagte er. »Ersatz für Heroin oder Koks oder Crack, oder was gerade bei denen aus der Kölner Schickeria so angesagt ist.«

»Wofür sind Apotheken schließlich da?« Yü schob den Stuhl zurück, als ob er aufstehen wollte, und sah Matzbach an. »Ich glaube, wir haben das Lokal lange genug aufgehal-ten. Sollten wir nicht …?«

»Wir sollten.« Baltasar betrachtete seine halbgerauchte Sumatra. »Alsbald; laß mich noch ein paar Züge nehmen. Ich muß gestehen, ich finde das alles ganz reizvoll hier. Was mich zu der Frage bringt, wie Sie beide hergekommen sind – falls Ihnen das nicht aufdringlich erscheint.«

»Erscheint es, aber das macht nichts.« Die Wirtin trank ein paar große glucksende Schlucke. »Was mich angeht – ich bin hier geboren. Auf einem der Höfe weiter draußen.«

»Dann kennen Sie sich doch bestimmt mit der örtlichen Geschichte aus; Legenden, Überlieferungen, so etwas, oder?«

»Nicht so besonders gründlich. Suchen Sie was Bestimm-tes?«

»Ach, dies und das. Die Grubenbahn zum Beispiel. Die al-ten Schächte – was da wo früher gefördert wurde, warum man sie zugemacht hat, wie viele Leute im Lauf der Jahre reingefallen und verschwunden sind, derlei.« Er lachte. »Interessiert mich einfach; ich male nicht nur, ich sammle auch abseitige Geschichten.«

Sie schaute ihren Mann an, mit schmalen Augen. »Wer könnte so was wissen?«

Mertens blies die Wangen auf. »Keine Ahnung. Vielleicht die Heimatforscher, die die Grubenbahn hegen. Aber die sitzen nicht hier, sondern weiter oben, Richtung Wipperfürth.«

»Ist auch nicht so wichtig. Außerdem habe ich Sie von Ihrer Lebensgeschichte abgebracht.«

»Nicht viel zu erzählen. Wie gesagt, ich bin von hier. Die übliche Geschichte: Schule, Jurastudium, abgebrochen, als ich leichtsinnig genug war, mich schwängern zu lassen. Wir haben dann geheiratet; mein Mann – mein erster Mann ist Anwalt in Gladbach, der Sohn streunt in Berlin herum. Irgendwann die übliche Scheidung. Das Lokal hier hat mein zweiter Mann vor zehn Jahren übernommen; dann ist er gestorben.«

»Seitdem gehört es ihr.« Mertens lächelte seine Frau an. »Ich bin lediglich Zubehör, könnte man sagen. Ich kam durch einen jener Zufälle her, an die man erst glaubt, wenn sie einen selber treffen. Als ich beschlossen hatte, mich aus Orden und Kirche zu verabschieden, war ich mit einem uralten Käfer unterwegs, um alte Freunde, Klassenkameraden, so was, zu besuchen. Ich habe nicht unbedingt Rat gesucht – eher Einfälle. Was ich mit meinem Leben anfangen könnte …«

»Jesuiten haben doch meistens eine gute Ausbildung, abgesehen von Theologie und Priesterstand«, sagte Baltasar.

»Stimmt; bei mir war's Mathematik und Philosophie.

Aber wissen Sie, ich wollte ganz raus, auch aus der Schule. Außerdem wurden ja keine Lehrer eingestellt. Aber selbst wenn. Ich hätte immer noch das Gefühl gehabt, mit einem Bein im alten Leben zu stecken. Jedenfalls – ich war unterwegs, ohne Geld, mit dem uralten Wagen, und der ist hier auf dem Platz stehengeblieben und regte sich nicht mehr. Im Fenster des Lokals habe ich einen Zettel gesehen – ›Aushilfskellner gesucht‹. Das war's.« Er hob die Schultern und breitete die Arme aus, als ob er sich entschuldigen wollte.

»Herzlichen Glückwunsch nachträglich.« Matzbach erhob sich, verneigte sich vor Mertens und lächelte der Wirtin zu. »Und Ihnen – tja, was? Respekt für Langmut, nehme ich mal an. Das einzige Lokal am Ort zu schmeißen mit nichts als einem ehemaligen Jesuiten ...«

Sie winkte ab. »Kein Problem; die gründliche Ausbildung sorgt dafür, daß er vielseitig verwendbar ist.« Sie lachte. »Aber wir sind nicht das einzige Lokal; es gibt hier noch zwei, weiter drüben.« Sie deutete auf irgendwas jenseits der westlichen Front des Platzes. »Da gibt's aber nur Bier und Mettbrötchen.«

»Erwarten Sie in den nächsten Tagen zahlreiche Gäste? Ich meine, weil wir noch nicht wissen, wie lange wir bleiben werden.«

»Kein Problem.« Mertens stand nun ebenfalls auf. »Richtig voll wird's hier eigentlich nur an Brücken-Wochenenden; Pfingsten und Himmelfahrt und so. Oder wenn jemand was feiert und Gäste bei uns einquartiert.«

»Sehr schön.« Baltasar legte den Rest seiner dünnen Zigarre in den Aschenbecher. »Dann wollen wir uns mal über die pittoresken Aspekte der Gegend hermachen. Gegend gibt's ja hier genug. Ach, sagen Sie, eins noch. Gibt es besondere Käuze hier? Solche, die zum Beispiel auf wandernde Malergesellen schießen oder grundsätzlich keine Fremden mögen? Oder Fallen stellen, in denen Bären und Zugereiste verbluten?«

»Nicht, daß ich wüßte.« Mertens schaute seine Frau an. »Oder?«

Sie hatte ihren Kaffee ausgetrunken und stand auf; unter leicht hochgezogenen Brauen blickte sie Yü an, dann etwas länger Matzbach.

»Also, geschossen wird nicht. Es könnte aber sein, daß die Hiesigen, in den anderen Kneipen, mißtrauisch werden, wenn jemand zu viele Fragen stellt. Gilt auch für vermeintliche Maler.«

16.

Wanderer, kommst du nach Sparta, verkünde
dorten lieber nicht, was du hier gesehen hast –
den empfindsamen Kerlchen könnte grausen.

Bergischer Cicerone

Als sie wohlgerüstet den dreieckigen Platz betraten, war dieser leer.

»Enttäuschend«, sagte Yü. »So, wie du ausstaffiert bist, hättest du mindestens einen blinden Bettler als Publikum verdient.«

Baltasar fand, der Schlapphut überlappe ihn wie die Schwinge eines schwarzen Albatros (›vielleicht war er, bevor er Hut wurde, mit einem alten Matrosen unterwegs zu Baudelaires Beerdigung‹, sagte er sich), und die ebenfalls schwarze, aber sommerlich luftige Pelerine rieb sich mit leisem Schmatzen an der großen Korbtasche. Er hatte sämtliche Malerutensilien hineingestopft, einschließlich des demontierten Stativs, und trug das Gepäckstück über der rechten Schulter.

Yü begnügte sich mit einem großen Block und gebündelten Stiften, die aus der Brusttasche seines Hemds ragten; er ging ein paar Schritte hinter Matzbach.

»Possierlich seht Ihr aus, Gevatter«, sagte er. Seine Stimme klang, als habe er Schwierigkeiten damit, einen Kicheranfall zu unterdrücken.

»Danke, mein Gutester. Aber laß uns ernst bleiben, solange man uns sehen könnte. Denn nur, wenn wir ernst scheinen, wird man uns ernstnehmen.«

»Ich nehme an, du erwartest jetzt eine geschliffene Sentenz über Schein und Sein, aber dein Anblick betäubt mich.« Dann gluckste Yü und sagte: »Also sprach Konfuzius: Der Narr betäubt, indem er zu scheinen vorgibt, was er wirklich ist; der Weise dagegen scheint zu sein, was vorzugeben Mangel an schauspielerischer Begabung ihn hindert.«

»Gut gegeben. Nicht, daß ich es verstünde.«

»Wozu auch?«

»Eben; das fragt man sich. Ferner fragt man sich, warum du meinst, es wäre förderlich, hinter mir herzugehen und mich rücklings zu begeifern.«

Yü machte ein paar schnelle Trippelschritte; als er Baltasar eingeholt hatte, sagte er:

»Besser so? Und wohin des Weges?«

Sie hatten langsamen Schrittes den Platz einmal überquert, von der *Tränke* in einer Bogenlinie Richtung Kirche, dann in einer weiteren Bogenlinie nach links zur Hauptstraße; nun standen sie gewissermaßen am anderen Ende der abgeschnittenen Parabel, dreißig Meter links der *Tränke*.

»Wollen wir müßigen Fußes?« sagte Matzbach; mit dem Kinn deutete er in die Richtung, aus der sie am Vortag gekommen waren: zum Ortsausgang und zum Domizil von Dr. Fleißner. »Ob der Abgeordnete sich in ärztliche Obhut begeben hat, zur Übernachtung?«

Yü knurrte etwas.

»Bitte?«

»Ich knurrte gerade eine Art Frage. Nämlich: Wohin willst du insgesamt? Die anderen Kneipen sind weiter drüben.« Mit dem Daumen wies er schräg hinter sich.

Matzbach blieb stehen und schaute sich um. Der zur Kirche an der Spitze laufende linke Schenkel des Dreiecks, die Hauptstraße, kam ihm mit sonntäglich geschlossenen Geschäften und unbelebtem Trottoir abweisend vor. Unmittelbar vor der Kirche ging links eine Gasse ab, die in eine weitere, zur Hauptstraße fast parallel verlaufende Geschäftsstraße mündete. Dort sollten sich, den Auskünften der Wirtsleute nach und denen der Gäste am Vorabend, die anderen Kneipen und allerlei weitere Läden befinden – so auch die von den schönen zugereisten Menschen betriebenen Alternativunternehmen wie Töpferei, Handlesebude, Kräuter-Emporium, Öko-Bräu und Meditationssaal.

»Mir deucht, wir sollten einen größeren Bogen gehen und uns den interessanteren Liegenschaften von der anderen Seite nähern. Man sähe so mehr vom Ort, was den Recherchen förderlich sein möchte.«

»Du redest gleichsam mit gespitzten Lippen. So klingt es jedenfalls; nicht, daß ich dich anzusehen wünschte.«

Baltasar gluckste. »Unterlaß es; folge mir einfach.«

»Wie stehen deiner Meinung nach die Recherchen? Nachforschungen? Was auch immer wir hier tun?«

»Wir sind unterwegs, um zu malen.« Matzbach lächelte breit und zuvorkommend; es galt einer daherschlendernden jungen Dame, die auf der anderen Seite der Hauptstraße beinahe auf dem Trottoir stolperte, weil der Schlapphut auf fremdem Schädel sie von den Unebenheiten vor den eigenen Füßen ablenkte.

»Gott zum Gruß, holde Maid!« Baltasar berührte die Krempe mit angemessen schlappem Finger. »Stellen Sie die Einwohnerschaft des Orts dar?«

»Ich weiß nicht, wo alle sind«, sagte sie mit heller Stimme. »Aber wenn die wüßten, was ihnen entgeht, glotzmäßig, mein ich, wären die bestimmt alle auf der Straße. Mann o Mann, echt kraß!«

Als sie außer Hörweite war, räusperte Yü sich. »Es ist Sonntag, Dicker; der Pope ist zur Kur, eine Messe findet nicht statt, man verzichtet sogar auf Glocken.«

»Nichts bimmelt, sehr angenehm, ja. Wollen wir nicht« – Matzbach hüstelte geziert – »den lärmfreien Platz unterhalb der Kirchenglocken ›Platz des bimmlischen Friedens‹ nennen?«

»Von mir aus. Wahrscheinlich sind bei dem schönen Wetter alle auf ihren Terrassen oder suhlen sich im Sandkasten.«

»Wen sollen wir denn dann malen?«

»Versuch's mit einem Selbstportrait.«

»Schreckliche Vorstellung. Aber du wolltest eben etwas anderes sagen. Recherchen, Nachstellungen, Fragseligkeiten, derlei, wie?«

»Mhm.«

Matzbach schritt wacker fürbaß, bis zur nächsten Einmündung. Dort blieb er stehen. »Rechts könnte man zu einer der anderen Kneipen kommen, wenn ich das richtig sehe.«

»Schon wieder Durst?«

»Wissensdurst, wie immer. Komm, sehen wir mal nach. Was nun aber deine Frage angeht, so laß uns flüstern. Man könnte uns sonst meilenweit hören.«

»Okay. Also?«

»Die Identitäten mehren sich«, flüsterte Baltasar. »Neben den erwähnten Fragen tauchen neue auf.«

»Nämlich?«

»Denken, Watson, denken. Selber denken macht gründlicher dumm.«

Yü knirschte mit den Zähnen; an diesem windstillen Sommervormittag, nicht einmal durch Gemurmel oder Musik aus den Häusern gestört, war das Geräusch überdeutlich.

»Meinst du die Drogengeschichte?«

»Kluges Kerlchen. Hast du bemerkt, wie sorgsam Pater Leonardo geäußert hat, man wolle Heroin etcetera *ersetzen*? Ich glaube nicht, daß das ein Versprecher war.«

»Mag sein. Und was schließet Ihr daraus?«

»Kölner Schickeria mit Drogen, welche durch Fliegenpilzcocktails ersetzt werden sollen. Kannten die alten Perser schon, allerdings waren es bei denen keine Cocktails.«

»Nein?« Es gelang Yü, einen Hauch von Interesse in sein einsilbiges Flüstern zu legen.

»Nein. Die haben das Zeug getrocknet, zerbröselt und die Bröckchen unzerkaut geschluckt.«

»Was hat man davon?«

»Man geht auf einen schönen bunten Trip, die richtige Menge vorausgesetzt. Anfangs war das Teil der Mithras-Zeremonien, gemeinsamer Rausch in dunklen Höhlen, beim Stiermeucheln zu Ehren der Götter, so was. Später haben sie es wohl einfach so, zum Spaß, gemacht.«

Yü pfiff leise durch die Zähne; dann sagte er, beinahe laut: »Persien ist doch ziemlich gebirgig, trocken; gibt's denn da so was? Fliegenpilz, meine ich?«

»Das haben die teuer importiert, aus ihrer alten Heimat, Zentralasien. Sagt man.« Matzbach kicherte. »Ah, da fällt mir ein … Schicke Variante für die Schickeria; da müßten die drauf abfliegen.«

»Erleuchte mich.«

»Weil die Perser das Zeug importiert haben, war es ziemlich teuer, also eigentlich nur was für die persische Schickeria damals. Die Armen wollten aber auch auf den Trip gehen; und irgendwie haben sie herausgekriegt, daß das spezifische Gift beim Durchgang durch den Körper nicht abgebaut wird. Oder nur minimal. Was heißt, das, was einen da fliegen läßt und für unziemliche Erektionen sorgt, ist hinterher im Urin. Und den haben sie getrunken, und schwupps waren sie wieder high.«

Yü grunzte; es mochte auch ein Würgelaut sein. »Na ja, ich weiß nicht, ob die schönen Menschen aus der Kölner Mode- und Medienwelt darauf abfahren.«

»Man könnte es ihnen ja mal vorschlagen.« Baltasar schmatzte. »Ich stelle mir vor, was es da noch an möglichen Weiterungen gibt. Kombinier das mal mit Pfänderspielen, Partnertausch oder dem altmodischen Rudelbums vulgo Gruppensex. Wer das Pik-As zieht, muß pinkeln; wer die Karo-Sieben hat, darf trinken. Wer zapft die nächste Runde? Wessen Trip ist das, auf den ich hier aus zweiter Hand gehe?«

»Baltasar, du bist eine Sau aus erster Hand.«

»Aber mit Vergnügen doch; auf Kosten anderer immer! Du weißt ja, das ist der Stoff, aus dem die Träume meiner Trips sind.«

Aus dem Haus, das sie eben passierten, schob sich der verwuschelte Kopf einer Mittdreißigerin, die ins grelle Sonnenlicht blinzelte. Sie trug von der Nacht geschleifte Ruinen eines vormals fürstlichen Make-ups, ein ausgefranstes Sweatshirt und ansonsten nichts außer einer glimmenden Zigarette im Mundwinkel.

»Habt ihr grad was von Stoff und Trips gesagt?« Ihre Stimme war eigentlich voll, schwankte aber ein wenig, und die Artikulation war ähnlich fransig wie die Gewandung. »Wollt ihr reinkommen, Jungs?« Mit der Linken stieß sie die Tür auf.

»Sorry, Baby«, sagte Matzbach. Er klopfte auf seine Umhängetasche. »Nur Farben, nicht mal Terpentin.«

»Ach.« Sie klang enttäuscht, aber nicht rettungslos frustriert. »Na ja, macht eh nix.« Sie nahm die Zigarette aus dem Mund, winkte damit und verschwand im Haus.

»So sanftmütig?« sagte Yü. »Sonntagslaune?«

»Man trampelt nicht, auch nicht verbal, auf Leuten herum, die schon am Boden liegen. Solltest du wissen.«

»Wie edel. Die Hochmütigen niederringen, die Unterworfenen schonen? Aber die Frau liegt nicht am Boden; die steht ziemlich fest. Hast du sie nicht erkannt?«

Matzbach runzelte die Stirn. »Eine vage Ähnlichkeit mit wem auch immer. *Déjà vu*, bestenfalls. Wer ist sie?«

Yü blickte die Front der Fassaden entlang: um- und ausgebaute bergische Häuser, einiges Fachwerk, viel Schiefer, fast überall neue doppelverglaste Fenster mit Kunststoffrahmen, und teils teure, teils schicke Autos, die meisten mit Kölner Kennzeichen. Hier und da standen Fensterflügel offen, einige Türen waren angelehnt, und aus mehreren Höhlen scholl Musik. So auch aus der kleinen Kneipe, die ein paar Meter weiter mit bierflaschenfarbenen Butzenscheiben ins Morgenlicht blinzelte.

Er räusperte sich und murmelte einen Namen.

»Ja klar!« Baltasar schnaubte, empört ob seiner Vergeßlichkeit. »Aber ... *die*? Und Zigarette? Und Stoff? Und – dies Morgenkostüm?«

Als Yü den Namen gemurmelt hatte, war aus der vagen Ähnlichkeit etwas anderes geworden: eine Mischung aus Vertrautheit und Verblüffung. Er kannte die Dame nicht persönlich, sondern eben so, wie man eine einigermaßen prominente Fernsehjournalistin kennt, wenn man gelegentlich den WDR einschaltet. Und wenn man registriert, wessen Konterfei und Unterschrift bestimmte Kampagnen ziert – in diesem Fall KEINE MACHT DEN DROGEN und die eine oder andere Aktion gegen das Rauchen.

»Tut's dir jetzt leid, daß du nett zu ihr warst?« Yü klang beinahe gehässig.

»Ach nein, weshalb denn? Das bißchen Heuchelei?« Matzbach machte eine wischende Armbewegung. »Kann einen doch nur irritieren, wenn man sich auf die Ehrbarkeit der Leute verläßt. Wann hätte ich das je getan?«

»Trotzdem. Ich finde es ziemlich dreist. Ich als Nichtraucher, meine ich.«

»Nun sieh das doch mal etwas weiter. Vielleicht hat sie sich einfach vertan.«

»Wie meinst du das?«

Baltasar grinste. »Vielleicht gehört sie ja nicht zur Toskana-Fraktion, sondern zieht Venedig vor; vielleicht ist sie Anarchovenezianerin und hat gemeint, sie unterschriebe ein historisches Manifest – ›keine Macht dem Dogen‹. Du wirst zugeben, da kann man sich schon vertun.«

Yü ächzte und schwieg.

Nach wenigen Schritten erreichten sie die Zuccalmagliostraße, die parallel zur Hauptstraße verlief. Hier taten sich rechts und links überraschende Vistas auf: Höfe, in denen morgenmufflig blinzelnde Personen Prosecco tranken, den Grill fürs Frühstück zu zünden versuchten und sich mit überlautem Mozart gegen Rap aus der Nachbarschaft wehrten. Hier und da wandte man sich ihnen zu, manchmal mit einem lässigen Winken oder Nicken, gelegentlich auch mit Bekundungen des Entzückens oder Hohns. Gesprächsfetzen wurden nicht vom fehlenden Winde verweht und mußten daher ertragen werden: Mutmaßungen über die Motive eines Galeristen, Ansichten über den Stand des Wahlkrampfs, feinstsinnige Erörterungen dessen, was das kleinste gemeinsame Vielfache der Herren Walser und Möllemann sei; die von keinem intelligenten Menschen zu bestreitenden Zusammenhänge zwischen erneuerbarer Energie, Dosenpfand und Pazifismus.

Yü verfiel in seinen Panthergang; Matzbach registrierte es aus den Augenwinkeln. Diese kraftvoll gleitende, ästhetisch befriedigende Art der Fortbewegung des asiatischen Einzelkämpfers wurde selten bewußt eingeschaltet; sie ergab sich eher automatisch, wenn Yü sich bedroht fühlte oder Rachegedanken hegte.

Matzbach keckerte leise. »Ruhig, Junge, niemand will dir was Böses. Sie alle wollen nur dein Bestes, und das wirst du bestimmt nicht herausrücken.«

»Es gibt Bedrohungen«, sagte Yü düster, »deren Furchtbarkeit nicht in der Aggressivität liegt, sondern in der alles fressenden breiig-bräsigen Dummheit.«

»Rattengift her?«

»Man möchte eine Runde Schierling schmeißen, aus Opalpokalen zu trinken.«

»Kein schöner Wort in dieser Zeit, mein Lieber; Opalpokale! Fürwahr.«

Unter einem Torbogen, von rechts, kam eine in wallende indische Gewänder gehüllte Gestalt auf Plateau-Sandalen. Die Frau mochte Anfang vierzig sein; sie war so schlank, daß ihr langes dunkelbraunes Haar, sorgsam gegürtet, vermutlich genügt hätte, sie vollständig zu umfangen. In der linken Hand hielt sie eine Lyra, an deren Saiten sie mit der rechten zupfte. Sie streifte Yü und Matzbach mit einem Blick, verzog das Gesicht zu einer Grimasse des Ekels, wandte sich zurück zum Hof und rief: »Lesbia, kommst du endlich?«

Eine zweite Frau erschien, ähnlich gewandet, ebenso schlank und ätherisch, nur ein wenig kleiner. Auch sie verzog den Mund, als sie die langsam weitergehenden Männer erblickte. Matzbach fand die beiden arg elfenähnlich, sah ihnen hinterher, als sie mit schnellen Schritten überholten und davoneilten, und hörte mit einer Mischung aus Wohlgefallen und Zweifel die zweite sagen:

»Bist du denn mit deiner chromatischen Fuge weitergekommen, Sweetheart?«

Möglicherweise murmelte die Lyraspielerin eine Antwort; Baltasar hörte aber nur ihre etwas lautere Bemerkung, die einem entgegenkommenden, aber noch außer Hörweite schmachtenden Pärchen galt:

»O Göttin, da kommen The Lone Ranger und Tunto. Komm, schlagen wir uns rechts in die Büsche.«

Die Frauen verschwanden eilig in der Gasse, die nach Matzbachs Ortsempfinden zum dreieckigen Platz und zur Kirche führen mußte.

»Ei, wo laufen sie denn?« sagte Yü; er gluckste unterdrückt.

»Wen meinen?«

»Den Gegenverkehr.«

Baltasar mußte mit einem gewissen Respekt zugeben, daß die Benennung, die die Frauen abgesondert hatten, kaum zu verbessern war. Der virile Partner trug mit Silbernieten beschlagene Stiefel, Krempeljeans, ein bis knapp oberhalb des Nabels offenes Westernhemd über haarloser Brust, einen dünnen Zorro-Schnäuzer und einen möglicherweise echten Stetson. Das ephebische Geschöpf, das seine linke Hand hielt, steckte in hellen Shorts, trug statt eines Gürtels eine orange Hüftschärpe und hatte ein kurzärmeliges weißes Hemd nicht etwa geknöpft, sondern so verknotet, daß es über den Brustwarzen Reibungshitze erzeugen mußte. Lippenstift – ebenfalls orange – und ins Grünliche spielende Lidschatten ergänzten das Ensemble höchst vorteilhaft.

»Vorteilhaft für wen?« sagte er leise.

»Ich nehme an, du hast ästhetische Gedanken gedacht«, sagte Yü. »Vergiß nicht, wie die Schönheit ist auch das Erogene im Auge des Beschälers.«

Vor der zweiten Kneipe, die sie eben passierten, blieb Matzbach plötzlich stehen und deutete in den Hof auf der anderen Straßenseite.

»Töpferei?« sagte er. »Töpfung? Vertopfung? Vom Biotop zum Biotopf? Ach, wenn man nur wüßte; man weiß so wenig.«

Der von der Straße durch eine Ziegelmauer getrennte Innenhof zwischen zwei Häusern endete vor einem großen, halboffenen Schuppen. Unter dessen vorspringendem Dach und auf der Hoffläche standen runde, zylindrische, ovale, kantige Objekte, zwischen einem halben und zwei Meter groß, in allen Formen und natürlichen (sowie mehreren unnatürlichen) Farben: Amphoren, Blumentöpfe, irdene Frühbeete, glasierte Mülltonnen, ein aus Keramik-Patchwork bestehender Behälter zur Aufnahme von Sperrmüll, eine Art Hangar zur abschreckenden Bergung miniaturisierter UFOs …

Die Menge und die merkwürdigen Beschaffenheiten der Töpferei-Erzeugnisse überforderten zunächst Baltasars Aufnahmevermögen; er sagte sich jedoch, daß er bei längerem Verweilen und gründlichem Hinschauen ohne Zweifel Bezeichnungen für all die UFOs (Unsägliche Form-Objekte) fände, wenn er wollte. Er bezweifelte allein sein Wollen.

Yü, neben ihm stehengeblieben, stieß Luft durch die Schneidezähne aus. Vielleicht sog er sie auch ein; das Resultat war in jedem Fall ein sich schlängelndes Zischen.

»Zwergendepots«, sagte er.

»Wen meinst du? Oder was?«

Yü deutete auf das Gerät, das Matzbach für einen UFO-

Hangar gehalten hatte. »Alle auf dem Globus entführten – pardon, befreiten Gartenzwerge würden sich so was als Domizil wünschen.«

»Wenn du sie schon befreist, diese Zwerge« – Baltasar schnaubte; in diesen Laut der verachtenden Entrüstung mischte er einen fetten Rülpser –, »dann laß uns doch politisch ganz korrekt sein.«

»Mach mir das mal vor. Aus deinem Munde …«

»Herberge zur Aufnahme vertikal geforderter Zierfiguren hortikultureller Natur«, sagte Matzbach. »Dort werden sie täglich von lyraspielenden und hüftbeschärpten Personen mit zarter Hand gefüttert. Das Geschlecht der Fütternden zu erwähnen wäre Sexismus; also wollen wir das unterlassen, und zwar nicht etwa, wie ich betonen möchte, weil die Geschlechtszugehörigkeit aus nicht zur Fortpflanzung dienenden Aktivitäten kaum abzuleiten wäre, sondern, o nein, weil es sich nicht gehört. Gefüttert werden sie mit Brosamen. Bauernbrot böte sich an, geht aber nicht – sagen wir, es sind wohlgeformte Krümel, übriggeblieben beim Verzehr jener Laibe, deren Grobheit der kauende Volksmund ländlichen Bäckern zuschreibt: solchen, die noch eine gewisse Nähe zu Personen aufweisen, die dem Reichsnährstand angehören.«

Yü machte ein vorwurfsvolles Gesicht. »Baltasar, falsches Register!«

»O aber um Vergebung doch! Meiner unreformierbaren Seele ist ein blödsinniger Euphemismus wie der andere. Sagen wir also nicht Reichsnährstand, sondern die gesellschaftlich unabdingbare Berufsgruppe jener, deren Einzelbezeichnung Dipl.-Ing. agr. nicht pluralisierbar ist. Man könnte die Fütterung natürlich auch mit vorgekauten Resten von Sinti-und-Roma-Steaks vornehmen.«

»Ach halt doch die Klappe«, sagte Yü. »Willst du dir das Zeug näher ansehen?«

»Ich schmachte nach Finsternissen.«

»Heißt das ja oder nein?«

»Jedenfalls heißt es, daß wir auf die andere Straßenseite gehen und ein halbes Auge riskieren sollten.«

The Lone Ranger und Tunto waren ebenfalls stehengeblieben, schauten in den Hof, dann auf Matzbachs Schlapphut; Tunto giggelte, und der einsame Waldläufer zog ihn an der Hand weiter.

Als Yü und Matzbach in der Hofeinfahrt standen, sahen sie, daß die schräg von der anderen Seite aus erblickten Gegenstände keineswegs alles waren, was der Hof zu bieten hatte. Auf der nun erst einsehbaren linken Hofseite, zum anderen Haus hin, gab es noch mehr.

»Rechts die Töpferei«, sagte Yü, »und links das Atelier des delirierenden Bildhauers? Meine Fresse!«

Im linken Teil des Hofs war eine halbe Kompanie mehr oder minder naturalistischer Figuren zur Musterung angetreten. Einige waren aus Stein, andere mochten Bronzen sein, und alle hatten besondere Eigenarten: Gegenstände oder Kleidungsstücke, die nicht gehauen oder gegossen, auch nicht gemalt waren, sondern echt.

Die zur Fütterung erfundenen Zwerge waren dabei, mit Rauschebärten (sie sahen aus wie Watte) und roten Mützen, die einmal Nikolauspuppen gehört haben konnten; einige hielten Torfstecherspaten oder Sicheln in der Hand, einer hatte eine Sense über der rechten Schulter, wieder ein anderer hob mit beiden Händen eine Art Vibrator, den er verblüfft zu betrachten schien. Eine fast zwei Meter große Venus mit drei Brüsten (die mittlere war möglicherweise ein Amputat und hatte vorher eine Schaufensterpuppe geziert) stand einem Kaiser in Galauniform gegenüber, aber Wilhelm II hatte statt der bekannten Zwirbelei ein angeklebtes Hitlerbärtchen und fuchtelte mit einer echten Machete.

Eine Reihe sitzender Rodin-Denker, das Kinn auf die – je nach politischer Neigung – rechte oder linke Hand oder Faust gestützt, war tatsächlich eine Reihe Karikaturen, alle mit beigefügten Accessoires oder Klamotten: Kohl mit einer Flasche (Spätlese, vermutete Matzbach), Honecker mit Zirkel und Sichel in unbehaglicher Vermengung als Kopfbedeckung, Mao mit seiner Militärjacke, aus der ein Exemplar der roten Bibel lugte, Strauß mit Janker, die Queen mit einem unmöglichen Kapotthütchen …

Ein mythischer Jäger, der sowohl Robin Hood als auch Apollon oder Gilgamesch sein mochte, trug in der rechten Hand einen Kinderbogen aus einer Weidenrute und Paketschnur, unter der linken Achsel ein Buch, bei dem kein Titel, sondern nur der Name des Autors zu sehen war: Hermann Löns.

Langsam hob Yü den Arm und deutete auf eine Statue, die ziemlich weit hinten stand.

»Die Göttin der Gerechtigkeit«, sagte er. »Mit Waage und Augenbinde. Siehst du, was ich sehe?«

Baltasar zupfte an seinem linken Ohrläppchen, als ob er es abreißen wollte. »Ich sehe es«, sagte er. »Und ehe wir den Artisten oder die Artistin – sagen wir: das Artist – dazu befragen, sollten wir ins Grüne entschwinden und ein Weilchen nachdenken. Über geziemend taktlose Formulierungen der Frage, zum Beispiel.«

»Willst du wirklich ins Grüne? Und auch noch malen? Oder hat es dir den Pinsel verschlagen?«

»Beinahe. Komm, weiter vorn, links, stößt ein Weg in die Gegend vor, von dem ich annehme, daß er zur Endstation der Draisinenbahn führt. Bestimmt pittoresk und gut zum Grübeln.«

Die Waage der Justitia war ein ältliches Gerät, mit dem eine bergische Hausfrau vielleicht einmal Mehl abgewogen hatte. Die Augenbinde war türkis, verziert mit den grellroten Lustobjekten des verschwundenen Detektivs Goldstein.

17.

Wenn der Weg das Ziel ist, ist das Ziel weg.

FELIX YÜ

Der Weg war einmal asphaltiert worden, kurz vor Beginn des Weltkriegs, wie Matzbach vermutete. Als Yü fragte, welchen er meine, sagte Baltasar, das sei ihm absolut schnurz. Angesichts der Frostbeulen, Pockennarben, Krater von Mörserbeschuß und anderen Amönitäten sei das genaue Alter bestenfalls uninteressant.

Am oberen Ende, kurz unterhalb des Waldrands, umzingelten Trauerweiden einen kleinen, beinahe runden Platz; rechts und links führten Feldwege ins Gelände, an der dem Wald nächsten Seite gab es eine Art Rampe. Neben ihr begannen die Geleise; rot-weiß-rot gestrichene Prellböcke trennten sie von der etwa zehn Meter durchmessenden Drehscheibe weiter links.

»Zweifach verstehe ich ja, zum Rangieren«, sagte Yü. »Aber wieso drei Streckenteile?« Er beugte sich über den an die Rampe geschmiegten Schienenstrang und blickte nach rechts. Fünfzig Meter weiter kamen die drei Stränge zusammen. »Und wo geht das hin?«

»Wandern wir ein wenig, dann werden wir's schon sehen.«

Yü ging voraus, mit großen Schritten von Schwelle zu Schwelle schreitend; Matzbach folgte ihm ein paar Meter weit, setzte sich dann auf die Rampe und sah dem Chinesen nach.

Irgendwann blieb Yü stehen und bewegte den rechten Arm, als wolle er etwas Gesagtes unterstreichen. Dann, wahrscheinlich verblüfft ob des Ausbleibens einer Antwort, drehte er sich um, sah Baltasar sitzen, machte eine wegwerfende Handbewegung und ging weiter.

Als er zurückkam, sagte er: »Hätt ich mir ja denken können. Du bist heute schon so viel gelaufen ...«

»Eben. Außerdem glaube ich dir aufs Wort und harre vertrauensvoll deines Berichtes.«

»Das geht im Zickzack.« Yü malte eine Art Blitz in die Luft. »Um die maßlose Steigung besser nehmen zu können. Anders kann ich mir das mit Draisinen auch nicht vorstellen.«

»Und da oben in den Wald?« Matzbach deutete auf den Waldrand, der kaum mehr als hundert Meter entfernt sein konnte.

»Genau. Und bis dahin siebenmal zick und sechsmal zack, oder umgekehrt.«

»Von kräftigen Menschen per Draisinenschwengel zu bewältigende Steigung? Hm. Von Knecht Ruprechts Draisine mit Hilfsmotor sowieso. Na gut. Und jetzt?«

Yü setzte sich neben ihn auf die Rampe. »Jetzt könnten wir die Beine baumeln lassen, wenn die Rampe höher wäre.« Er berührte die vor ihm liegende Schwelle mit der Fußspitze. »Ersatzweise könnten wir hier sitzen und mit der Seele baumeln. Wenn du eine hättest. Da du sie irgendwann gegen die Fähigkeit verkauft hast, in jeder Lage Frechheiten abzusondern, könnte ich mit der Seele baumeln; aber was machst du so lange? Mir dabei zusehen? Oder sollten wir uns mit obszönen Halstüchern beschäftigen?«

Matzbach nickte. »Exzellenter Vorschlag, mein Lieber. Ich habe schon Gedanken darauf verwendet.«

»Und? Bist du zu wesentlichen Erkenntnissen gelangt? Oder nur zum offensichtlichen Schluß?«

»Der wäre?«

Yü rümpfte die Nase. »Wenn jemand, zum Beispiel ein Bildhauer, diesen verschwundenen Goldstein hätte verschwinden lassen, umgebracht oder in Beton gegossen oder stückchenweise zur nächsten Müllhalde exportiert, oder ...«

Baltasar hob die Hand. »Du könntest jetzt sicherlich eine halbe Stunde lang Möglichkeiten aufzählen, aber ich glaube, ich habe das schon verstanden.«

»Gut, das befriedigt mich. Wenn jemand also Böses getan hätte, würde er nicht gerade des Opfers auffälliges Halstuch sichtbar anbringen.«

»Oder vielleicht gerade doch. ›Wissen Sie, Herr Polizei, das hat er mir geschenkt, und dann ist er abgereist. Ich habe ja nichts Böses getan; warum also sollte ich das Tuch verstecken?‹ So etwa könnte man es auch sehen.«

»Nur, wenn man gewohnheitsmäßig um die Ecke denkt. Ich weiß nicht, ob außer dir viele derart Veranlagte im Bergischen Land marodieren.«

Matzbach stieß einen leisen Klagelaut aus.

»Tut dir was weh?«

»Tu nicht so scheinheilig. Wenn mir was wehtäte, würdest du doch johlend auf der Rampe tanzen. Nein, ich bedachte eben, daß wir zur Untermauerung unserer blöden Inkognitos – *incogniti*? – etwas tun müssen.«

»Willst du deine prächtige Mütze anders herum aufsetzen?«

»Nein.« Matzbach zupfte an der Krempe des Schlapphuts

und legte eine Hand auf die Korbtasche, die er neben sich gestellt hatte. »Wir sollten malen.«

»Du meinst, jemand könnte etwas sehen wollen?«

»Just. Am Ende fragt sich sonst jemand, was wir eigentlich den ganzen Tag machen.«

»Ich frage mich das sowieso.«

»Ratlos?«

Yü schüttelte den Kopf und stand auf. »Eher fraglos.« Er bewegte seinen Skizzenblock wie einen Fächer. »Fragloses Fragen, gewissermaßen.«

»Interessanter Vorgang.«

»Nicht wahr? Nein, *nicht* wahr.« Er zog das Stiftebündel aus seiner Brusttasche. »Du sitzt da ziemlich goethemäßig – du weißt schon, der Alte mit Schlapphut unter italienischem Gestrüpp. Ich glaube, ich werde dich für die Ewigkeit entstellen.«

»Was war mit deinem fraglosen Gefrage?«

»Es drehte sich um die Identitäten.« Yü kniete am anderen Ende der Rampe, den Block auf die Gürtelschnalle gestützt. Dann schüttelte er den Kopf, setzte sich auf den Boden und winkelte den rechten Oberschenkel an, um den Block daraufzulegen. »Perfekt. Tolle Identität.« Er nahm einen Stift und zog eine längere Linie; Matzbach konnte natürlich nicht sehen, welchem Zweck sie diente.

»Der Polizist als Bestatter? Das Lustobjekt als Schal? Der Abgeordnete als Listenfracht? Der Jesuit als Wirt? Oder wer oder was oder wie?«

Yü zeichnete heftig. »All das«, sagte er. »Und mehr.«

Matzbach stand auf, ächzend. »Ich fürchte, ich muß dann wohl auch malen, wie?«

»Wieso auch? Ich male nicht, ich zeichne. Und es gibt da noch eine Frage.«

»Eine fraglose?«

»Ziemlich fraglos, ja. Irgendwie hatte ich angenommen, die Sache mit dem geklauten Säugling könnte eine klassische Fopperei für die Sauregurken-Zeit sein.«

»Mhm.«

»Nämlich so, daß es gar kein Kind gab, sondern daß die prospektiven Eltern und die mit ihnen befreundeten Journalisten einfach eine scharfe Nummer abgezogen haben. Der Profit wird dann geteilt.«

Matzbach begab sich ans flache Ende der Rampe. Er hob den rechten Daumen vors Auge, als ob er etwas anpeilen wollte. Dabei sagte er:

»War mir auch gekommen, der Gedanke. Aber dann habe ich mir gesagt, daß es für Pseudoschwangere arg lästig ist, monatelang mit der zunehmend passenden Kissengröße unterm Negligé herumzulaufen. Und Mangel an Bauch fällt bei Schwangeren auf. Außerdem hat zumindest Frau Behrendt das Kind auf dem Arm der Mutter gesehen. Also abhaken.«

Er begann, die Einzelteile des Gestänges der Staffelei zu prüfen, als ob er sichergehen wolle, daß die Dinge beim Anfassen nicht bissen.

»Ich sehe irgendwie kein Durchkommen.« Yü kaute auf dem Ende des Stifts. »Frau Wiegeler ist gefunden; der brauchst du nur noch den Ring zu geben.«

»Das könnte sie im Moment mißverstehen.«

»Seit wann legst du Wert darauf, Mißverständnisse zu vermeiden?«

Baltasar schwieg, während er die Einzelteile zusammensteckte und -schraubte; als er den Rahmen mit der Leinwand befestigt hatte, nahm er ohne hinzusehen drei Farbtuben, öffnete sie und drückte Geschmier auf die Palette wie Zahnpaste auf eine flache Bürste. Dabei sagte er ein wenig geziert:

»Ich möchte zuerst klarstellen, daß meine Absichten von lauterster Unehrenhaftigkeit sind. Das Herumfummeln mit teuren Ringen könnte zu der Annahme verleiten, es ginge mir um etwas anderes. Außerdem wäre es irritierend, glaube ich, Fleisch und Metall unziemlich zu vermengen.«

Yü gluckste laut, so daß Matzbach es am anderen Ende der Rampe hörte und für demonstrativ hielt.

»Wie Meister Kung bei Gelegenheit feststellte, sollte man Hammer und Nägel nur dann mit ins Bett nehmen, wenn die Buhlin ohne Hufeisen horizontalem Hinken verfiele.«

»Gräßlich«, sagte Baltasar. »Nie warst du so schlecht wie heute.«

»Was nichts an der Lage der Undinge ändert. Frau Wiegeler haken wir zunächst mal ab. Knecht Ruprecht der Tugendhafte ist identifiziert; da du nicht planst, ihn gefesselt und geknebelt seinem Vater auszuhändigen, könnte man es dabei bewenden lassen. Allerdings bleiben so nebensächliche Fragen wie diese: Warum versteckt er sich unter den Röcken oder hinterm Rocken von Madame Wiegeler, noch dazu unter diesem albernen Pseudonamen, und ob er vielleicht etwas mit den anderen Fragen zu tun hat.«

Matzbach hob einen Pinsel, pustete darauf, bis die Borsten sich bogen, und versenkte deren Spitzen dann in Rot.

»Ich tupfe rote Tupfer«, sagte er. »Du rupfst rote Rupfer. Er sie es hupft rote Hupfer. Wir schnupfen rote Schnupfer. Ihr …«

»Ich unterbreche dich gnädig, dir fällt bestimmt kein fünfter Reim ein. Die wichtigste andere Frage wäre, ob du dich ernsthaft mit dem Detektiv, dem Säugling und der ausgesetzten Belohnung befassen willst oder nach ausreichendem Amüsement wieder auf die römisch zivilisierte Seite des Rheins zu wechseln gedenkst.«

Aus der Ferne drang ein schrilles »Huhu« zu ihnen. Baltasar blickte nicht besonders sehnsüchtig zum Waldrand und sah die Apothekerin. Sie winkte gewaltig und sagte offenbar etwas zu ihren beiden Begleiterinnen, die ebenfalls zu winken begannen und damit erst aufhörten, als Matzbach zurückwinkte. Dann wandten sich die drei Damen wieder ihrem Vorhaben zu, in den Wald einzudringen. Man hörte kräftige Stimmen »Wohlauf in Gottes schöne Welt« singen; das letzte, was Baltasar sah, war die rote Bluse von Ludmilla Fischer.

»Ihr lupft rote Lupfer«, sagte er. »Sie ... und jetzt darfst du mich unterbrechen.«

»Hab ich doch längst.«

»Richtig, und danke ich Euch dafür inniglich. Doch, die Sache mit den Hunderttausend interessiert mich schon, ebenso die Frage, in welchem Schacht Vogelsang – der nicht Vogelsang ist, sondern wer? – den Ring gefunden haben könnte, falls er ihn wirklich in einem Schacht gefunden hat. Der Detektiv als solcher juckt mich nicht; es sei denn, er hätte irgendwas mit der Säuglingsentwendung zu tun. Der Säugling wiederum dürfte inzwischen tot sein. Es sei denn ...«

»Warum dürfte er tot sein? Und es sei denn, was?« sagte Yü, als Matzbach schwieg.

»Böse Schandbuben, die einen Säugling stehlen, tauschen ihn entweder schnell gegen Knete ein, oder sie haben mit ihm ein Milchversorgungsproblem. Es sei denn, es sind böse Schanddirnen, von denen es im Lande wimmeln dürfte. In alten Hintertreppenromanen und in der Realität soll es schon vorgekommen sein, daß Frauen, die selbst keine Kinder kriegen konnten, anderen eins entwenden.«

»Auch böse Buben können ein Kind mit Fläschchen aufziehen«, sagte Yü. »Und die Suche nach frischen Müttern, die zuvor nicht schwanger waren, stelle ich mir zwar amüsant vor, aber wenig aussichtsreich. Logistisch, meine ich. Sie könnten sich ja nicht nur zwischen Maas und Memel aufhalten, sondern auch nördlich des Belt und südlich der Etsch. Ätsch.«

»Äußert irgendein kluger Chinese etwas dazu?«

Yü schwieg; er schien hektisch zu denken. »Meng-tse«, sagte er nach einer Weile, »hat mal geäußert, der Kinderlose sei den Unbilden der Zukunft ausgesetzt wie ein Haus ohne Dach dem Kot des Drachen.«

»Manchmal soll es sogar regnen.«

»Drachen sind häufiger.«

»Wir werden« – Matzbach hob den Pinsel, als wolle er damit ein Dirigat produzieren – »jetzt unter unflätigem Denken malen. Danach, nämlich nach vollendetem Gepinsel und geleistetem Dunk, werden wir uns in die Untiefen von Töpferei und Bildgehaue begeben und nach dem Schal fragen.«

»Versprichst du dir etwas davon?«

»Nein. Aber mir fällt sonst nichts ein.«

Yü zeigte Baltasar das Werk: zwei chinesische Hügel und ein Bambusdickicht mit einem ungeschlachten Geschöpf im Vordergrund.

»Was ist das?« sagte Baltasar. »Abgeschnittene Fingerkuppen mit Troll?«

»Nein. Matzbach am Venushügel, mit Busen im Hintergrund.«

»Wirklich allerliebst.«

»Und was hast du gepinselt?«

Matzbach hielt die Leinwand hoch. Sie zeigte rote Tupfer, eine grüne Schlange, eine Axt und einen mächtigen blauen Klecks.

»Laß mich raten.« Yü fletschte die Zähne, durch die er mißtönend pfiff. »Lautet der Titel vielleicht ›Defektes Terrarium nach Abreise des Handwerkers‹?«

Baltasar grinste. »Nee, sondern ganz einfach ›Abel ist nicht im Teich ertrunken‹. Gehen wir?«

Im Hof der Töpfe und Skulpturen fand eine Art Nachmittags-Brunch statt. Anderthalb Dutzend Leute standen und gingen herum, kauten, tranken und redeten. In die Mitte zwischen den beiden Abteilungen hatte man einen langen Tisch gestellt, auf dem sich – alle mit handgekrakelten Preisschildchen versehen – diverse Torten und Kuchen, Stapel von Wurst- und Käsebroten, Kannen, Besteck und Geschirr türmten.

»Halb vier«, sagte Yü nach einem Blick auf sein Handgelenk. »Die Künstler stehen wahrscheinlich nicht viel früher auf.«

»Wenn man mich ließe«, sagte Matzbach, »wäre ich ein Extremkünstler, was das angeht.«

Hinter dem Tisch stand eine schlanke Blondine mit Korallenketten, Badelatschen und Bikini. Sie rauchte Pfeife, und als Baltasar sich ihr näherte, sah er, daß sie nicht Anfang zwanzig war, wie er zunächst angenommen hatte, sondern gründlich geliftete fünfzig.

»Wenn das keine private Fete ist, haben Sie vielleicht einen Krümel und einen Schluck für müde Malerburschen?« sagte er.

Sie nahm die Pfeife aus dem Mund, nickte und steckte das Instrument wieder zurück.

»Dient das einem guten Zweck, oder ist das einfach so?«

Ohne die Pfeife herauszunehmen, sagte sie: »Es ist einfach so, daß das einem guten Zweck dient.«

»Darf man den erfahren?«

»Die Einnahmen gehen an eine Künstler-Kooperative auf Samoa.«

»Sehr förderlich. Und haben Sie, abgesehen davon, daß Sie Kaffee und Kuchen verwalten, etwas mit dem Hof und seinem Inhalt zu tun?«

»Ich bin die Bildhauerin. Da drüben steht der Töpfer.«

Sie deutete auf einen schlaksigen Mann, der eine Art Burnus trug und eben zwei Leuten etwas zu erklären schien; jedenfalls redete er und machte nachdrückliche Gesten mit der Rechten, während er mit der Linken eine Art Takt klopfte. Das Gefäß, das er dazu verwendete, war etwa eineinhalb Meter hoch, in der Mitte ebenso breit und tönte kräftig.

»Schöne Sachen haben Sie gemacht. Darf ich Sie dazu später noch ein wenig befragen?«

Sie nahm die Pfeife wieder heraus, nickte und steckte sie zurück.

Obwohl ihn die Frage bewegte, wieso eine Pfeife beim Nicken, aber nicht beim Reden hinderlich sei, verkniff Matzbach sich jede Äußerung. Er griff zu einer der Thermoskannen mit Aufschrift *Kaffee*, füllte einen gräßlichen Becher – wurmgrün, dekoriert mit widerwärtig lebensechten, eitergelben Nacktschnecken – und belud einen Teller mit zwei Stück Käse-Sahne-Kuchen und zwei Stück Kirschstreusel. Nachdem er gezahlt hatte, begab er sich in die Nähe der Tür zum Haus des Töpfers, wo ein paar Holzbänke standen, setzte sich, stellte die Korbtasche zwischen seine Füße und fraß.

Yü, der mit einem älteren Herrn geredet hatte, kam ein paar Minuten später, ebenfalls mit Kaffee und Nahrung – zwei Käsebrote – und sagte leise:

»Der Knabe war gestern spät in der *Tränke*. Rat mal, was er mir erzählt hat.«

»Ich könnte jetzt ausschweifende Mutmaßungen anstellen, aber lieber warte ich auf deine Auskünfte.«

»Wir haben über die feinen Karikatur-Skulpturen gesprochen. Er ist ganz stolz darauf, zumindest an einer beteiligt zu sein.« Yü biß ein großes Stück von seinem Käsebrot.

Baltasar wartete geduldig.

»Und zwar«, sagte Yü, nachdem er gekaut und geschluckt hatte, »an der Justitia.«

»Inwiefern beteiligt?«

»Er hat die alte Waage beigesteuert. Und das Tuch.«

»Ei.«

»Ich dachte mir, daß du etwas üppig Verblüfftes sagen würdest.«

»Hat er sich zur Herkunft des Tuchs geäußert?«

»Ich habe mir erlaubt, ihn zu fragen, wie er denn zu einem so geschmackvollen Objekt kommt. Er sagt, er hat es von einem Bekannten bekommen, als Dank für einen minderen Dienst.«

Matzbach räusperte sich. »Die Tarife für mindere Dienstleistungen variieren stark, hörte ich.«

Yü kaute auf einem zweiten gigantischen Happen. Als er damit fertig war, murmelte er: »Und zwar hat er jemanden zum Flughafen gebracht, nach Wahn. Der Mensch, ein Kölner, wollte ihm Geld fürs Benzin geben. Das wollte er aber nicht annehmen, da hat der andere ihm dieses Halstuch aufgedrängt.«

»Köln-Wahn? Aha. Beziehungsweise oho. Sind wir denn sicher, daß …?«

»Wir sind. Ich habe laut überlegt, ob ich so etwas wie dieses Tuch vielleicht am Hals eines alten Bekannten namens Goldstein gesehen haben könnte. Er sagt, ja, genau, der wäre das, und den hätte er zum Flughafen gefahren.«

»Hat er möglicherweise sogar einen Grund genannt?«

Yü bewältigte das erste Käsebrot; mit einem beinahe sehnsüchtigen Blick auf das zweite sagte er:

»Ich wollte nicht allzu eindringlich fragen. Ich habe dezent, wie das so nicht deine Art ist, angedeutet, daß ich inzwischen clean bin, aber früher Goldstein für gewisse Dienstleistungen in Anspruch genommen habe.«

»Du Käsebrot-Junkie! Hat er was gesagt?«

»Er hat gekichert. ›Da sind Sie nicht der einzige‹, hat er gesagt. Und dann noch: ›Offenbar hatte der Gute Ärger mit alten Kollegen, Kunden oder Konkurrenten und mußte deshalb verschwinden.‹ Sagt er.«

»Tja«, sagte Matzbach. »Wenn er das so sagt …«

»Er könnte natürlich auch etwas anderes sagen. Oder es könnte etwas anderes dahinterstecken. Aber irgendwie …« Er griff zum zweiten Brot.

»Könntest du die Prioritäten anders setzen? Erst die Debatte, dann die Gefräßigkeit?«

»Du hast gut reden! Du hast dir den Wanst schon vollgeschlagen, als ich noch pflichtbewußt ermittelt habe.«

Baltasar strich sich den Bauch. »Ich habe einen kleinen Mundvoll verzehrt, ohne jemanden dadurch zu beeinträchtigen. Oder, wenn zwei davon betroffen sein sollten, zu bezwieträchtigen. Ich bin sowieso weit rücksichtsvoller, als du meinst. Zum Beispiel rede ich jetzt völlig irrelevantes Zeug, nur damit du dein verkästes Brot essen kannst. Ich könnte jetzt auch quasseln, bis du mit Kauen und Schlucken und deinem Kaffee fertig bist. Aber das unterlasse ich jetzt hochnäsig.« Er hob die Nase.

Yü kaute bedächtig zu Ende, trank einen Schluck Kaffee, einen zweiten; dann seufzte er, anscheinend zufrieden.

»Irgendwie«, sagte er, »glaube ich, daß der Mann die

Wahrheit sagt. Er hat sogar eine Erklärung für die Augenbinde der Justitia.«

»Hat er dies?«

»Er hat.« Yü schwieg.

Matzbach schwieg.

Yü hüstelte.

Matzbach hüstelte und zog eine Zigarre aus dem Etui. Als
er sie paffend in Gang gesetzt hatte, sagte er:

»Wartest du darauf, daß ich dich jetzt frage, was genau er
gesagt hat?«

Yü lächelte; mit milder Stimme sagte er: »Ich warte darauf, daß du mich jetzt fragst, was genau er gesagt hat.«

»Dann frage ich dich hiermit: Was, o Himmelsgeborener,
hat er genau gesagt?«

»Genau hat er gesagt, daß er das Tuch scheußlich fand
und schnell loswerden wollte. Deshalb hat er es der Dame
gegeben, die karikatureske Statuen verfertigt.«

»Die Auskunft erscheint mir befriedigend. Oder jedenfalls glaubhaft.« Matzbach stand auf; er zwinkerte auf Yü
hinab. »Es ist immer ein Vergnügen, mit einem freundlichen
Menschen zu sprechen, der die nötigen Umgangsformen be-
sitzt und Fragen befriedigend beantwortet. Ich danke dir.«

Yü blinzelte zu ihm empor. »Was hebst du zu tun an?«

»Ich werde mich jetzt ein wenig mit der Bildhauerin unterhalten und danach mit dem Töpfer.«

»Soll ich dich begleiten? Darf ich dich alleinlassen?«

»Ganz wie es Euch beliebt.«

»Wenn ich das wüßte!«

Aber dann stand Yü auf und folgte Baltasar.

Die Bildhauerin, zum einen oder anderen ihrer Werke be-
fragt, gab (mit Pfeife im Mund) bereitwillig Auskünfte. Als
Matzbach sich erkundigte, wo sie so abenteuerliches Zu-

behör fände wie jenes seltsame türkisfarbene Tuch, sagte sie, das habe ihr »der Herr da drüben« gegeben, der es wiederum von einem Bekannten geschenkt bekommen habe.

Der Töpfer war im Moment solo; er lehnte, die Arme verschränkt, an dem großen Echotopf, auf dem er zuvor den Takt zu seiner Rede geschlagen hatte.

Baltasar räusperte sich. »Verzeihen Sie, wenn ich mich in Ihre Meditationen dränge, aber mich plagt ein Begehren.«

Der Töpfer grinste. »Das, was Sie an mir sehen, ist ein Burnus, kein Kleidchen, guter Mann; und egal, wie geschwollen Sie reden, ich bin für Ihre Begehrlichkeiten unzuständig.«

»Freut mich. Es ging mir auch nur um dieses Objekt Ihrer Kunstfertigkeit.«

»Das hier?« Er machte eine ruckartige, deutende Bewegung mit dem Kopf nach hinten.

»Eben dies. Was, wenn ich fragen darf, ist das?«

Der Mann hob die Schultern. »Objekt. Vase für Palmenwedel. Was Sie wollen. Sie können es auch als Ständer für besonders große Stelzen verwenden.«

Matzbach trat neben ihn und schaute in den Makrotopf. Es war ein seltsames Gefäß, überall durchbrochen, wobei die Lücken wie Luftlöcher wirkten; an der Innenseite zogen sich in Spiralen Bänder von oben nach unten und wieder hinauf. Sie waren etwa eine halbe Hand breit, schnitten einander hier und da in zugleich aufsteigenden und abfallenden Kreuzungen, bildeten miteinander Tunnel und säumten eine Vielzahl von Höhlungen.

»Bizarr«, sagte Yü. »Eine Wohnpagode für flugunfähige chinesische Nachtigallen?«

Der Töpfer lachte. »Das ist die beste Erklärung, die ich bis jetzt gehört habe.«

Baltasar nahm den Schlapphut ab und wollte ihn als Fächer nutzen, drückte ihn dann jedoch an die Brust und verneigte sich.

»Meinen Respekt!« sagte er. »Sie haben ein bedeutendes Werk geschaffen. Wären Sie eventuell bereit, diese Nachtigallenpagode zu verkaufen? Oder sind Ihre Werke grundsätzlich unverkäuflich?«

»Klar verkauf ich; ich will doch leben.«

»Was würden Sie denn dafür verlangen?«

Der Mann sah ihn an, als wolle er ihn taxieren. »Na ja«, sagte er, »bei der Arbeit und Kreativität, die darin steckt, sollte es schon einen Tausender bringen.«

»Üppig.« Matzbach tat, als müsse er überlegen. Dann stieß er einen tiefen Seufzer aus. »Neunhundert?«

Der Töpfer zögerte; dann streckte er die rechte Hand aus. »Topp«, sagte er. »Sie kriegen das Ding.«

Matzbach schlug ein. Aus der rechten Hosentasche holte er sein Portemonnaie hervor. »Anzahlung«, sagte er. »Die ganze Summe habe ich nicht, aber vierhundert? Rest morgen?«

»Ist in Ordnung.« Der Töpfer steckte das Geld in die Brusttasche, die nachträglich aufgenäht war und farblich nicht zum Burnus paßte. »Wie wollen Sie den Pott denn transportieren?«

»Muß ich mir noch überlegen. Sie hätten nicht zufällig was Größeres, Transporter oder Pick-up oder so, was Sie mir für eine halbe Stunde leihen könnten?«

»Nee, ich nicht, aber Renate.« Er wies mit dem Kinn auf die pfeiferauchende Bildhauerin. »Soll ich sie mal fragen?«

»Das wäre nett. Es geht wirklich nur um eine halbe Stunde. Morgen, irgendwann.«

»Moment.« Der Töpfer ging hinüber zum langen Tisch,

hinter dem die Bildhauerin immer noch stand. Allerdings war die Pfeife inzwischen ausgegangen.

Die beiden wechselten ein paar Worte; dann kam der Mann zurück.

»Geht in Ordnung«, sagte er. »Sie will aber selber fahren; am besten sprechen Sie sich mit ihr ab.«

Auf dem Rückweg zur *Tränke* pfiff Baltasar vor sich hin; Yü ging schweigend neben ihm her. Kurz vor Erreichen des Lokals blieb er stehen und hielt Matzbach am Arm fest.

»Sag mir eines. Ich kenne dich und deine bescheuerten Einfälle nun schon lange genug – aber was soll das? Wozu hast du dieses Monstrum gekauft, zu diesem wahnsinnigen Preis?«

Baltasar lächelte. »Als Geschenk. Weißt du denn nicht, was das ist?«

»Ein Monstertopf. Wem willst du so was schenken?«

»Mistress Wayne. Und das ist kein Monstertopf, sondern das erste mir je in die Augen gefallene Glirarium.«

18.

… die Glirarien im Rom der Kaiserzeit, jene
Bilchmast-Anstalten, die ein einträgliches Geschäft gewesen sein müssen. Der fette Speisezeist
war ja ein Leckerbissen für die Marmortafel des
begüterten Schlemmers. Später dann wollte jeder
Untertan des Römischen Weltreiches allsonntags
seinen Glis esculentus in der Kasserolle haben,
und mit dieser unseligen Losung war der Untergang des Imperiums besiegelt. Die Götter blaß-
ten. Die alte Bildung wurde beiseite geschoben.
Der manchen Gottheiten heilige Fisch, er gelangte
jetzt mit dem plebejischen Christentum zu unge-
ahnter Speisebedeutung und verdrängte rasch die
gefeistete Zeismaus aus der Vormachtstellung, die
sie in der Küche innehatte. Bald schon kamen die
Bilchfarmen unter den Hammer, ein Konkurs jag-
te den anderen, und mit den entlassenen Mäste-
rei-Sklaven gewannen halb- und vollmastige Ha-
selmäuse zu tausenden ihre Freiheit …

A. V. THELEN

»Bist du denn sicher«, sagte Yü, »daß Madame gemästete
Siebenschläfer mag?«

Matzbach blickte ihn verwundert an. »Kennst du jemanden, der gemästete, mit einer Honig-Sesam-Krumen-Kruste
versehene Siebenschläfer nicht mag?«

»Wenn du mich *so* fragst … Ich habe noch keinen gefragt,
und auch ein Testessen habe ich nicht veranstaltet.«

»Siehst du.«

Die *Tränke* war fast leer; zwei nachmittägliche Kölschtrinker schienen den Tresen festzuhalten, daß er nicht auf sie falle. Mertens deckte eben den letzten Tisch ein.

»Die Herren Kunstmaler!« sagte er. »Ich hoffe, Sie hatten einen angenehmen Tag.«

»Bisher ja. Die Fortsetzung liegt bei Ihnen.«

Mertens ging zum Tresen, nahm ein Handtuch und begann, Gläser zu polieren. »Wie darf ich das verstehen?«

»Gäbe es später etwas zur Vertreibung knurriger Hungergefühle?«

»Ist schon ziemlich voll, aber ...« Er ließ Handtuch und Glas fahren und konsultierte einen Zettel. »In der ersten Runde, so gegen sieben, wäre noch ein Tisch frei.«

Matzbach warf einen Blick auf die Wanduhr über dem Durchgang zur Küche. »Gleich fünf – ach, ich fürchte, in zwei Stunden könnte ich etwas essen. Was ist mit dir?«

Yü nickte. »Solange du ißt, redest du nicht; ich bin dabei.«

»Ich glaube, ich habe etwas vergessen«, sagte der Wirt. »Und zwar, Ihnen zu sagen, daß wir montags Ruhetag haben. Natürlich kriegen Sie morgen Frühstück, aber danach ist bis Dienstagmittag niemand da.«

Als sie um sieben in den Schankraum kamen, waren alle anderen Tische besetzt. Yü hatte auf der Treppe begonnen, den ›St James Infirmary Blues‹ zu summen; nun sang er halblaut *»and the usual crowd was there«*. Matzbach sah Lemberger (der sie mit einem Nicken und Lächeln begrüßte), den wie immer stummen Apotheker, der seiner Frau lauschte, den WDR-Mann mit Gipsfuß; und neben dem für Yü und Matzbach reservierten Tisch saßen die Fleißners, ihre privaten Berichterstatter Frau Sager und Herms sowie der Abgeordnete.

Da die meisten entweder mit dem ersten Schluck oder mit dem Studium der Speisenkarte beschäftigt waren, konnte niemand Pittrich überhören, der aufblickte, Matzbach mit einer Grimasse musterte und sehr laut sagte:

»Müssen Sie unbedingt neben unseren Tisch, Sie unangenehmes und besonders häßliches Geschöpf?«

Die Stille, die sich ohne erkennbare Wellen ausbreitete, wirkte auf Matzbach eher erwartungsvoll denn betreten. Er lächelte freundlich, salutierte und sagte:

»Ich bin nicht häßlich; ich sehe nur so aus. Sie dagegen sind auch inwendig ein Trottel.«

Pittrich lief rot an und schnappte nach Luft. Yü hob den Daumen. Als sie sich niederließen, hörte Matzbach gemischtes Kichern, einige Gäste klatschten; das vernehmliche Schweigen anderer stellte wohl Mißbilligung dar.

Der TV-Mann, Herms alias Hermes, räusperte sich. »Hören Sie«, sagte er; dabei blickte er zuerst Baltasar an, dann Pittrich, »könnten Sie beide wenigstens während des Essens das Feuer einstellen? Es wird sonst ungemütlich.«

Matzbach zuckte mit den Schultern. »An mir soll's nicht liegen; ich hab ja nicht angefangen.«

Der Abgeordnete nickte und quetschte etwas durch die Zähne, das nur die neben ihm sitzende Frau Fleißner verstand. Sie legte eine Hand auf seinen Arm und sagte: »Na, na.«

Grinsend widmete Baltasar sich der Karte; plötzlich stand ein kleiner, hagerer Mann neben ihm, der drei Tische weiter Richtung Tresen gesessen hatte. ›Eher Männlein, Marke Haselmaus‹, dachte Matzbach. Dann fielen ihm die Siebenschläfer ein, er stellte sich den Mann im frisch erworbenen Monstertopf vor und unterdrückte ein Kichern.

»Entschuldigen Sie«, sagte der Kleine, mit dem Versuch eines gewinnenden Lächelns, »darf ich Ihnen das klauen?«

»Was meinen Sie?«

»Ihre wunderbare Antwort.«

»Kommt drauf an, was Sie damit machen wollen.«

Der Mann deutete auf seinen Tisch; neben dem Gedeck lagen ein Schreibblock und ein Tintenroller.

»Ich schreibe«, sagte er. »Und zwar eine Art Leitfaden; der Arbeitstitel ist *Handbuch der verbalen Selbstverteidigung*.«

»Klingt gut. Sind Sie sehr schlagfertig? Ist das aus eigener Erfahrung geschrieben?«

Der Hagere seufzte. »Erstens leider nein, zweitens leider ja. Mir fällt die richtige Antwort immer einen Tag später ein; deshalb ... Das ist so eine Art Eigentherapie.«

Im Lokal war es gerade wieder sehr leise geworden; entweder warteten alle auf Wirt und Kellnerin, oder man hoffte auf weiteren Schlagabtausch.

»Na schön.« Matzbach wackelte mit den Ohren. »Unter Kollegen ...«

»Ach, schreiben Sie auch? Was denn?«

Yü blickte mit einer Grimasse von seiner Karte auf, als wolle er sagen: Na, nun laß dir schnell was einfallen.

»Ich«, verkündete Matzbach mit hallendem Baß, »stelle gerade eine Anthologie zusammen. *Die hundert furchtbarsten Gedichte der deutschen Literatur.*«

»Das klingt gut.« Der kleine Mann strahlte. »Vielleicht könnten Sie uns nachher etwas vortragen?«

»Noch 'n Gedicht«, sagte Pittrich. »Hilfe.«

»Ihnen hilft hier keiner.« Matzbach runzelte die Stirn. »Also, eigentlich bin ich nicht fürs Deklamieren zuständig, aber wenn Herr Pittrich soviel Wert darauf legt ...«

Die ersten Speisen wurden aufgetragen. Der kleine Mann

bewegte die Hand in einer etwas verzagt wirkenden Mischung aus Winken und Verabschiedung und ging zurück zu seinem Platz.

Mertens kam zu ihnen, sobald er die Hände frei hatte, um ihre Bestellung aufzunehmen. Er stand mit dem Rücken zum Nebentisch, und Baltasar beantwortete das Zwinkern mit einem Blinzeln.

Kurz nach acht, als bereits einige Esser gesättigt waren und die ersten Anwärter auf Plätze den Tresen niederdrückten, erschienen Knecht Ruprecht und Wayne Bergedorf in der Tür.

»Sag nichts.« Matzbach hob den Arm und winkte. »Das soll eine Überraschung sein.«

»Der Bilchtopf?« Yü gluckste. »Ich werde schweigen, du besonders häßliches Geschöpf.«

Wayne und der Knecht wechselten ein paar Worte; dann ging er zum Tresen, während sie sich zwischen den Tischen hindurch zu Matzbach und Yü schlängelte und dabei nach Baltasars Schätzung etwa die Hälfte der Anwesenden grüßte.

»Na, gesättigt?« Sie hauchte Matzbach einen Kuß auf die Nasenspitze und reichte Yü die Hand.

Am Nebentisch verschluckte sich Pittrich arg demonstrativ und hustete.

»Beinahe. Magst du dich setzen? Der Tisch leidet an einem ungenutzten Stuhl.«

Sie lachte. »Ich hör das Tischlein jammern. Ja, danke. Habt ihr einen schönen Sonntag gehabt?«

»Trefflich«, sagte Matzbach. »Wir haben die zugereisten Schönheiten des Dorfs bewundert und dann in der Gegend gestanden, um zu malen.«

»Wirklich? Gemalt?« Sie klang skeptisch, lächelte aber,

als sie weitersprach. »Eigentlich hatte ich euch eher für Fassadenkletterer oder Goldwäscher gehalten.«

Yü hob sein Pilsglas. »Du sammelst heute aber nette Bezeichnungen, Junge. Erst ›besonders häßliches Geschöpf‹, aus dem Munde dieses hirnlosen Schönlings da drüben, und jetzt auch noch ›Fassadenkletterer‹. Daß ich das noch erleben durfte. Prost.«

»Welcher hirnlose Schönling?« sagte sie.

»Ich glaube, ich bin gemeint.« Pittrich hatte sein Dessert beendet und stand auf. Er stemmte die Hände in die Hüften und blickte auf Matzbach, Yü und Bergedorf herab.

Wayne drehte sich um. »Ach, der Herr Abgeordnete.« Sie lachte leise. »Daß man Sie aber so schnell durchschaut hat, Exzellenz!«

Pittrich ließ eine Hand von der Hüfte gleiten, mit der anderen fuhr er sich über die Augen. Als er wieder sichtbar wurde, grinste er.

»Das kommt alles in die große Tüte. Irgendwie macht es mir allmählich Spaß.«

»Das war aber nicht der Sinn der Übung«, sagte Baltasar. »Auf ein Wort noch, Herr Doktor.«

Fleißner, der wie die anderen ebenfalls aufgestanden war und sich zum Tresen gewandt hatte, drehte sich um. »Ja?« Er klang abwehrend.

»Ich hätte Sie später gern kurz unter vier Augen gesprochen. Wenn Sie noch ein Weilchen hier sind.«

»Was wollen Sie von mir?« Dann winkte er ab. »Egal. Ich lege keinen Wert darauf, mit Ihnen zu reden. Noch kann ich mir meine Gesprächspartner wenigstens in der Freizeit aussuchen.«

Als Fleißner & Co außer Hörweite waren, sagte Yü: »Charmantes Kerlchen. Was willst du von ihm?«

Matzbach zwirbelte das Weinglas, in dem diesmal ein Rioja plätscherte. »Ich glaube, es ist Zeit, in die Offensive zu gehen.«

Wayne blickte ihn an, dann Yü. »Ihr habt irgendwas vor, oder? Von wegen malen ...«

Yü verneigte sich im Sitzen. »Wie Lao-tse sagte, fühlen sich häßliche und dumme Männer nirgends wohler als in Gesellschaft kluger und schöner Frauen, da sie hoffen, daß durch längeren Kontakt eine Angleichung oder ein Tausch der Eigenschaften stattfindet.«

Die nicht so verhuschte Gudrun kam, um abzuräumen und sich zu erkundigen, ob Frau Bergedorf schon bestellen oder warten wolle, bis auch Platz für Herrn Recht sei. Frau Bergedorf wollte bestellen; als sie dies getan hatte und Gudrun gegangen war, nahm Wayne einen Schluck aus Baltasars Glas.

»Netter Rioja«, sagte sie. »Schaffst du die Flasche allein, oder kann ich mich beteiligen?«

»Sei mein Gast. Und beglücke mich, indem du einer Frage dein Ohr leihst.«

»Er hat gern Gäste«, sagte Yü, »vor allem, wenn er nichts dafür tun muß.«

»Ihr kennt euch schon länger, Jungs, oder?«

»Leider«, sagte Matzbach.

»Die Menge der verstrichenen Jahre«, sagte Yü, »gleicht dem Schnee, der erfrischt, ehe er schmilzt und alles besudelt.«

Sie ächzte leise. »Meinst du, ich könnte es riskieren, ihm das Du anzubieten, oder redet er dann nur noch so?«

»Ich fürchte, er könnte es gelegentlich unterlassen.«

Wayne nahm wieder Matzbachs Glas. »Was für eine Frage?«

»Kennst du jemanden von den Heimathegern, die die Grubenbahn polieren? Ich suche nach alten Geschichten. Zum Beispiel über die Schächte und was wann wo gefördert worden ist.«

»Da kenne ich zwei oder drei, ja. Bei deinem nächsten Besuch bei mir such ich dir Adressen raus.« Sie hob das entliehene Glas und stieß damit gegen Yüs Pils. »Einverstanden mit dem Vorschlag? Ich heiße Wayne.«

Yü verneigte sich abermals, lächelnd. »Der minderwertige Yü dankt für die unverhoffte Auszeichnung und bittet, so angeredet zu werden.«

»Yü? Kein Vorname?«

»Lieber nicht. Ich habe mich nie daran gewöhnen können, auf Felix zu hören.«

»Arg ominös, der Name.« Wayne betrachtete Matzbachs Hände, die eine Zigarre aus dem Etui zupften. Als er ihr eine anbot, schüttelte sie den Kopf und zog ein Päckchen Zigaretten aus der Beintasche ihrer Jeans.

»Zu früh für so was Schweres; nicht vor dem Essen«, sagte sie.

Matzbach gab ihr Feuer, lehnte sich dann zurück und betrachtete sie, während sie sich mit Yü in eine Erörterung unheilvoller oder allzu optimistischer Vornamen stürzte. Dabei sagte er sich, daß es ihm Vergnügen bereitete, sie anzusehen – ein bewegliches, lebendiges Gesicht, dessen von der Zeit bestärkte Ausdruckskraft nicht durch Schminke oder gar Verbrechen kosmetischer Chirurgie betäubt war. Er stellte sich vor, über längere Zeit all das zu betrachten, die an der Spitze kaum bemerkbar nach links weisende schlanke Nase, die lebhaften Augen und die Brauen und die Lippen; dann dachte ein Drittel seines Hirns an andere, tiefer gelegene Landschaftsteile und deren vielerlei Aspekte, das zweite Drittel erwog die substanzlose Flüchtigkeit der bisherigen gegenseitigen Kenntnisse sowie auch, daß man jüngeren Frauen keine älteren Männer antun sollte; und das letzte Drittel rief die beiden anderen zur Ordnung. Ordnung hieß in diesem Fall: nicht träumen, Konzentration auf die weitere Planung des Abends.

Wayne hatte das Tagesgericht bestellt, das sehr bald kam. Als Gudrun es gebracht hatte, rief Knecht Recht durchs Lokal:

»Darf ich mich dazusetzen? Chefin?«

Bergedorf winkte. Matzbach sah, wie der junge Mann sich an der Gruppe Fleißner, Pittrich & Co vorbeidrückte, die eine Art Traube am diesseitigen Tresenende bildete. Dabei tauschte Recht mit irgendwem Blicke. Der Teil des Tauschs, den Matzbach sehen konnte, trug sich im Gesicht des Knechts zu und schien durchwirkt von gründlicher Abneigung und dem Versuch, diese nicht allzu deutlich zu zeigen.

Der junge Mann schnappte sich einen der freien Stühle am Nebentisch und setzte sich Baltasar gegenüber.

»Na?« sagte er.

»Selber na. Wen lieben Sie denn da so besonders?«

Recht starrte ihn verständnislos an. »Was meinen Sie?«

»Den Blick, den Sie einem von der Fleißnerei zugeworfen haben.«

Wayne, den Rücken zum größeren Teil des Lokals, wies mit der Gabel über die Schulter nach hinten. »Arrogantes Ekel, der Herr Doktor«, sagte sie. »Leider der einzige, den wir hier haben.«

»Mögen Sie ihn auch so gern?«

Recht grunzte. »Ich würde ihn ins Herz schließen, unter der Bedingung, daß mein Herz ein Knast ist und ich den Schlüssel wegwerfen kann.«

»Klingt wie *amour fou*. Beinahe.« Yü klopfte ihm auf die Schulter. »Lassen Sie sich von älteren Männern sagen, es geht vorbei.«

Der Knecht nickte. »Außerdem, was soll's? Helfen tut's eh nicht, wenn man sich ärgert; ist aber echt ätzend, der Typ.« Dann kicherte er leise. »Kleine Rachegelüste, und manchmal hat man so sein passend kleines Vergnügen.«

»Wie an der Tür klingeln und weglaufen?« sagte Matzbach.

»So ähnlich. Vor zwei Monaten hatte ich dicke Mandeln, wollt absolut nicht besser werden. Da bin ich dann hin zu ihm, und eh er mir in den Hals kuckt, hält er mir erst mal Vorträge darüber, daß es unverschämt ist, mit schmierigen Pfoten bei ihm aufzutauchen.« Er betrachtete seine Hände, an denen Spuren von Maschinenöl hafteten. »Haben Sie schon mal nen Autobastler mit zartweißen Fingerchen gesehen?« Er unterbrach sich, um wie seine »Chefin« das Tagesgericht bei Gudrun zu bestellen und der Kellnerin das Gesäß zu tätscheln.

»Kannst du nicht bis später warten?« sagte sie.

»Muß ich wohl; hier geht's ja nicht richtig.«

Als sie wieder gegangen war, sagte Yü: »War das die charmante Eröffnung oder die ebenso charmante Fortführung einer Beziehung?«

»Also, eröffnen muß man schon anders, aber vielleicht ist das bei Ihnen in China simpler.«

Yü grinste. »Im Reich der Mitte fragt man zuerst nach der Parteikarriere.«

»Sie wollten von Rachegelüsten erzählen«, sagte Matzbach.

»Ach so, ja. Jedenfalls hat er mich runtergemacht, von wegen schmierige Pfoten und so. Ich war mit dem Fahrrad hin, hatt ich neben dem Haus abgestellt, im Feldweg. Da stand auch sein Auto. So 'n Angeberschlitten, Gelände-Mercedes, als ob wir hier querfeldein fahren müßten. Wie ich rauskomm, hocken da ein paar Lümmel aus dem Dorf und schnitzen mit Fahrtenmesser am Vorderreifen rum. Wollen abhauen, aber ich sag, sie sollen ruhig weitermachen.« Er lachte.

»Wie meinen Sie schnitzen?« sagte Baltasar. »Ein Loch und die Luft raus?«

»Nee, war ne kosmetische Operation, könnt man sagen. Die haben am Rand vom Reifen die besonders schönen Profilknubbel abgeschnibbelt.«

»Vielleicht wollten sie sie lochen, auf eine Schnur ziehen und einer Lümmelin aus dem Dorf als Kette andrehen. Oder einer, die keine Lümmelin ist, sondern, eh, tugendhaft.«

Knecht Recht schnaufte leise. »Mann, Sie *haben* vielleicht Ideen!«

Wayne Bergedorf hatte bei »tugendhaft« einen Moment das Kauen unterbrochen – wenn Matzbach sich nicht irrte. Er überlegte, ob er vielleicht noch etwas anderes äußern sollte, zum Beispiel etwas über tugendhafte Auf- oder Abwiegeler; aber dann sagte er sich, daß es müßig sei.

Wie Wayne sagte, traf »man« sich sonntags in der *Tränke*, um sich für die Wiederaufnahme von Tätlichkeiten am Montag den passenden Depri anzutrinken.

Einige Gäste aßen noch, die meisten hatten dies gegen halb zehn beendet. Man stand gedrängt im Freiraum vor dem Tresen, lehnte mit dem Gesäß an Stuhllehnen oder Tischkanten und redete laut durcheinander. Einige hatten sich auch – zumeist rittlings – auf Stühlen niedergelassen und bildeten eine Art stetiger Korona um die flackernden Gelichter des Kerns.

Matzbach hatte den ersten Schluck aus der zweiten Flasche gekostet und goß Waynes Glas voll. Dabei sagte er nahe an ihrem Ohr:

»Morgen haben die hier Ruhetag.«

Sie bewegte den Kopf, um ihre Wange an seiner Nase zu reiben. »Wolltest du mich fragen, ob du beziehungsweise ihr beide umziehen könnt? Es gibt Gästebetten bei mir.«

»Die Gästebetten soll Yü sämtlich bevölkern«, sagte er. »Ist das der Chefin zugänglich?«

Mit einem kunstvoll schmachtenden Blick versengte sie ihm die Netzhaut. »Den Antrag hast du so charmant formuliert, daß ich kaum nein sagen kann.«

»Außer, du gibst dir Mühe.«

»Wozu soll ich mich bemühen, nein zu sagen, wenn ich ja meine?«

»Ich werde dir die Füße küssen.«

»Nur die Füße?«

»Ach, war da noch was?« Er lachte. »Aber vielleicht überlegst du es dir ja noch anders; ich werde mich nämlich gleich ein bißchen schlecht benehmen.«

Sie hob das Glas. »Darauf trinke ich doch glatt.«

Lemberger kämpfte sich durch das Gewühl und blieb vor Matzbach stehen. »Darf ich mal kurz stören?«

»Nur, wenn es was Unwichtiges ist.«

Der Bestatter grinste. »Nett. Nee, eigentlich eher wichtig, aber das sage ich Ihnen besser ins Öhrchen.«

Matzbach neigte den Kopf, so daß Lemberger ins genannte Objekt flüstern konnte.

»Ich habe mit den alten Kollegen geklönt«, sagte er leise. »Goldstein ist wahrscheinlich vor etwas mehr als drei Wochen von Köln aus nach London und von da weiter nach Kolumbien geflogen. Angeblich gab's Ärger wegen alter Drogengeschichten.«

»Und da weint er sich jetzt bei den Baronen am Quell des Stoffs aus?«

»Kann sein. Jedenfalls braucht man ihn wohl nicht hier im Wald zu suchen. Und der Zettel in seinem Auto, von wegen Saujude, war wohl von ihm selbst, zur Ablenkung.« Nach einer winzigen Pause, in der er sich von Matzbachs Ohr entfernte, setzte er laut hinzu: »Wollten Sie uns nicht was deklamieren?«

Fleißner, der die Frage gehört hatte, sagte: »Er könnte mich statt dessen auch kreuzweise, oder mir den Zapfenstreich blasen.«

»Lohnt sich nicht; Ihr Zapfen ist zu klein.« Matzbach hob hoheitsvoll eine Augenbraue. »Und die Rosetten, die ich versilbere, suche ich mir selbst aus.«

Der Wortwechsel, nicht eben diskret vollzogen, hatte sofort interessierte Hörer gefunden; einige mochten auf eine Fortsetzung erpicht sein. Jedenfalls war der Lärmpegel vorm Tresen schlagartig gesunken.

In die hoffende Schweigsamkeit hinein sagte der kleine, hagere Verfasser des Handbuchs für verbale Selbstverteidigung:

»Ach ja, bitte, rezitieren Sie doch etwas.« Mit einem flüchtigen Lächeln setzte er hinzu: »Notfalls auch ohne Rosetten und ähnliches Zubehör.«

»Meinen Sie? Ganz ohne Rosette? Ein Jammer, aber wenn Sie darauf bestehen …«

Der Kleine stieg auf einen Stuhl, klatschte in die Hände und rief: »Bitte um Gehör! Herr Matzbach, der eine Anthologie der schlechtesten Gedichte der deutschen Literatur zusammenstellt, wird uns jetzt eine Kostprobe geben.«

Hier und da wurde gemurrt; die meisten Gesichter zeigten jedoch einen beinahe erwartungsvollen Ausdruck. Erwartung, sagte sich Baltasar, einer gewissen Zerstreuung, deren miserable Qualität vorausgesetzt, aber mangels interessanterer Angebote hingenommen wurde.

»Wenn Sie mich so nett auffordern«, sagte er, »will ich die allgemein verbreitete Abneigung gegen Lyrik ein wenig fördern. Zwei Beispiele, wenn Sie so lange lauschen mögen. Das erste ist kurz und schmerzlich, das zweite lang und finster. Passend, wie Sie zugeben werden, zu einem Sonntagabend.

Der erste Text, ein Sonett, leidet unter dem Titel ›Gesang der Frauen an den Dichter‹. Wie sich Klein Fritzchen, als er die ersten Reime schmierte, den Ansturm der Damen auf seine Person vorgestellt hat.

Sieh, wie sich alles auftut: so sind wir;
Denn wir sind nichts als solche Seligkeit.
Was Blut und Dunkel war in einem Tier,
das wuchs in uns zur Seele an und schreit

als Seele weiter. Und es schreit nach dir.
Du freilich nimmst es nur in dein Gesicht,
als sei es Landschaft: sanft und ohne Gier.
Und darum meinen wir, du bist es nicht,

nach dem es schreit. Und doch, bist du nicht der,
an den wir uns ganz ohne Rest verlören?
Und werden wir in irgendeinem *mehr*?

Mit uns geht das Unendliche *vorbei*.
Du aber sei, du Mund, daß wir es hören,
du aber, du Uns-Sagender: du sei.

»Um Gottes willen, von wem ist denn dieser Stuß?« sagte Lemberger, als das Kichern und Stöhnen endete.

»Ich verrate es Ihnen gern – Rainer Maria Rilke.« Matzbach schnitt eine Grimasse. »Ein alter Bekannter, der längst den Löffel abgegeben hat, wollte einmal Rilke ins Deutsche übersetzen. Ich weiß nicht, ob er *daran* gestorben ist.«

»Und das zweite soll noch schlimmer sein?« sagte Lauritzen. »Lieber brech ich mir auch noch den anderen Fuß.«

Es gab Kommentare von verschiedenen Seiten, was Matzbach ausnutzte, um Yü zuzuflüstern: »Achte bitte auf die Gesichter der Fleißners, ja?«

Dann wandte er sich an die Versammlung. »Der Verfasser des zweiten Werks ist einer unserer erlauchtesten Klassiker; den Namen nenne ich Ihnen später. Das Gedicht heißt: ›Eine Leichenfantasie‹.

Mit erstorbenem Scheinen
Steht der Mond auf totenstillen Hainen,
seufzend streicht der Nachtgeist durch die Luft –
Nebelwolken schauern,
Sterne trauern
Bleich herab wie Lampen in der Gruft.
Gleich Gespenstern, stumm und hohl und hager,
zieht in schwarzem Totenpompe dort
ein Gewimmel nach dem Leichenlager
unterm Schauerflor der Grabnacht fort.

Zitternd an der Krücke
Wer mit düsterm, rückgesunknem Blicke
Ausgegossen in ein heulend Ach,
schwer geneckt vom eisernen Geschicke
schwankt dem stummgetragnen Sarge nach?
Floß es ›Vater‹ von des Jünglings Lippe?

Nasse Schauer schauern fürchterlich
Durch sein gramgeschmolzenes Gerippe,
seine Silberhaare bäumen sich.

Aufgerissen seine Feuerwunde!
Durch die Seele Höllenschmerz!
›Vater‹ floß es von des Jünglings Munde,
›Sohn‹ gelispelt hat das Vaterherz.
Eiskalt, eiskalt liegt er hier im Tuche ...«

Bis hierhin hatte Baltasar mit dröhnendem Baß deklamiert,
die besonders wirksamen Vokale duumpf und hoohl und
haager gemacht; darin fuhr er fort zum Schluß der Strophe.
   Es folgte der herzige, beschwingte Rückblick auf die Erwartungen der strahlenden Jugend:

»Mild, wie umweht von Elysiumslüften,
wie aus Auroras Umarmung geschlüpft,
himmlisch umgürtet mit rosigen Düften,
Florens Sohn über das Blumenfeld hüpft,
flog er einher auf den lachenden Wiesen,
nachgespiegelt von silberner Flut,
Wollustflammen entsprühten den Küssen,
jagten die Mädchen in liebende Glut ...«

Diesen Teil trällerte Matzbach beinahe und begleitete alle
hüpfenden Verse mit Hand- und Fingerbewegungen, wie sie,
sagte er sich, einer verfetteten balinesischen Tänzerin mißlin-
gen mochten, falls sie versuchen sollte, das Flattern einer
Kreuzung aus Elefant und Kolibri darzustellen. Es kostete ihn
allerdings Mühe, in der Zeile »wenn erst die schlafenden Kei-
me gereift« darauf zu verzichten, »Reime gekeift« zu sagen.

Schließlich kamen die düster-dumpfig dräuenden Drangsale des Schlusses:

»Dumpfig schollert's überm Sarg zum Hügel –
O, um Erdballs Schätze, nur noch einen Blick! –
Starr und ewig schließt des Grabes Riegel,
Dumpfer – dumpfer schollert's überm Grab zum Hügel,
Nimmer gibt das Grab zurück.«

Gelächter und Applaus setzten ein; Matzbach wollte sich eben verneigen, und jemand in seiner Nähe sagte laut:

»Unsägliches Machwerk, aber wunderbar vorgetragen. Von wem ist das denn?«

Aber in diesem Moment brach Frau Fleißner in Tränen aus; der Arzt nahm sie am Arm und steuerte sie zur Tür, wobei er Baltasar böse anstarrte und sagte: »Sie sind ein unmöglicher Prolet.«

Der Abgang setzte sich beinahe wellenförmig fort; auch Herms und Sager sowie Pittrich gingen hinaus, um ihre Freunde oder Gastgeber zu eskortieren.

Betretenes Schweigen. Frau Behrendt, die in der Tür zur Küche gelehnt und gelauscht hatte, zwinkerte Matzbach zu, hob den Daumen und verzog sich in ihr Reich.

»Friedrich Schiller«, sagte Baltasar. »Und jetzt fällt mir ein, daß ich gestern die Gentlemen Lemberger, Lauritzen und Fischer zu einem Trunk einladen wollte. Oder war es ein Trank?«

Irgendwann verschwand Knecht Recht und tauchte erst viel später wieder auf; in dieser Zeit war auch von der Kellnerin nichts zu sehen.

Baltasar gelang es, dem schweigsamen Apotheker ein paar

Halbsätze zu entlocken; Lemberger und Lauritzen waren erheblich redseliger. Insgesamt war es eine muntere Rederunde vor allem auf Kosten der abwesenden Fleißner-Herms-Sager-Pittrich-Crew, die bei allen gleich beliebt schien. Neben der lockeren Lästerei versuchte Matzbach ein paar versteckte Fragen loszuwerden, erhielt aber keine nützlichen Antworten.

Als er sich endlich zu Wayne und Yü setzen konnte, sagte er:

»Na, gründlich geplaudert? Ihr habt die ganze Zeit so ausgesehen, als ob ihr euch prächtig amüsiertet.«

»Wenn die tiefen Reden der Weisen dem von fern Lauschenden als ödes Geblödel erscheinen«, sagte Yü, »mag dies an seinem Geistesmangel liegen.«

Wayne deutete auf die dritte Flasche Rioja, die sie inzwischen angefordert und erhalten hatte. »Bedien dich. Yü hat mir viele nette Lügengeschichten erzählt.«

Baltasar goß Wayne nach und füllte sein Glas. »Mit anderen Worten, er hat mich zu eurer Unterhaltung verleumdet.«

»So ähnlich.«

Er zwinkerte. »Gilt die Einladung trotzdem noch?«

»Mehr denn je.« Sie legte ihre Hand auf seine.

»Ihr seid mir zu innig«, sagte Yü. »Ich glaube, ich gehe schlafen. Ich könnte natürlich noch ein Bier trinken.«

»Tu das.« Matzbach winkte dem Wirt.

»Sagst du das, weil du findest, Chinesen sollten nicht so viel schlafen? Oder plagen dich andere Bedürfnisse?«

»Ich wüßte von euch beiden gern, wie die Gesichter der Fleißnerei sich ausgemacht haben, als ich mich Schillers entledigte.«

»Hast du nett gemacht, nebenbei«, sagte Wayne. »Stellst du wirklich so eine Anthologie zusammen?«

»Nein; ich habe nur allerlei Unsinn gespeichert.« Er klopfte gegen seine Schläfe.

»Holz?« sagte Yü.

»Die organische Festplatte. Also, was war mit den Gesichtern?«

»Zuerst haben sie gelauscht und gelegentlich sogar gelächelt«, sagte Yü. »Und dann fing Madame an zu weinen.«

»Wann genau?«

»Gegen Ende – als es nach dem heiteren Teil wieder gruftig wurde.«

»Ich habe das anders gesehen.« Wayne spielte mit ihrem Glas.

»Und zwar? Tu es mir kund, Holde.«

»Ich hatte den Eindruck«, sagte sie langsam, wie zögernd, »als ob Frau Fleißner gegen Ende plötzlich beschlossen hätte, sie müßte jetzt weinen.«

Yü kniff die Augen zu schmalen Schlitzen. »Kann sein.«

»Würde passen«, murmelte Baltasar.

»Wozu?« Wayne hatte die Brauen gehoben.

Matzbach legte einen Finger an seinen Riechkolben. »Meine Nase, auf die fast immer Verlaß ist, sagt mir, daß Frau Fleißner sich zum Weinen überreden muß.«

»Was meinst du? Die mangelnde Empfindsamkeit des undurchdringlichen Abendländers?« sagte Yü.

»Ich habe eine Idee, was abgelaufen sein könnte. Aber dafür gibt es keinerlei Beweise.«

»Dürfen wir mehr erfahren?«

Baltasar machte ein weinerliches Gesicht. »Es bricht mir das Herz«, sagte er; dann, an Mertens gewandt, der neben ihnen auftauchte: »Der Chinamann hätte gern noch ein Pils.«

»Das bricht dir das Herz?« sagte Wayne.

»Nein – daß ich euch noch nichts erzählen kann.«

»Warum nicht?«

»Entweder stimmt ihr mir zu; das hieße, alles wäre offensichtlich. Oder ihr widersprecht mir, und das ertrüge mein armes Herze nimmer.«

»Müssen wir uns lange gedulden?« sagte Wayne.

»Morgen abend hoffe ich, klüger zu sein als heute.«

Yü nickte. »Das wäre nicht schlecht, aber dazu gehört nicht viel.«

»Und vielleicht erzählt ihr zwei Maler mir dann auch, was ihr eigentlich treibt.«

19.

Omen: Zeichen, daß bald was passiert,
wenn nicht bald was passiert.

AMBROSE BIERCE

Das Frühstück wurde von Gudrun serviert; die Wirtsleute waren schon sehr früh aufgebrochen. Nach Köln, wie die Kellnerin sagte. Matzbach behauptete, er habe heute seinen großzügigen Tag.

»Heißt das, du willst unsere Rechnungen komplett bezahlen?« sagte Yü.

»So fühle ich mich. Weil ich meinen großzügigen Tag habe. Ich will dich aber nicht beschämen, deshalb überlasse ich das Bezahlen dir. Du darfst dafür gleich die DS fahren.«

»Wenn das nur kein schlechtes Omen ist.«

»Meinst du, es wäre ein Reisetag der schlechten Art, an dem die Speichen von den Rädern fallen?«

Yü machte ein unwirsch sein sollendes Gesicht. »Ach, hör doch auf mit deinen blöden Chinoiserien.«

Nachdem er die Rechnung beglichen hatte, holten sie ihr Gepäck und stopften es in den Wagen. Yü chauffierte vorsichtig zum Hof des Töpfers und der Bildhauerin. Dort stand ein alter, zum Pick-up coupierter VW-Bus.

Matzbach ging einmal um das Gefährt. »Es gibt«, sagte

er versonnen, »Autos und Autos. Dies hier sieht – tja, wie sieht es aus?«

»Wie dein Innenleben? Karg und von Rost und Motten zerfressen?«

»Eher morsch, möchte ich sprechen – wie deine Erinnerungen an Jugendphasen.«

Neben ihnen öffnete sich die Tür zu den Geräumlichkeiten der Bildhauerin. Sie schien die letzten Äußerungen gehört zu haben.

»Offenbar dränge ich mich in das Gespräch alter Freunde«, sagte sie. Der Pfeifenstiel lugte aus der Brusttasche ihres Jeans-Hemds, und im linken Mundwinkel hing ein Zigarillo mit Mundstück.

»Teure Frau!« sagte Matzbach. »Jetzt, da ich Sie sehe und dies sage, fällt mir ein, daß ich noch zur Bank muß.«

»Er ist ohnehin jetzt nicht da.« Mit dem Kinn wies sie auf die Behausung des Töpfers. »Wir machen gleich den kleinen Schlenker, dann können Sie mir die restliche Knete für ihn geben. Bank haben wir aber nicht, nur Automat.«

»Wird reichen. Wie fangen wir's an?«

Sie hustete, ohne dafür den Zigarillo zu entfernen. »Sie beide packen an und ich dirigiere.«

»Na gut.«

Matzbach und Yü packten und hievten. Der Monstertopf, von Baltasar standhaft »Glirarium« genannt, wog mehr als zwei Zentner. Ihn auf die Ladefläche des alten VW-Busses zu stemmen, war weniger schwierig wegen des Gewichts – »Wir haben ja gut gefrühstückt«, sagte Yü –, sondern wegen der unhandlichen Form und der Zerbrechlichkeit des Materials.

Irgendwie schafften sie es, die »Bilchtonne« (Yü) mit Decken, etlichen Gepäckstücken und zwei Abschleppseilen so zu befestigen, daß sie den Transport überstehen konnte.

»Eh, Sie, wie heißen Sie eigentlich??« sagte Matzbach, als er wieder auf dem Boden des Hofs stand. »Damit ich Sie nicht dauernd mit ›eh Sie‹ anreden muß.«

Die Bildhauerin nahm den Zigarillo aus dem Mund und nickte. Nachdem sie ihn wieder zurückgesteckt hatte, sagte sie: »Seh ich ein. Machen Sie aber bitte keine Wortspiele; die kenn ich alle längst.«

»Ach ja? Worum geht's denn dabei?«

»Renate Nathe.« Sie buchstabierte den Nachnamen. »Also, meine Eltern, wissen Sie … Aber das können Sie sich ja denken. Und, bitte, nichts von drohender Wiedergeburt oder Renate kam aber nicht oder so, ja?«

Yü öffnete den Mund, schloß ihn wieder und grinste.

Baltasar wiegte den Kopf. »Haben Sie mal daran gedacht, sich anders zu nennen? Renate Ging, zum Beispiel, oder …«

Sie unterbrach ihn. »Hören Sie auf; sonst fahr ich Sie mit Ihrem komischen Kübel gegen einen Baum.«

Matzbach verstummte brav; ihm fielen zwar noch vorzügliche Varianten ein, aber eigentlich war es ihm zu früh am Tag für ausgiebiges Gerede.

Frau Nathe fuhr voraus, mit einem schweigenden Matzbach auf dem Beifahrersitz; Yü folgte mit der DS. Sie verließen den Hof, bogen links in die Zuccalmagliostraße ab und gleich wieder rechts, um durch die enge Gasse zur Kirche zu kommen. Gegenüber dem Hauptportal befand sich in einem schieferverkleideten Bau das alte Postamt.

»Im Vorraum gibt's nen Bankautomaten«, sagte die Bildhauerin. »Ich bleib solang hier im Halteverbot.«

Matzbach vergewisserte sich, daß die Poststelle nur noch zehn Stunden in der Woche geöffnet war, was ihn irgendwie beruhigte: Bestätigung von negativen Annahmen; eine positive Überraschung hätte ihn beunruhigen oder gar deprimieren müssen. Er plünderte leise pfeifend den Automaten und ging zurück zum VW-Bus. Ehe er einstieg, streifte er die Kirche und ihr Zubehör – Friedhofsmauer, Pfarrhaus, verglasten Schaukasten, antike Gittertore – mit einem halbinteressierten Blick.

»Muß man sich da was ansehen?« sagte er, als er wieder im Wagen saß.

»Wo? In der Kirche? Bergisch neobarocke Beichtstühle«, sagte Frau Nathe. »Es sei denn, Sie interessieren sich für die Gemeinde; dann empfehle ich den Schaukasten mit wichtigen Infos und neckischen Fotos.«

»Ach nein, danke, dann wohl doch lieber nicht.«

Die Fahrt zum Hof von Wayne Bergedorf dauerte höchstens zehn Minuten, die Baltasar jedoch wie eine Stunde vorkamen. Bei jedem der zahlreichen Rumpler fürchtete er, von hinten ein Klirren und Scheppern zu hören.

»Besorgt?« sagte die Bildhauerin irgendwann, als er sich zum achten Mal umdrehte, um durch das winzige Fensterchen auf die Ladefläche zu blicken, wo er nichts von dem Topf sah.

»Besorgt nicht gerade. Das Kunstwerk ist nicht so furchtbar wesentlich. Ich habe nur keine Lust, gleich Scherben zusammenzukehren.«

»Sie sind aber richtig sentimental, was?«

»Häufig, vor allem gelegentlich, und dann auch bisweilen.«

»Ah ja. Wohin fahren wir eigentlich? Sie haben bloß gesagt, daß es nicht weit ist.«

»Da vorn gleich rechts, zu Frau Bergedorf.«

Die Bildhauerin warf ihm einen Seitenblick zu, der spöt-

tisch oder beifällig sein mochte, je nach Vorliebe des Deu-
tenden. »Hey hey hey. Ist der Pott für *die*?«

»Wenn sie ihn annimmt, ja.«

»Guten Geschmack haben Sie aber; hätt ich Ihnen bei
Ihrem Gerede gar nicht zugetraut. Vor allem nicht bei dem
Pott.«

Baltasar zog es vor, nicht zu antworten.

Als sie durch die Einfahrt auf den Hinterhof fuhren, kam
Knecht Recht aus dem Stall; Sekunden später erschien
Wayne in der grellen Tür des Hauses.

»Netter Besuch so früh am Tag«, sagte sie. »Warum läßt
du dich denn von Renate schippern?«

»Er hat dir was Häßliches gekauft«, sagte Frau Nathe.
»Wahrscheinlich, um sich von Anfang an zu disqualifizie-
ren.«

Matzbach klatschte in die Hände. »Kommt, los; reden
können wir später. Packen Sie mal mit an, Knecht Ruprecht?«

»Und was ist das?« sagte Wayne, als die drei Männer das
Monster abgeladen hatten. Sie ging um den Topf herum, lugte durch die Durchbrechungen der Wand und schaute von
oben auf die Höhlen und Serpentinenpfade des Inneren.

»Ein Glirarium«, sagte Yü.

»Ein was bitte?«

Recht stand breitbeinig neben dem Kunstwerk und grinste. »Echt kraß, Mann«, sagte er.

Frau Nathe hüstelte um den erloschenen Zigarillo herum.
»Könnt ihr das später sortieren? Ich will wieder zurück.«

»Kein Kaffee?« sagte Wayne.

»Nächstes Mal.«

»Dann haben wir noch die Finanzen zu regeln.« Matzbach ging zur Fahrerkabine des Busses. »Diskret, bitte.«

Als der VW-Bus verschwunden war, trat Matzbach hinter Wayne, die sich leicht an ihn lehnte.

»Und was soll das nun werden?« sagte sie.

»Das ist, wie Yü schon treffend sagte, ein Glirarium.«

»Aha. Und das wäre?«

»Ein altrömischer Behälter zur pfleglichen Aufnahme zahlreicher Exemplare der Gattung *glis esculentus*, vulgo Siebenschläfer oder auch Bilch. Man mästet sie, bis sie sich richtig wohl fühlen, und dann ißt man sie.«

»Stehen die nicht unter Naturschutz?« sagte der Knecht.

»Das mag sein.« Matzbach legte die Hände an Waynes Hüften. »Aber wenn es dem Bilche natürlich ist, von feinmäuligen Menschen verspiesen zu werden, sollte man diese seine Natur entsprechend schützen. Jedenfalls dachte ich, wozu soll ich dir Blumen mitbringen? Lieber gleich eine Vase. Und zwar eine, die man auch anders verwenden kann. Außerdem paßt sie, finde ich, gut zu deiner Sammlung heroischer Geschirrstücke.«

»Du meinst das richtig ernst, ja?« Wayne drehte sich um und blinzelte schnell; vielleicht, um eine Spur von Feuchtigkeit zu verbergen. »Da bin ich aber gerührt.« Sie rieb ihre Wange an seiner.

Matzbach räusperte sich. »Irgendwer hat mal gesagt, große Männer brauchten keine große Frau; sie gäben sich mit zwei kleinen zufrieden. Ich finde es nicht nachteilig, daß du so groß bist; andernfalls müßte ich mich bücken, damit du meine Wange erreichst. Und ich bücke mich nicht gern.«

Sie gluckste leise. »Kaffee? Kommt rein, Jungs.«

»Zwei Fragen hätte ich«, sagte Baltasar, als sie den zweiten Liter Kaffee (begleitet von ein paar Gläschen Armagnac) beendet hatten und das Geplauder zu zerfasern begann.

»Und zwar?«

»Erstens: die verheißenen Adressen der Heimatpfleger, die vielleicht etwas über die Schächte wissen. Und zweitens: Wovon lebt ihr hier eigentlich?«

Der Knecht lachte und stand auf. »Vom Arbeiten; ich geh wieder rüber.«

Wayne und Yü erhoben sich ebenfalls. Sie holte einen Zettel aus dem Schrank mit den gräßlichen Bechern und Tassen, und Yü sagte:

»Ich hörte, da drüben gibt es alte Autos zu bewundern. Darf ich mitkommen?«

»Klar doch.«

Als die beiden verschwunden waren, schien Wayne einen Moment zu zögern; dann setzte sie sich auf Matzbachs Knie, legte die Arme um seinen Hals und küßte ihn. Es war eine längere Unternehmung.

»Huch«, sagte er, als sie vorläufig fertig waren.

»Wie meinen?«

»Abermals huch.« Er lächelte. »Bei der sowohl intensiven als auch extensiven Vorgehensweise, Madame, wird mir glatt das Höslein eng.«

»Hab ich gemerkt. Sollen wir dagegen sofort etwas unternehmen, oder sind die Fragen sehr wichtig?«

»Du weißt, ich bin ein alter Mann.«

»Ah ja. Und?«

»Greise neigen zur Vergeßlichkeit. Vielleicht kann ich mich hinterher nicht mehr an die Fragen erinnern.«

Sie lachte. »Das ist natürlich problematisch.«

»Nicht wahr? Aber ob es so ist, kriegt man erst raus, wenn man es rausgekriegt hat, gewissermaßen. Das Risiko muß man einfach eingehen.«

Yü und Knecht Ruprecht hatten sich noch nicht blicken lassen. Wayne setzte den nächsten Kaffee an und schmierte ein paar Brote, während Matzbach den Zettel mit den Adressen überflog.

»Alle in der Nähe, was?« sagte er. »Und die andere Frage?«

»Ich hüte Pferde, auf denen manchmal ein paar Leute reiten. Hab ich dir doch gesagt.«

»Du hast aber auch gesagt, daß man davon nicht leben kann.«

»Das stimmt.« Sie kam zum Tisch und stellte die Platte mit Broten ab. »Als Herr Bergedorf sich von mir scheiden ließ, um sich mit ein paar jungen Blondinen abzumühen, hat er auf Anwälten bestanden. Ich hätte billiger eingewilligt, weil ich ihn auch loswerden wollte, aber die Anwälte sahen das anders.«

»Der Hof und Knete?«

Sie nickte. »Reichlich.« Dann lachte sie. »Sonst hätte ich deinen Topf nicht geschenkt genommen.«

»Warum?«

»Ich kenne den Töpfer, Knut; ich weiß, was er für Preise hat. Und ich würde nie ein Geschenk annehmen, das ich nicht notfalls erwidern kann, wenn mir danach ist.«

»Dann haben wir ein Problem«, sagte Baltasar.

»Inwiefern?«

Er kicherte. »In meiner Bonner Bude ist kein Platz für solche Mammutamphoren.«

»Wir werden uns was einfallen lassen müssen.«

»Wird uns schon gelingen. Darf ich mich noch *en passant* erkundigen, was Knecht Ruprecht genau treibt?«

Sie setzte sich auf die Tischkante und berührte Baltasars Nase mit der Fingerspitze. »Neugieriges kleines Kerlchen, du.

Aber da gibt's kein Geheimnis. Wir sind ja alle erwachsen. Den hab ich im Dorf kennengelernt, bei einer dieser blödsinnigen Vernissagen. Er war gerade angekommen, kannte da einen Maler. Er hat immer alte Autos aufmöbeln wollen. Auch Kutschen und so was; steht alles draußen und im Stall rum. Hat studiert, und dann hat er im Lotto gewonnen.«

»Unangenehm.«

»Ja, nicht wahr? Oder nicht Lotto, sondern diese Sofortrente, wie heißt das. Glücksspirale? Egal. Jedenfalls: Er hat einen unerfreulichen Vater – einer von denen, die Knete satt haben, aber immer mehr wollen. Der hat verlangt, daß er nicht nur alle bisher angefallenen Ausbildungskosten zurückzahlt, jetzt, wo er es sich leisten kann, sondern ihm sozusagen bis ans Lebensende die Hälfte der Monatsrente abtritt. Da ist er dann abgehauen, um dem ewigen Ärger zu entgehen; hier bastelt er an Kutschen und Karren herum und ist fröhlich. Zwei alte Jaguars – Jaguare? – hat er schon aufgemotzt und verkauft.« Sie schwieg einen Moment; dann sagte sie: »Und falls dich das interessiert, wir haben ein- oder zweimal miteinander geschlafen, aber der Altersunterschied und die Vorlieben waren irgendwie dagegen. Außerdem hat er dann Gudrun abgeschleppt. Oder sie ihn.«

Matzbach ergriff ihre rechte Hand und zog sie an die Lippen. »Danke, Huldvolle«, sagte er. »Bin ich jetzt dran mit Beichten?«

»Mit Lückenfüllen.«

»Wie meinst du das?«

Sie zog die Unterlippe zwischen die Zähne und lächelte schräg. »Yü hat so kunstvoll um bestimmte Löcher herumgeredet, gestern, daß ich gern wüßte, was sich in denen so tummelt.«

»Ah, die Schwatzhaftigkeit der Freunde. Na gut.«

Tugend- und lügenhaft begann er, eine knappe Skizze seines »unwichtigen Daseins« zu liefern. Benno Vogelsang, der nicht Benno Vogelsang war, ließ er aus; er erwähnte Herrn Tugendhaft (Wayne pfiff durch die Zähne) und den von diesem beauftragten, verschwundenen Detektiv Goldstein mit seiner Meldung aus Klitterbach. Dann nannte er Montanus und die Geschichte von den verlorenen Schätzen – »ach, diese alte Nummer?« Sie lachte. »Da haben schon so viele nach gesucht.« – und die Säuglingsentführung samt Fleißners 100.000 Euro Belohnung.

Während er redete, hatte sie Kaffee eingegossen und zwei Brote gegessen. Als er zum Schluß kam, sagte sie:

»Sherlock Matzbach also, oder lieber Baltasar Poirot? Ist ja lustig. Und jetzt suchst du einen verschwundenen Detektiv, einen verschwundenen Säugling und die verschwundene Franzosenbeute von anno was? Siebzehnsiebenundneunzig?«

»So etwa.« Er hob seinen Becher, ein grünes Froschmonster, und berührte damit ihren – rot, ein amorphes Ferkel. »Ich bin aber mit dem, was ich hier unverhofft gefunden habe, vorerst sehr zufrieden.«

Sie lachte. »Prost. Gleichfalls. Aber das ist rein sexuell. Ich weiß nicht, was daraus wird.«

»Klar; Sentimentalitäten sind mir sowieso zuwider, und außerdem soll man jungen Frauen keine alten Männer zumuten. Außer manchmal zwischendurch.«

Der dritte Name auf dem Adressenzettel, ein pensionierter Eisenbahner in einem Kaff bei Wipperfürth, erwies sich als Treffer. Der Mann war bereit, Matzbach noch am gleichen Nachmittag zu empfangen. Baltasar fuhr hin; bis er zum Hof zurückkam, war die Sonne untergegangen.

Wayne war bei einer Nachbarin, um irgendwas zu besprechen, was mit Heu und Weiden zu tun hatte. Matzbach und Yü machten einen Abendspaziergang Richtung Grubenbahn; unterwegs berichtete Baltasar.

»Der Alte ist Klasse. Unendlich öde, aber Klasse.«

»Wie geht das zusammen?«

»Er weiß alles über die Grubenbahn und die Schächte und die Dinge, die damit zusammenhängen. Anekdoten, Unfälle, Umbaumaßnahmen, Fördermengen im achtzehnten Jahrhundert, was du willst. Und abgesehen davon weiß er, daß er Eisenbahner war, sonst nichts.«

Yü blinzelte in den Mond. »Der wahre Experte weiß Viel über Wenig und am Ende Alles über Nichts, wie?«

»So sagt man, und ich fürchte, es ist so.«

»Und was ist dabei rausgekommen?«

»Durch taktvolle Fragen – du weißt ja, wie elegant ich so etwas machen kann …«

»Mit der Anmut des Breitmaulnashorns, das einen Kolibri zur Herausgabe des von ihm entwendeten Fahrrads überreden möchte«, sagte Yü.

»Anmut? Na gut, dann eben Anmut. Ich habe mich beiläufig erkundigt, ob denn viele Unfälle passiert seien, so daß es wahrlich unabdingbar gewesen sei, die Schächte zu sperren. Und da hat er alte Alben herausgekramt – Zeitungsausschnitte, Fotos, Todesanzeigen, alles, was du nicht haben willst. Unter anderem einen Ausschnitt aus dem Jahre, ich glaube sechsundsechzig, einen jungen Mann namens Benno Vau betreffend, der in einen bestimmten Schacht gestürzt war und erst nach mehreren Tagen schwerverletzt geborgen wurde.«

Yü summte leise. »Ich überlege gerade«, sagte er dann, »was das Breitmaulnashorn eigentlich mit dem Kolibrifahrrad anfangen will. Abgesehen davon – welcher Schacht ist es?«

Als sie zum Hof zurückkehrten, hatte Wayne eben eine Flasche Barolo entkorkt; Knecht Ruprecht und Gudrun saßen am Tisch und vertilgten die letzten Bratkartoffeln.

»Ah, das freundliche Fräulein Gudrun«, sagte Matzbach. »Am freien Montag so spät unterwegs?«

»Ah, der großzügige Herr Matzbach.« Die Kellnerin lächelte ihn an. »Sind Sie denn zufrieden gewesen mit dem Service in der *Tränke*?«

»Wenn ich jetzt nein sage, rücken Sie dann das Trinkgeld wieder raus?«

»Das ist längst im Sparstrumpf.«

Ruprecht beugte sich vor, dann zur Seite, um unter dem Tisch die Beine seiner Freundin auf Strümpfe oder anderes zu untersuchen.

Wayne sah Baltasar an, dann den Knecht, dann wieder Baltasar. »Solltest du nicht …?«

Matzbach runzelte die Stirn und schaute zu Yü; der hob die Schultern und deutete dann ein Nicken an.

»Da ich so etwas wie ein Hobbydetektiv bin«, sagte Baltasar, »habe ich manchmal auch unangenehme Kunden.«

Knecht Recht blickte ein wenig irritiert drein.

Yü hob den rechten Zeigefinger. »Konfuzius hat gesagt – ach nein, hat er überhaupt nicht. Dicker, deine Logik!«

Matzbach stützte sich auf die Stuhllehne, wobei er eine Verneigung andeutete. »Um Vergeblichkeit, Herr! Ich bin so etwas wie ein Hobbydetektiv und habe manchmal auch unangenehme Kunden, nicht nur lästige Freunde. Besser?«

Yü ließ sich am Kopfende des Küchentischs nieder. »Ich ertrage es jedenfalls eher.«

»Fein. Zu den unangenehmen Kunden, deren Auf- beziehungsweise Anträge ich nicht ausführen mag, gehörte auch ein gewisser Herr Tugendhaft, der seinen Sohn sucht.«

Der Knecht kniff das linke Auge zu. Matzbach nahm an, daß die rechts von Ruprecht sitzende Gudrun es nicht sah.

»Wenn Sie den Sohn finden«, sagte Tugendhaft junior, »haben Sie also nicht vor, dem Vater Bescheid zu sagen?«

»Ich habe nicht vor, dem Vater je wieder zu begegnen. Ich fand ihn so unersprießlich, daß ich als sein Sohn wahrscheinlich nicht nur die Rheinseite, sondern lieber gleich den Kontinent gewechselt hätte.«

»Na gut.« Ruprecht lächelte. »Damit ist der Fall für mich erledigt.«

»War aber gut, daß wir mal darüber geredet haben«, sagte Matzbach.

»Was haben Sie denn hier wirklich vor, wenn Sie keine verschwundenen Söhne suchen? Wollen Sie tatsächlich malen?« sagte der Knecht.

»Zuerst mal würde ich gern was essen. – Yü, was ist mit dir?«

»Reichen Brote und Rühreier?« sagte Wayne. »Spiegeleier? Schinken?«

»Wunderbar.«

Beim Essen – Yü fand Barolo zu Eiern mit Schinken irritierend, wehrte sich aber nicht – erzählte Matzbach einige zu diesem Zweck im Moment des Erzählens erfundene Detektivanekdoten, und bei der Verdauungszigarre befaßte er sich mit Klitterbach, dem vermeintlichen Schatz und dem Säugling.

»Fleißner ist ein Stück Dreck«, sagte Gudrun mit verkniffenen Lippen. »Gehört nicht zu denen, die Kellner für Menschen halten.«

»Und die anderen?«

»Ach, seine Frau tut manchmal ganz umgänglich; ich glaube aber, sie ist ein kaltes Biest. Hermes, der Fernsehmensch, und die Sager gehen so, und der Herr Abgeordnete gibt sich meistens Mühe ... sagen wir, er bemüht sich, wählbar zu wirken.«

»Sind Sie von hier?«

Sie nickte. »Ich war länger weg. Hab in Düsseldorf und Bonn, zwischendurch in Parma und Paris Sprachen studiert – Französisch und Italienisch.«

»Brot- und bodenlos, wie?« Matzbach blies zwei miteinander verflochtene Kringel. »Lehrer werden nicht eingestellt, und die Geisteswissenschaften insgesamt sind den Machern suspekt. Ich nehme an, alles, was nicht unmittelbar wirtschaftlich oder politisch umgesetzt werden kann, wird demnächst abgeschafft. Aber wir wollten uns ja nicht melancholisch reden, indem wir uns mit den Analphabeten befassen, die sich die Republik unter den Nagel gerissen haben; wir waren bei den ähnlich trübsinnig stimmenden Fleißners. Irgendwie paßt mir das alles nicht zusammen. Wer einen Säugling entführt, will damit etwas erreichen; dazu gehört aber, daß man sich noch mal meldet und Forderungen stellt, oder? Und die Firma Hermes und Sager mit ihrer trefflichen Berichterstattung ...«

Gudrun winkte ab. »Ich kann Ihnen nicht viel dazu sagen. Nur das, was man im Dorf so weiß. Was alle wissen, ja?«

»Wer könnte denn mehr wissen, außer den unmittelbar Beteiligten?«

»Keine Ahnung.«

»Was ist mit deiner Tante?« sagte Ruprecht.

»Ach so. Ja, die könnte vielleicht mehr wissen, aber die ist ja weg.«

»Wer bitte ist die löblich abwesende Tante?«

Gudrun schob die Unterlippe vor. »Eigentlich keine richtige Tante – Nenntante. Und die ist wahnsinnig katholisch, rennt jede Woche zur Beichte, wobei ich nicht weiß, was sie zu beichten hat, so katholisch wie sie ist. Außerdem …« Sie breitete die Arme aus. »Außerdem ist sie nicht mehr hier.«

»Aber wieso könnte sie mehr wissen?«

»Die abwesende Tante ist die Hebamme«, sagte Wayne. Sie schob Matzbach den Korkenzieher und die nächste Flasche hin. »Machst du das?«

»Mach ich. *Die* Hebamme heißt, es gibt nur die eine?«

»Mehr oder minder. Die meisten Entbindungen finden in den nächsten Krankenhäusern statt; Tante Gerda hat dabei mitgemischt, aber auch bei den wenigen Hausgeburten. Und dann hat sie beschlossen, mit dreiundsechzig hätte sie jetzt genug Kinder in die Welt gehoben.«

Matzbach blinzelte, während er geräuschlos den Korken aus der Flasche zog. Er schnüffelte daran, nickte, goß etwa zwei Fingerhüte voll in sein Glas und fischte mit spitzen Fingern ein paar Korkenkrümel heraus. »Wer möchte? Zeigt her eure Gläser, zeigt her eure Schuh. – Also langsam. Die Tante Hebamme, nehme ich an, hat bei den Fleißners gehoben. Dann hat sie das Heben an den Nagel gehoben und sich aus dem Bereich ihres ehemaligen Hebens hinweggehoben; so ähnlich?«

»Furchtbar«, sagte Yü. »Der Berater eines T'ang-Kaisers – ich weiß nicht mehr, wer es genau war – hat seinem Fürsten empfohlen, all jene in heißem Öl sieden zu lassen, die zuviel heiße Luft reden.«

»Wir haben nicht genug Öl im Haus.« Wayne blickte sehr betrübt drein. »Worauf willst … worauf hebst du ab, Baltasar?«

»Ich wüßte gern, wo diese katholische Hebammen-Tante jetzt ist, und wann sie sich dorthin begeben hat.«

»Weiß ich nicht genau.« Gudrun starrte in das Glas, das Matzbach eben aufgefüllt hatte. »Kann sein, daß der Fleißner-Balg ihr letztes Gör war. Jetzt ist sie zu einer alten Freundin nach Mallorca gefahren. Geflogen. Gezogen, wahrscheinlich; wenn ich das richtig gehört habe, kommt sie wohl nicht wieder.«

»Nun denn.« Baltasar trank, wischte sich den Mund und sog an der Zigarre. Im stetig anschwellenden Qualmstrom sagte er:

»Reden wir also nicht von abwesenden Hebammen. Yü, wo ist dein teures Meßtischblatt?«

»Im Wagen.«

»Würdest du es freundlicherweise herbeischaffen?«

»Wenn du mich nett bittest.«

»Ach bitte, schaff es doch bitte freundlicherbitteweise herbittebei, bitte.«

Yü nickte. »So ist es recht.« Er stand auf und ging zur Tür. Um den Hof zu betreten, mußte er allerdings erst Gandalf dazu bewegen, die von außen bewachte Schwelle freizugeben.

»Was hast du jetzt vor?« sagte Wayne. »Außer mir eine von deinen Zigarren anzubieten?«

»Ich wollte gern« – er reichte ihr das Etui und die Taschenguillotine – »einen bestimmten Schacht lokalisieren. Und danach sollten mehrere Menschen ein bißchen telefonieren. Ich, zum Beispiel, und Sie, Gudrun.«

»Ich? Mit wem?«

»Irgendwer in Ihrer Verwandtschaft müßte doch wissen, wo die Hebammentante sich genau aufhält. Ob sie telefonisch erreichbar ist. So was.«

»Wenn Sie meinen … Ich hab aber eigentlich keine Lust, mich um Tante Gerda zu kümmern.«

Matzbach legte sein Gesicht in weinerliche Falten.

Ruprecht Tugendhaft lachte laut und legte den Arm um Gudruns Schulter. »Komm, tu ihm den Gefallen. Er heult sonst gleich los, und das müssen wir nicht haben.«

»Es wäre wirklich sehr zuvorkommend«, sagte Baltasar. »Ferner wollte ich eben vorschlagen, daß wir die förmlichen Anreden abschaffen. Wenn Sie aber so lieb wären zu telefonieren, würde ich Ihnen die ekelhafte Aufgabe erlassen, mich zu duzen.«

Gudrun kicherte. »Wie redet man Sie … dich denn an? Baltasar, Dicker, Matzbach?«

»Matzbächlein«, sagte Yü, der mit Storchenschritten über Gandalf stieg und die blauende Tür hinter sich schloß. »Mätzchenbach. Matzbacchus. He du oder Alter oder Euer Impertinenz tun's aber auch. Ich heiße einfach Yü.«

Aus der Windjacke, die er über seinen Stuhl gehängt hatte, zog Baltasar das Handy, aktivierte es und reichte es der Kellnerin. »Wenn du walten magst …«

Während sie mit nicht ganz echt wirkendem Schmollmund dasaß und eine Nummer tippte, breitete Yü eines der Meßtischblätter aus.

»Hoffentlich ist es das richtige«, sagte er.

»Wie heißt der Schacht?« Wayne beugte sich vor. »Interessant.« Mit dem Zeigefinger folgte sie Straßenlinien und fand ihren Hof. »Hab ich noch nie auf einer Karte gesehen, die Klitsche hier.«

»Der Schacht hat mehrere Namen.« Baltasar entfaltete einen Zettel, den er aus seiner Brusttasche zog. »Maria-Hilf-Schacht, Schnabelbach-Schacht, Heppner-Schacht.«

»Heppner sagt mir was, die beiden anderen nicht.«

Wayne deutete auf eine Gruppe von Klecksen weiter nördlich im Tal. »Das ist der alte Heppner-Hof ... und da ist der Schacht. Müßte der sein; ich wüßte nicht, welcher sonst.«

»Wie kommt man da hin?«

Gudrun schien jemanden erreicht zu haben. Sie kniete sich auf die Bank, wandte der Versammlung die Kehrseite zu und sprach in die Fensterhöhlung.

»Man müßte den Bauern fragen«, sagte Wayne. »Der ist aber ganz umgänglich. Wie spät ist es?«

»Gleich elf.«

»Zu spät. Ich ruf ihn morgen früh an.«

Gudrun beendete ihr Gespräch und drehte sich um. »War schon ein bißchen spät«, sagte sie. »Meine Mutter wollte gerade ins Bett gehen. Sie besorgt Tante Gerdas Telefonnummer; ich soll sie morgen früh anrufen.«

»Dann«, sagte Matzbach, »können wir heute eigentlich nur noch ein bißchen trinken. Kennt jemand eine gute Horrorgeschichte? Mir ist nach blödeln.«

20.

Wie nur dem Kopf nicht alle Hoffnung schwindet,
Der immerfort an schmalem Zeuge klebt,
Mit gier'ger Hand nach Schätzen gräbt
Und froh ist, wenn er Regenwürmer findet.

GOETHE

Morgens führte Wayne ein längeres Gespräch mit dem dritt-
nächsten Nachbarn, Bauer Heppner. Baltasar geleitete in
dieser Zeit Gudrun in die »gute Stube« von Waynes Hof, wo
sie mit Baltasars Handy ihre Mutter anrief und von dieser
eine vielzahlige Nummer auf Mallorca erhielt.

»Wetten«, sagte Matzbach, »daß sie aus unbekannten
Gründen nicht zu finden ist?«

»Mal sehen. Und wenn doch? Soll ich sie was fragen?«

»Frag sie, ob sie weiß, was aus dem Fleißner-Kind geworden ist. Sag ihr, daß du sie besuchen willst. Egal. Wie gesagt,
sie ist bestimmt nicht da.«

Gudrun wählte. Nach einiger Zeit meldete sich jemand. Die
junge Frau fragte nach ihrer Tante Gerda, wartete einen Moment, warf Baltasar einen entsagenden Blick zu und sagte:

»Morgen, Tante Gerda; hier ist Gudrun. Wie geht es dir?«

Matzbach kratzte sich den Kopf; dann hob er beide Arme
bis in Schädelhöhe, ließ sie fallen und ging zurück in die Küche.

»Du siehst unlustig aus«, sagte Wayne.

»Bin ich. Mein schönes böses Theoriegebäude ist gerade

223

zusammengekracht.« Er lächelte ein wenig mühsam. »Wissenschaft ist die Hinmetzelung einer hübschen Theorie durch ein scheußliches Faktum. Hat irgendwer mal gesagt.«

»Darf man erfahren, wie die Theorie aussah?«

»Wenn du's zunächst mal für dich behältst …«

»Was soll sie für sich behalten?« Yü erschien in der Küche, gründlich ausgeschlafen und frisch geduscht.

»Den Zusammenbruch meiner Theorie.«

»Ach, hattest du eine?« Yü klang ein bißchen höhnisch. »Gewöhnlich bemühst du dich doch gar nicht erst um so was Profanes, sondern vertraust einfach deiner Nase. Guten Morgen, edle Wirtsfrau, nebenbei und vor allem.«

»Guten Morgen. Der Kaffee steht da, Brot ist neben dem Kühlschrank. Bist du selbständig?«

»Sogar erwachsen genug, um kaputte Theorien zu bejubeln.«

Matzbach betrachtete Yüs Rücken, über den Brotkasten gebeugt; dann wandte er sich dem weit erfreulicheren Anblick von Waynes Gesicht zu.

»Das war die Theorie, die sich eben aufgelöst hat: Die Damen und Herren von der Journaille, also Sager und Herms, inszenieren sensationelle Berichte über Pittrichs Wahlkampf – Abgeordneter beißt Wildschwein und dergleichen. Beide arbeiten frei, das heißt, sie können ihren Schmonzes meistbietend verkaufen. Da alles in der Sauregurken-Zeit stattfindet, sind alle denkbaren Abnehmer auch dankbare Abnehmer und zahlen gut. Außerdem wird Pittrich dadurch bekannt, wenn nicht populär. Um noch mehr Knete zu machen, klauen sie das Kind der Fleißners – hatte ich zuerst gedacht. Dann habe ich mir gesagt, daß die Fleißners so innig liebende Eltern sind, daß sie möglicherweise am Klauen beteiligt waren. Und am Umsatz. Vielleicht hatte das Kind eine

Mißbildung, sagte ich mir, und deshalb haben sie es nicht geklaut, sondern lieber gleich umgebracht, und die ganze Entführungsgeschichte hat den doppelten Nutzen, das Portemonnaie aller an der Berichterstattung Beteiligten zu füllen und das Verschwinden eines ungewollten Kindes zu kaschieren.«

Yü hatte sich inzwischen Kaffee eingegossen; mit dem Becher in der Hand drehte er sich zu Matzbach um und grinste breit.

»Ei«, sagte er. »Und für all das gibt es weder einen Beweis, noch einen Hinweis, noch eine Spur, noch gar etwas, was man bei großem Wohlwollen als Indiz ansehen könnte. Hat nicht Meng-tse gesagt, daß jemand, der ein Loch gegraben hat und hineingefallen ist, nur dann behaupten soll, ein Drache habe ihm das Bein gebrochen, wenn es für beides keine Zeugen gibt?«

»Der einzige Drache bist du.«

Wayne hob die Hand. »Moment. Ich verstehe immer noch nicht, wieso die Theorie zusammengekracht ist. Nicht, daß ich sie für besonders überzeugend hielte.«

»Es ist so«, sagte Baltasar verdrossen, »daß im wahrscheinlichsten der Fälle die Hebamme, die ja das Kind gesehen hat, zum Schweigen gebracht werden müßte. Damit sie, zum Beispiel, nicht erzählt, es hätte zwei Köpfe gehabt mit je einem Wolfsrachen, dafür aber nur ein Bein und keine Augen.«

»Wohl wahr. Und?«

»Man beseitigt sie und bringt das Gerücht in Umlauf, daß sie nach Mallorca abgereist ist. Aber« – er schüttelte den Kopf – »Gudrun telefoniert gerade mit ihr.«

»Armer Kleiner.« Wayne fuhr ihm über den krausen grauen Schopf. »Du solltest nicht mein Mitleid erregen.«

»Warum sollte er nicht?« Yü, eine Scheibe Graubrot in der Linken, blickte interessiert auf.

»Die Qualität der Beziehung könnte sich verändern«, sagte Wayne.

Matzbach gluckste. »Sie meint, daß bis jetzt alles rein unrein ist, unschuldig sexuell, weißt du …«

»Hab ich schon mal was von gehört.«

»… und daß Mitleid am Ende zur Erbsünde des Gefühls führen könnte, was dieses nette Verhältnis unnötig kompliziert machen würde.«

»Ich frühstücke jetzt lieber.«

Baltasar wandte sich an Wayne. »Herrin, wie sprach der edle Bauer? Heppner?«

Wayne goß sich ihren dritten Kaffee ein und ließ sich am Tisch auf einen Stuhl plumpsen. »Er sagt, wir können ohne weiteres auf sein Land und nach dem Schacht schauen. In der Nähe hat er vor ein paar Wochen Holz gefällt; ich habe aber nicht genau verstanden, welche Route durch den Wald er für die leichteste hält. Wir sollen uns bloß vorsehen, sagt er; da ist schon mal jemand reingefallen. Und wenn er sich richtig erinnert, braucht man mindestens zehn Meter Strick oder Leiter, um so was wie einen Boden zu erreichen.«

Ruprecht kam vom Hof herein; er ließ die Tür offen, und von draußen hörte man krakeelende Vögel und das Schlappen von Gandalf, der großen Durst zu haben schien.

»Morgen allerseits«, sagte Ruprecht. »Hat heute jemand Geburtstag oder so was?«

Alle sahen einander an; dann wurden sämtliche anwesenden Köpfe geschüttelt.

»Warum?« sagte Wayne.

Ruprecht ging zur Kaffeekanne. Über die Schulter sagte er: »Ich hab beim Räumen drüben eine Kiste mit Feuerwerk gefunden. Ich dachte, wenn jemand was Besonderes zu feiern hätte, könnte man heute abend eine kleine Knallerei machen. Oder morgen, oder so.«

»Vielleicht fällt uns noch was ein.« Wayne zwinkerte Matzbach zu, der sich ihr gegenüber niederließ. »Baltasar könnte eine neue Theorie aushecken oder sogar eine Praxis dazu finden.«

Ruprecht blies auf seinen Becher; offenbar war ihm der Kaffee zu heiß. »Dann werden wir ihm das Feuerwerk widmen. Weißt du, wo die Knallfrösche her sind, Chefin?«

»Nein. Ich wußte nicht mal, daß es sie gibt.«

»Lagen hinten in der Ecke, hinter all den alten Karrenrädern und Deichseln und dem Joch.«

Endlich erschien auch Gudrun; sie gab Matzbach das Handy, mit einem etwas verqueren Lächeln.

»Also«, sagte sie, »die Tante lebt – eindeutig; das war ihre Stimme. Irgendwie habe ich den Eindruck, sie fände es nicht so gut, von mir Besuch zu kriegen. Ein Glück, daß ich das auch nicht vorhatte.«

»Hat sie was zum Fleißner-Balg gesagt?«

Gudrun zögerte. »War ein bißchen komisch«, sagte sie dann. »Als ich sie gefragt hab, war sie zuerst stumm. Baff, empört, was weiß ich. Dann hat sie mich angeschnauzt, was mich denn dieses Kind angeht, und ob man sich nicht in Ruhe aufs Altenteil zurückziehen kann, ohne mit alten Kamellen behelligt zu werden. Dann haben wir uns ziemlich kühl verabschiedet.«

Es war elf Uhr, als Yü, Matzbach und Ruprecht das Gehölz erreichten, in dem sich der Heppner-Schacht befand. Die DS war überfüllt; Stiele diverser Werkzeuge ragten aus den Fenstern. Baltasar suchte einen Parkplatz, der von der Straße aus nicht einzusehen war; dann packten sie die mitgebrachten Stricke, Schaufeln, Beile, Hacken und sonstigen Utensilien aus und wühlten sich durchs Gestrüpp.

»Könnte früher mal riskant gewesen sein«, sagte Ruprecht, als sie den Schachtdeckel gefunden hatten. »Ziemlich gründlich, was?«

Den Beschreibungen nach, die Baltasar von dem Heimatpfleger bei Wipperfürth bekommen hatte, war der Schacht ursprünglich mit einer Art Kragen aus Ziegeln versehen gewesen, der etwa zwei Meter über die umgebende Oberfläche ragte. Der Mann hatte ihm eine alte Skizze gezeigt, mit dem Mauerkranz und einem hohen Gerüst darüber, auf sechs Beinen. Dann, so hieß es, hatte man das Gerüst abgetragen, ebenso die Ummauerung, und über die Schachtmündung, deren Durchmesser nicht viel mehr als zwei Meter betrug, eine hölzerne Platte gelegt. Diese war durch äußere Einwirkung – »dumme Jungs müssen ja an allem rumrupfen« – verschoben und von Wind und Wetter morsch gemacht worden. Ende der 60er, hatte der Gewährsmann gesagt, war dann eine neue Ummauerung hochgezogen worden, und man hatte den Schacht mit einer Platte aus Eisenblech abgedeckt. Für alle Fälle, man weiß ja nie, ließ diese Platte sich aufklappen: In der Mitte saßen Angeln oder Scharniere (die Beschreibungen widersprachen einander), am Rand Riegel, gesichert mit schweren Schlössern.

Fast eine halbe Stunde hackten und schrappten die drei, entfernten Brombeerranken, machten Weißdorn nieder, beseitigten Ballungen aus Zweigen, Laub und Efeu. Dann standen sie endlich vor den Ziegeln der letzten Ummauerung. Sie war etwa einen Meter hoch, und die Eisenblechplatte darauf war fast frei von Bewuchs und Laub.

»Seht ihr, was ich sehe?« Baltasar deutete auf die andere Seite, die sie zuvor nicht hatten einsehen können. »Wahrscheinlich hat Bauer Heppner gemeint, wir sollten von da drüben kommen; ich nehme an, sein Holzweg liegt da irgendwo.«

Auch auf der anderen Seite gab es gemischtes Gestrüpp; es wirkte aber lichter als das, was sie beseitigt hatten.

»Gräm dich nicht.« Yü kletterte auf die Platte. »Aber was sag ich? Wahrscheinlich wirst du die nächsten drei Jahre fluchen, daß du gearbeitet hast, statt gleich den einfachen Weg zu finden. – Hallo, seht euch das mal an!«

»Was denn?«

»Komm mal zur anderen Seite.«

Matzbach, mißtrauisch gegenüber der Tragfähigkeit des Eisenblechs, wühlte sich einen Weg um den Schacht; als er drüben ankam, hatte Ruprecht sich längst auf der Platte zu Yü vorgerobbt. Beide betrachteten das Arrangement aus Riegeln und Schlössern.

»Sieht so aus«, sagte Ruprecht, »als ob da vor kurzem jemand dran rumgefummelt hätte.«

»Gefummelt ist untertrieben.« Yü kramte in der umgehängten Tasche, die alle Dietriche, Stifte und krummen Nägel des Bergedorfschen Haus- und Hofrats enthielt. »Das ist sicher geöffnet worden. Alles sauber, kaum Staub.«

»Wenn wir jetzt Old Shatterhand wären«, sagte Matzbach, »könnten wir genau sagen, daß hier am zweiten Juli nachmittags bei leichtem Südwestwind ein Mann, der Kaugummi kaute und ›Nimm mich mit, Kapitän, auf die Reise‹ summte, sein Taschenmesser gewetzt hat.«

Yü kniff die Augen zusammen. »Wie kommst du auf den zweiten Juli?«

»Ich denke mir was.« Baltasar betrachtete das lichte Gestrüpp und sagte: »Macht ihr hier weiter; ich sehe mich mal um.«

Es kostete kaum Mühe, sich einen Weg auf dieser Seite zu bahnen, weg vom Schacht, durch Gebüsch und Unterholz. Nach etwa zwanzig Metern kam er auf eine freie, lehmige Fläche. Links führte ein offenbar häufig genutzter Weg in Richtung Straße oder, wie Baltasar annahm, zum Gehöft des Bauern Heppner; rechts ging es tiefer in den Wald, hin zum Rand des Tals.

Er näherte sich der Lehmfläche. Vermutlich hatte Bauer Heppner hier Holz gestapelt und beim Schleppen oder Weg-schleifen die Grasnarbe des Waldbodens rasiert. Der Lehm war vom Wind und von Regenmangel getrocknet und von der Sonne hartgebacken. Spuren von Wagenreifen waren deutlich zu sehen.

Baltasar kauerte am Rand der Fläche nieder und betrach-tete die Abdrücke. Dann stand er leise pfeifend auf und ging zurück zum Schacht.

Yü und Ruprecht waren eben dabei, die Platte hochzu-wuchten. Die Scharniere befanden sich nicht genau in der Mitte. Als der hochzuklappende Teil stand, gab er etwa zwei Drittel der Schachtmündung frei.

»Braucht ihr Hilfe, ihr lieben Kleinen?« sagte Matzbach.

»Bemüh dich nicht.« Yü klang nur mäßig sarkastisch. »Das schaffst du notfalls sogar allein, ohne dich zu sehr an-zustrengen. Was ist denn los mit dir? Du siehst ja richtig fröhlich aus.«

»Ich freue mich, in angenehmer Gesellschaft am Busen der Natur zu nuckeln.«

Ruprecht beugte sich weit vor und starrte in den Schacht; in der Rechten hielt er eine Stablampe.

»Halli-hallo«, sagte er. Seine Stimme hallte aus dem Schacht zurück. »Ich … eh, da unten liegt was.« Jetzt klang er beinahe aufgeregt.

»Was etwa?« sagte Baltasar. »Hasenköttel? Hustenbon-
bons? Hobelspäne?«

»Was Weißes. Oder Helles. Wie 'n Paket. Gib mir mal das
Seil.«

Yü nahm die Taurolle, die er auf den Schachtrand gelegt
hatte, und balancierte zu Ruprecht hinüber. »Was hast du
vor?«

»In der Wand sind Löcher – sieht aus wie weggelassene
Ziegel. Löcher für Hände und Füße. Könnte nach all der
Zeit bröseln. Ich will mich lieber anseilen, eh ich runtergeh.«

Baltasar zog seine alte Browning aus der Hosentasche,
legte sie auf den Schachtrand und streckte eine Hand aus.
»Edler Knabe Felix, gib mir das doch bitte. Ich werde es mir
um die Lesbentaille wickeln. Ich glaube, ich bringe mehr Ge-
gengewicht auf die Waage.«

Es kostete Zeit und Mühe; zwischendurch löste Yü den
Knecht ab, und irgendwann stieg auch Baltasar in die Tiefe,
obwohl die beiden anderen zeterten, weil sie im Fall des Notfalls seinen schweren Kadaver nicht hochziehen mochten.
Vielleicht zeterte speziell Ruprecht aber auch nur, weil Baltasar nicht ihm, sondern Yü die Pistole gab – »falls jemand
kommt, der nicht Heppner heißt und uns behindern möchte.«

Im Schacht, in etwa acht Meter Tiefe, fanden sie auf einer
dicken Lage aus Erde, Laub und allgemeinem Verfall ein
Bündel: etwas, das mit reichlich Plastik umwickelt und mit
Leukoplaststreifen verschlossen war.

»Ich werde das nicht öffnen«, sagte Matzbach. »Und rate
euch davon ab, solches zu versuchen. Wahrscheinlich sollte
das der zuständige Gerichtsmediziner machen. Aber … vielleicht hat der keine Lust.«

»Wie meinst du das, keine Lust?«

»Lust stellt sich nicht unbedingt von selbst ein; manchmal muß man sie provozieren.«

»Ah. Darüber wird zu reden sein.«

Unter der Schicht aus Dreck, antikem Laub, morschem Holz, Vogelschiß und allerlei sonstigem Unflat war eine aus Bohlen gefügte Platte.

»Der Zahn der Zeit«, sagte Baltasar, »der schon so viele Tränen getrocknet hat und auch über diese Wunde Gras wachsen lassen wird, hat dem Faß die Krone ins Gesicht geschlagen; dadurch entstanden Löcher.«

»Kann man den knebeln?« sagte Ruprecht, der nun oben mit der Pistole die Gegend hütete; er klang verzweifelt.

»Lohnt sich nicht.« Yü machte klackende Geräusche mit der Zunge. »Hinterher redet er um so mehr.«

Sie kratzten den Dreck um das größte Loch weg. Dann riskierte Baltasar es, seine Hand hineinzuschieben. Das Risiko war allerdings gering, sagte er sich; im Bergischen gab es keine Kobras, und das Licht der Stablampe fiel im Loch auf verdrecktes Metall, das nicht scharfkantig zu sein schien.

Yü nickte, als Matzbach ihm die geschlossene Hand hinhielt und sie langsam öffnete.

»Das also ist des Rudels Kern«, sagte Baltasar. »Vor langer Zeit ist mal einer hier reingeplumpst und hat nur einen einzigen Ring mitgenommen. Panik im dunklen Loch, nehm ich an, sonst hätte er wahrscheinlich weiter gebuddelt. Aber ist es nicht nett?«

Auf seiner Handfläche lagen drei Ringe und fünf Münzen.

Gegen fünf nahm er sein Handy und rief Wayne an. Nicht lange danach kam sie in ihrem zerbeulten Transit an; sie brachte ein paar Körbe und Korbtaschen mit, die man an einem Seil herunterlassen und, nach vorsichtiger Füllung, wieder hochziehen konnte.

Kurz vor Sonnenuntergang war alles geborgen; Baltasar schätzte die gesamte Menge auf etwas mehr als sechshundert Kilo.

»Wir sollten«, sagte er, als Ruprecht, der die letzte Schicht abgeleistet hatte, wieder oben war, »einen netten Abend verbringen, reden, trinken, noch mehr trinken, danach ein wenig weitertrinken und schlimmstenfalls seichte Gedanken denken. Wer flach denkt, kann nicht ertrinken.«

»Wann rufen wir den zuständigen Menschen an?« sagte Wayne. »Landeskonservator oder so?«

»Was willst du mit dem Landeskonservenvater?«

»So was muß man doch abgeben!«

»Das sehe ich anders; aber darüber reden wir später.«

Yü hakte einen Finger in Matzbachs Brusttasche. »Stop. Oder auch Halt. Wir sollten jetzt noch über etwas anderes reden. Das Päckchen.«

Baltasar stutzte; dann legte er Yü eine Hand auf die Schulter. »Danke, mein Freund. So viel lebendes Metall hat mich totes Fleisch vergessen lassen.«

21.

Die Stunde schlägt irgendwann auch dem Besitzer einer teuren Digitaluhr; wenn diese nachgeht, könnte er zu spät bemerken, daß es ihn schon länger nicht gegeben hat.

JAKOB JANSEN

»Bißchen hektisch, dieser Dienstag. Halb elf durch. Mal sehen, ob sie zu Hause sind.«

Yü starrte geradeaus durch die Windschutzscheibe auf einen Punkt, der wahrscheinlich nur in seinem Kopf existierte. Als Baltasar Motor und Scheinwerfer ausschaltete und auf die erleuchteten Fenster des Fleißnerschen Hauses deutete, regte er sich nicht.

»Na, was ist?«

Yü löste den Sicherheitsgurt, blieb aber weiter sitzen. »Wir hätten noch zwei oder drei Dinge zu bereden, Dicker.«

»Vorher? Dinge, die unsere unlauteren Absichten in den nächsten paar Minuten betreffen?«

»Die auch, zum Beispiel. Und … na ja, die anderen können warten. Was hast du vor?«

Baltasar klopfte auf seine Hosentasche. »Ich werde ein bißchen mit der Pistole fuchteln, falls es nötig sein sollte; so lange wirst du das Päckchen schleppen.«

»Und wenn die Fleißners nicht allein sind?«

Matzbach knurrte leise. »Glaub ich nicht. Dann müßten hier ein paar Autos stehen. Die ganze Bande war am Wochenende hier. Ich nehme an, auch Abgeordnete müssen manchmal arbeiten, und die edlen Damen und Herren Journalisten sind bestimmt in Köln. Oder unterwegs.«

»Und wenn nicht?«

»Besorgt?« Er warf Yü einen überraschten Seitenblick zu. »Die Fleißners, Pittrich, Herms und die Sager – mit denen werden wir doch notfalls fertig.«

»Nicht besorgt.« Yü zog ein langes Messer aus dem Stiefel, zeigte die Zähne und langte nach dem Türgriff. »Ich wollte nur wissen, ob du weißt, was passieren könnte; und ob wir uns einig sind.«

»Wann wären wir uns je nicht einig gewesen?«

Yü grinste. »Vorher.« Er stieg aus und nahm das Paket von der Rückbank.

Fleißner kam selbst an die Tür. »Ja, bitte?« Er öffnete sie einen Spaltweit. Dann ächzte er und taumelte zurück, als Matzbach sie mit einiger Wucht aufstieß.

»Was ist, Albrecht?« Frau Fleißners Stimme kam vom anderen Ende der Diele, aus dem erhellten Raum, dessen Tür offenstand.

»Lieber und teurer Besuch«, sagte Matzbach.

Fleißner ging langsam rückwärts, die Augen auf den Lauf der Pistole gerichtet. »Was ... was soll das?« sagte er schwach.

»Werden Sie gleich hören. Rein da.« Mit der Waffe dirigierte er den Arzt in das Zimmer, aus dem er gekommen war.

Es war das Wohnzimmer. Frau Fleißner saß in einem teuren Ledersessel; sie hatte den Kopf zur Tür gedreht. Aus dem Hintergrund starrte von einem riesigen flachen Fernseher der Moderator der Tagesthemen in den Raum, als wolle er sich an der Auseinandersetzung beteiligen.

»Ach du …« Frau Fleißner schlug die Hände vor den Mund, als sie Matzbachs Pistole sah. Dann irrte ihr Blick zu etwas hinter Baltasar ab. Sie ließ die Hände sinken und wurde blaß.

Yü legte das mit Plastik umwickelte Paket auf den Telefontisch – Mahagoni, Ende 19. Jahrhundert –, ließ seine Klinge Lampenlicht in Fleißners Gesicht schleudern und sagte: »Ich seh mal nach.«

»Es ist keiner außer uns da.« Fleißners Stimme klang mürbe; er stand mit hängenden Armen im Zimmer, auf einem vermutlich sehr teuren Teppich, und schien Matzbachs Pistole vergessen zu haben. Seine Augen konnten sich offenbar nicht von dem Paket lösen.

Baltasar schwieg. Er sagte sich, daß Schweigen seitens des Überlegenen eine erstklassige Waffe sei, und daß Fleißner ruhig stehen bleiben sollte. In einem Sessel oder unter einem Sofakissen mochte er ja selbst ein Schießeisen versteckt haben.

Die Blicke der Fleißners und ihr Schweigen andererseits verrieten alles. Wenn es denn, außer Einzelheiten, noch etwas zu verraten gab.

Yü kam lautlos zurück; Baltasar spürte einen Lufthauch und sah Fleißners Augen für einen Moment das Paket verlassen.

Plötzlich begann Frau Fleißner zu schluchzen; sie öffnete einfach den Mund, Tränen rannen ihre Wangen hinab, und sie hob weder die Hände noch griff sie zu einem Tuch. Sie saß nur da, als wollte sie sich auflösen.

Fleißner schaute kurz zu ihr hin; dann blickte er Matzbach an. »Wieviel?« sagte er.

»Wieviel haben Sie der Hebamme gezahlt?«

»Zehntausend.«

Matzbach schnaubte. »Und dafür schweigt sie? Zu billig, finde ich. Was meinst du?«

Yü sagte nichts.

»Was kostet eine gut eingeführte Praxis?«

Fleißner blickte ihn verblüfft an. »Warum?«

»Nur so, als Orientierung.«

»Mit Patienten und Apparaten und allem?«

»Ja.«

»Kommt drauf an.«

»Ihre, zum Beispiel.«

»Halbe Million? Ungefähr.«

Mit einem gehässigen und zugleich drohenden Ton sagte Yü: »Dann ist das der Preis.«

Fleißner öffnete den Mund und schloß ihn wieder.

»Ihre Praxis«, sagte Matzbach.

»Können wir nicht ...?«

»Wir können nicht.«

»Ich könnte, wenn ich alles aufnehme, was ich kriegen kann, vielleicht ...«

»Heulen und Zähneknirschen«, sagte Yü, als sie wieder ins Auto stiegen.

»Gründlich. Wie lange sollen wir sie hängen lassen?«

»So gehässig kenne ich dich gar nicht, Dicker.«

Baltasar startete den Motor. »Die Hebamme«, sagte er dabei, »war der entscheidende Punkt.«

»Was hat das mit deiner Gehässigkeit zu tun?«

»Wenn die beiden das Kind umgebracht hätten, wären zehntausend zu wenig. Das macht eine katholische Hebamme nicht mit. Es ist tot geboren oder gleich nach der Geburt gestorben. Eigentlich sollten einem die Eltern leid tun. Aber so … Daraus dann noch ein mieses Geschäft machen, zusammen mit der Journaille. Kein Mitleid.«

Yü seufzte. »Krieg ich eine Antwort? Wieso so gehässig?«

»Ich kann kalte arrogante Schweine nicht leiden. Wenn alles auffliegt, wird der Herr Abgeordnete wahrscheinlich mit sauberen Griffeln dastehen, was ich bedaure, aber immerhin können Hermes und Sager ihn keine Wildschweine mehr beißen lassen.« Er schüttelte den Kopf. »Fast verdrösse es mich, glückhafter Herr Yü.«

»Was?«

»Dies staatsbürgerlich einwandfreie Benehmen. Morgen die Polizei informieren. Oder übermorgen. Und eine freie Praxis für einen jüngeren und vielleicht umgänglicheren Arzt schaffen.«

»Extrem tugendhaft. Meinst du denn, es gelingt dir, den Schatz zu verheimlichen?«

»Das hoffe ich. Ich glaube, wir haben alles ausgeräumt; die grünen Jungs werden natürlich ein bißchen im Loch wühlen, aber …« Er zuckte mit den Schultern.

»Ich hätte da noch was für dich«, sagte Yü, als sie sich der Kirche näherten. »Halt mal eben an.«

»Was denn? Hier oder bei der *Tränke*?«

»Hier.«

Als der Wagen ausgeschaltet war, blieb Yü zunächst sitzen. »Zweieinhalb Worte zuvor«, sagte er. »Ich habe, als ich mit Ruprecht in seiner Oldtimer-Garage war, ein paar Fragen gestellt, die er an Gudrun weitergeben sollte. Unter dem Siegel der Verschwiegenheit, damit seine Chefin nichts hört.«

Matzbach runzelte die Stirn.

»Alter Herr Matzbach, keine Sorge.« Yü lachte. »Es wird

deine greise Libido nicht vermindern. Ich habe, wie gesagt, Fragen gestellt; und jetzt nehmen wir die Lampe und gehen auf den Friedhof.«

Matzbach folgte ihm irritiert. Das Gittertörchen war abgeschlossen; sie mußten klettern, um die Grabstellen zu erreichen.

Yü hatte sich den Weg und die Lage offenbar gründlich beschreiben lassen; ohne langes Suchen fand er den gesuchten Stein.

Matzbach las die Inschrift, Name, Daten. Es war das Grab von Katharina Vogelsang, verwitwete Helmers, geborene Lagermann. Hermann Vogelsang ruhte neben ihr.

»Und?«

»Komm; wir sind noch nicht fertig.«

Sie verließen den Friedhof; Yü ging voran, zum verglasten Schaukasten vor der Kirche. Die Stablampe half Baltasar, einiges zu entziffern. Er sah den Zettel, auf dem Pfarrer Konrad Helmers seine Abwesenheit »zur Erholung nach längerer Krankheit« bekanntgab; Mitteilungen über Begräbnisse, Hochzeiten und andere allfällige Vorkommnisse; Bilder von der letzten Heiligen Kommunion – und er sah Pfarrer Helmers, mit Tonsur und Warze.

»Kriegst du es jetzt zusammen?« sagte Yü.

Matzbach nickte langsam. »Sie hat Konrad Helmers geboren; dann ist der Vater gestorben; sie hat wieder geheiratet und Benno Vogelsang gekriegt. Der Pfarrer ist der ältere Halbbruder; aber warum hat er sich als unser Kuriositätenhändler Benno ausgegeben?«

»Darüber können wir noch ein Weilchen brüten.« Yü deutete auf den Citroën. »Das waren eineinhalb Worte; es fehlt noch eines an den zweieinhalb, die ich sagen wollte.«

»Sprich es in hurtiger Gelassenheit.« Matzbach knipste

die Lampe aus. »In schwierigen Lagen sollten europäische Barbaren sich der Führung weiser Chinesen anvertrauen.«

»Wir sollten jetzt unser Päckchen bei der Polizei abgeben.«

Baltasar blieb neben dem Wagen stehen, statt einzusteigen. »Jetzt? Und was ist mit meiner Gehässigkeit und dem Schmorenlassen?«

»Können wir denn sicher sein, daß die Fleißners nicht nach Abklingen von Panik und Zähneknirschen die Polizei alarmieren und behaupten, die bösen Kidnapper namens Matzbach und Yü hätten sich endlich gemeldet?«

»Murksiger Mist! Aber du hast natürlich recht; wieso habe ich nicht daran gedacht?«

Sie stiegen ein; Matzbach startete aber noch nicht. Er rieb sich die seit dem Morgen gesprossenen Bartstoppeln; dann tippte er mit der Spitze des rechten Zeigefingers auf Yüs Oberschenkel.

»Danke für zweieinhalb kluge Worte. Ich fürchte, mein Geist hat sich zu lange der Dreizehn-Hirsekorn-Ernährung hingegeben und ist verkümmert. Vielleicht sollte ich mich zur Ruhe setzen.«

»Vielleicht solltest du mit uns in die Karibik kommen.«

»Wie wollen wir es machen?«

»Was? Die Karibik?«

»Blödsinn. Polizei, Münzen und so weiter.«

Matzbach setzte Yü am Bergedorfschen Hof ab, wo er für die ausreichende Verbreitung der von den beiden ausgeheckten Fassung sorgen sollte.

»Wir wollen uns der Tugend der minderen Wahrhaftigkeit befleißigen«, sagte Yü beim Aussteigen. »Ich werde ein wenig sortieren, schatzmäßig; falls die Jungs sofort alles sehen wollen.«

Die nächsten Stunden verbrachte Baltasar in der guten Gesellschaft mehrerer Polizisten in Uniform und zweier in Zivil. Die Fassung, die er zu Protokoll gab, lautete ungefähr so:

Man habe in Befolgung von Hinweisen, Anekdoten und alten Schriften eruiert, daß in dem auf dem Grund des Bauern Heppner befindlichen alten Schacht möglicherweise Reste eines Schatzes zu finden seien, der aus der Zeit der französischen Besetzung des Bergischen Landes stamme. Bei der Untersuchung des Schachts sei man zunächst auf das den Beamten soeben ausgehändigte Bündel gestoßen, habe dies aber nicht sofort geöffnet; hätte man es sofort geöffnet, so würde man selbstverständlich die weiteren Schachtarbeiten eingestellt und sich unverzüglich mit den Behörden ins Benehmen gesetzt haben. Eine mindere Menge von Münzen und Schmuckstücken sei geborgen worden, die man zur eigenen Erbauung ein wenig betrachten und dann den zuständigen Stellen aushändigen werde; bei einer hierfür möglicherweise anfallenden Ent- oder Belohnung sei natürlich auch Bauer Heppner zu bedenken, als Besitzer des Landes, auf dem sich die weiland Schachtanlage befinde.

Wie einige (namentlich aufgeführte) Bonner Kollegen der Beamten bestätigen könnten, sei der Unterzeichnende B. Matzbach gelegentlich in gewisse Vorgänge verwickelt gewesen, die sich im weitesten Sinne als kriminalistisch bezeichnen ließen. Bei Betrachtung des Bündelinhalts, der bereits stark verwesten Leiche eines Säuglings, habe er sich des Falles Fleißner entsonnen. Zufällig habe er bemerkt, daß auf einer Lehmfläche in unmittelbarer Nähe des Schachts die Spuren von Autoreifen zu sehen seien: Reifen, deren Abdrücke auf das Fehlen eines Teils des äußeren Profils schließen ließen. Dr. Fleißner besitze einen geländegängigen Wagen mit

Reifen des entsprechenden Typs, und zumindest an einem Reifen seien von Klitterbacher Straßenlümmeln Schnitzübungen vorgenommen worden. Ferner kenne Dr. Fleißner, der ja auch Hausbesuche vornehme, die gesamte Gegend einschließlich der Wald- und Wirtschaftswege. Das Kind der Fleißners sei angeblich am 2. Juli entführt worden; am Nachmittag des 2. Juli habe es heftig geregnet, und die vermutlich an diesem Nachmittag oder frühen Abend auf besagter Lehmfläche hinterlassenen Reifenspuren seien durch das seither verzeichnete gute Sommerwetter bestens konserviert.

Um Irrtümern vorzubeugen und zu klären, ob es sich um das vermeintlich entführte Kind handle, habe sich B. Matzbach zusammen mit Herrn Felix Yü zu Dr. Fleißner begeben; im Verlauf der nicht eben freundschaftlichen Unterhaltung habe sich herausgestellt, daß das Kind tot geboren oder unmittelbar nach der Geburt gestorben sei. Man habe das Schweigen der seither auf Mallorca befindlichen Hebamme mit 10.000 Euro erkauft. Es sei davon auszugehen, daß die Fleißners danach zusammen mit den Journalisten Herms und Sager die angebliche Entführung vorgetäuscht hätten, um aus der meistbietend verkauften Berichterstattung Gewinn zu ziehen.

Die Herren Yü und Matzbach seien jederzeit bereit, diese Aussagen zu beeiden.

Gegen fünf Uhr früh erreichte Baltasar wieder den Hof. Yü und Wayne wachten neben einer alten Zinkwanne, in die sie unsortiert Münzen und Schmuckstücke gepackt hatten.

Nachdem er von seinem Aufenthalt bei der Polizei (und vom Aufbruch eines ersten Vorabteams zur vorläufigen Festnahme der Fleißners und Sicherung der Spuren am Schacht) berichtet hatte, sagte Matzbach:

»Und wo sind die anderen Schätzchen?«

»Gut versteckt.« Yü deutete auf die Wanne. »Meinst du, das reicht denen?«

Baltasar packte einen der Griffe und zerrte. »Na ja, dürfte ungefähr ein Zentner sein, was? Ich schätze, das reicht als Alibi. Aber vielleicht sollte ich mal nachschauen, ob ihr nicht die drei interessantesten Münzen reingeschmissen habt.«

Wayne rieb sich die Augen. »Was meinst du denn, wovon ich so müde bin?«

Matzbach blinzelte. »Bist du die geheime Numismatikerin des Bergischen Landes? Teilen wir da etwa gewisse Vorlieben? Entzückend, junge Frau. Wenn das so weitergeht, werde ich mir ernsthaft überlegen, ob nicht gewisse Maximen doch Ausnahmen dulden.«

»Welche zum Beispiel?«

»Zum Beispiel die, daß alte Männer sich nicht jungen Frauen aufdrängen sollten.«

Sie lachte. »Ach, so ein bißchen qualifizierte Aufdringlichkeit kann hin und wieder nicht schaden.«

Yü räusperte sich. »Bevor ihr jetzt erörtert, ob dabei noch hin oder schon wieder ist – wer übernimmt die Stallwache, wer geht schlafen, und haben wir noch etwas zu klären?«

Baltasar rekelte sich. »Klären können wir alles weitere morgen, also heute, glaube ich. Haben alle, die etwas wissen, heilige Eide geleistet, bei der verabredeten Fassung zu bleiben?«

»Haben sie«, sagte Yü.

»Haben wir«, sagte Wayne. Sie gähnte. »Das ist aber außer uns dreien nur noch Ruprecht. Der steht um sechs auf.«

Yü seufzte. »Ich habe verstanden. Verschwindet schon; ich übergebe dann nachher an ihn.«

»Ich könnte dich knutschen, bis du schielst«, sagte Matz-bach. »Freunde in der Not und so weiter.«

»Knutsch woanders.«

Wayne stand auf und streckte die Hand aus. »Das will ich hoffen.«

Baltasar folgte ihr handzahm treppauf. »Planst du, sofort müde zu sein?« sagte er, als sie die Schlafzimmertür hinter sich geschlossen hatten.

»Hat der Greis etwa noch Absichten?« Sie stemmte die Hände in die Hüften und sah ihn mit schiefgelegtem Kopf an.

»Eine mindere Waschung, eher taktisch denn hygienisch.« Baltasar grinste. »Und kurze Weiterungen. Leibesübungen vor dem Schlummer sollen förderlich sein, hörte ich.«

»Da werd ich ja glatt wieder wach.«

Irgendwie waren später beide zu wach, um einzuschlafen. Wayne stand auf, um die Vorhänge besser zuzuziehen; Mor-genlicht und die Randale der Vögel drangen allzu intensiv ein.

»Magst du noch reden?« sagte sie, als sie wieder zum Bett ging.

Baltasar hatte sich auf den Bauch gerollt und sah ihr beim Näherkommen zu. »Bleib doch noch einen Moment so ste-hen. Gut. Du hast dich um die Erbauung eines alten Man-nes verdient gemacht.«

Sie lachte, stieg ins Bett und tätschelte klatschend sein Ge-säß. »Unmögliches Geschöpf.«

»Nein; ich bin schlimmstenfalls ein possierliches Getüm. Worüber wolltest du reden?«

»Ich habe das Gefühl, es fehlt noch was.«

»Was denn?«

»Zum Beispiel: Warum hat Fleißner das Kind ausgerechnet in *den* Schacht geworfen?«

»Weil« – Matzbach gluckste – »die unwahrscheinlichen Zufälle immer mit mir sind. Der unwahrscheinlichste liegt ja neben mir. Und weil Fleißner es einigermaßen eilig hatte. Er wollte bei dem Wolkenbruch nicht stundenlang durch den Wald laufen. Der Heppner-Schacht ist der einzige, an den man, wenn man sich auskennt, mit dem Auto ranfahren kann.«

»Es fehlt aber noch etwas.«

»Kluge Frau. Ich hoffe, daß du mir jetzt nicht deine Neigung entziehst.«

»Warum das denn?«

Matzbach langte nach seiner Hose, die als amorpher Knubbel auf dem Boden lag. Er zog das Portemonnaie heraus und entnahm ihm den Smaragdring. Einen Moment zögerte er; dann steckte er ihn auf den sechsten Zeh von Waynes linkem Fuß.

»Iiih, kalt – was ist das?« Sie setzte sich auf und untersuchte das kühle Objekt.

Nach kurzem Schweigen sagte sie leise: »Bennos Klunker, ja? Wo kommt der her?«

»Alles vergeben und vergessen, soll ich dir sagen.«

»Sonst nichts?«

»Nur das.«

»Meine erste große Liebe.« Sie ließ sich zurücksinken, legte den Ring auf ihren Nabel und schaute zur Decke hinauf. »Er hat sein Geburtskaff gehaßt – ich dachte, wenn irgendwo, dann bin ich hier vor ihm sicher. Überhaupt vor meiner Vergangenheit. Woher hast du den Ring?«

Matzbach berichtete, wobei er die Frage von Vogelsangs Identität zunächst beiseite ließ.

»Seine Mutter liegt hier auf dem Friedhof«, sagte Wayne. »Ich habe ihr schon mal Blumen gebracht.«

»Dann weißt du ja auch, daß Helmers, der Pfarrer, Vogelsangs Halbbruder ist, nicht wahr?«

»Mhm. Ich kannte ihn natürlich, von ganz früher. Und als wir uns hier begegnet sind, habe ich ihn gebeten, falls er mit Benno spricht, ihm nichts zu sagen.«

»Große Liebschaft?«

Sie seufzte. »Beiderseits. Dann war es bei mir zu Ende, und er hat die großen Szenen gemacht, bis hin zum angedrohten Selbstmord. Benno war immer der Typ, der sich so was zu Herzen nimmt. Sich verbeißt. Ich wollte auch nach all den Jahren nichts ... aufwecken? Aufwühlen? Ach, egal.«

»Wie soll ich dich eigentlich jetzt nennen? Marion?«

»Bleib bei Wayne. Ich konnte ›Marion‹ nie leiden.«

»Wie Ihr wünscht, Holdeste. Ich glaube, wir kriegen jetzt alles zusammen.«

»Laß mal hören.«

»Hat Benno dir erzählt, woher er den Ring hatte?«

Sie schwieg; dann sagte sie: »Kann sein – irgendwo gefunden, ja? Ich weiß es aber nicht mehr genau.«

»Er ist einmal in einen Schacht gefallen und hat sich ein Bein gebrochen. Hat ein paar Tage da gelegen, bis man ihn eher zufällig fand.«

Sie setzte sich ruckartig auf; der Ring kullerte von ihrem Bauch aufs Laken. »Du meinst – er ist in *den* Schacht gefallen? Aber warum hat er dann nie ...«

»Ich weiß es nicht. Vielleicht wußte er nichts von dem Schatz, oder hielt alles für so ›angeblich‹, daß er nie eins und eins zusammengezählt hat. Außerdem wollte er nie wieder nach Klitterbach – wenn das, was man mir gesagt hat, stimmt.«

Sie stützte sich auf die Ellenbogen und sah ihn fragend an. »Man? Wieso man? Ich denke, es war Benno.«

»Ein Mann hat Kontakt mit mir aufgenommen, mir den Ring gegeben und eine Geschichte von *amour fou* und so weiter erzählt. Er nannte sich Benno Vogelsang.«

»Und? War es nicht Benno?«

»Yü kennt Vogelsang; zufällig habe ich ein paar Äußerlichkeiten meines Besuchers erwähnt, und da sagte Yü, das sei nicht Vogelsang.«

»Wer denn? Wer sollte die Geschichte kennen und an den Ring gekommen sein?«

»Helmers. Ich habe ihn auf den Fotos im Schaukasten an der Kirche erkannt.«

»Ah.« Sie schwieg einen Moment; dann ließ sie sich wieder aufs Kissen sinken. »Paßt«, sagte sie. »Aber wo steckt Benno?«

»Der hat seinen Laden in Köln für den Sommer dichtgemacht und ist in Ferien gefahren. Euer Pfarrer, sein Halbbruder, fährt zur Kur. Irgendeiner der beiden kennt einen alten Bekannten beziehungsweise Kunden, dem ich mal geholfen habe, als sein Onkel ermordet worden war. Der alte Bekannte hat mich erwähnt; so weit dies.

Der Rest ist mehr oder minder zusammengereimt. Vielleicht hat Helmers doch geplaudert, so daß Vogelsang wußte, wo du steckst; vielleicht hat Vogelsang ihm einfach so den Ring gegeben – ›ich will ihn loswerden, und falls du mal Marion siehst …‹ Vielleicht gibt es aber noch eine andere Erklärung, auf die ich gerade nicht komme.«

»Aber wieso jetzt? Wieso die Heimlichkeit, wieso Helmers Behauptung, er wäre der andere?«

»Tja«, sagte Baltasar. »Abermals tja. Jetzt wird es glitschig, und das kriegen wir wahrscheinlich nie raus, weil wir es nicht rauskriegen dürfen. Ich sage das jetzt mal so ins Unreine. Es gibt da eine extrem katholische Hebamme. Die läßt sich dafür, daß sie von einem totgeborenen Kind nichts sagt, zehntausend Euro geben und geht in Rente. Dreiundsechzig war sie sowieso, glaube ich. Weil sie aber extrem katholisch ist, plagt die Lüge ihr Gewissen, und weil sie, wie Gudrun sagt, jede Woche beichten geht, beichtet sie auch das. Dadurch weiß der Pfarrer, was wirklich hinter der angeblichen Entführung steckt, kann aber nichts tun – Beichtgeheimnis. Er erinnert sich, daß jemand ihm mal von einem gewissen Matzbach erzählt hat, der allerlei Blödsinn betreibt. Dem erzählt er, unter falschem Namen, die Geschichte mit der Liebschaft und dem Ring und der abgängigen Marion Wiegeler und erwähnt, ganz nebenbei, daß in Klitterbach ein Säugling entführt wurde und daß hier vielleicht irgendwo ein Münzschatz aus der Franzosenzeit herumliegt. Und hofft, daß besagter Matzbach, wenn er an einer Seite zu porkeln beginnt, an der anderen etwas anderes findet. Nämlich das, was Helmers wegen des Beichtgeheimnisses nicht erzählen darf. Dann geht er zur Kur, die er vielleicht sogar braucht, die ihm aber dazu verhilft, nicht anzuwesen, während Matzbach wühlt, denn der könnte ihn ja erkennen. Beichtgeheimnis gewahrt, trotzdem Finsterlinge überführt und Halbbruders Ring ausgehändigt.«

Er hob die Hand, als Wayne etwas sagen wollte. »Moment. Andere Variante. Er redet mit Vogelsang darüber – von wegen, was soll ich mit meinem Gewissen, meinem Wissen und dem Beichtgeheimnis machen? Vogelsang schlägt ihm dies und jenes vor, und der Kontakt zu mir wird aufgenommen, wenn Yü nicht da ist, der Vogelsang kennt, und Vogelsang nicht da ist, so daß ich ihn nicht kennenlerne. Wie klingt das?«

»Treffer.« Sie nahm den Ring in die Hand. »Soll ich den jetzt behalten? Und was machen wir mit all dem anderen Zeug?«

»Das klären wir nach dem Frühstück. Es gibt aber noch eine andere offene Frage.«

»Nämlich?«

»Ob du mir ob der Enthüllungen und vorhergehenden Halblügen deine Zuneigung entziehst.«

Sie lachte. »Ach nein, wozu? Immerhin hat dich das alles hergebracht. Und … weißt du, einen halbwegs brauchbaren jungen Mann krieg ich jederzeit, aber so was wie dich, einen beschepperten Alten …«

22.

Erst schwach anfangen
und dann stark nachlassen.

SCHWABINGER KLOSPRUCH

Es wurde ein ruhiger Tag. Baltasar sichtete die Münzen, die Yü und Wayne in alten Futtertrögen in der Stallgarage versteckt hatten. Nichts besonders Wertvolles dabei, sagte er; es seien ausnahmslos gängige Münzen vom Ende des 18. Jahrhunderts, ohne auffällige Raritäten, und man werde sie nach und nach bei Münzhändlern oder auf Versteigerungen losschlagen. Und den Erlös teilen.

Zwischendurch ließ er sich von Wayne die bisher ungeschauten Geheimnisse des Hauses zeigen – Nebenräume, Hintertreppen, Gästeverliese; und einen verglasten Schrank, in dem sie Bücher mit Titeln wie *Die Kunst der Amputation* oder *Wir sammeln Abnormitäten* aufbewahrte. Dabei bedachten sie die abnorme Beherrschung von Frau Fleißner, die einem toten Kind, das sie im Arm hielt, lächelnd etwas vorgesungen hatte, während Leute kamen, um ihr zum Nachwuchs zu gratulieren.

»Vielleicht ist sie aber einfach nur eiskalt«, sagte Wayne.

»Vielleicht; aber ist das einfach?« Dann kicherte er. »Einfacher wahrscheinlich als etwas anderes, was mir Rätsel aufgibt.«

»Kann ich dir dabei irgendwie helfen?«

»Wer außer dir sollten können können? Das Rätsel ist: Wozu hortest du diese entsetzlichen Gefäße in der Küche?« Wayne deutete auf den verglasten Schrank.

»Ah«, sagte Baltasar. »Wir sammeln Abnormitäten? Daß ich darauf nicht gleich gekommen bin!«

»Das ist ein Grund. Der zweite ist, daß bestimmt irgendwann eine große Fete zu feiern ist, bei der angetrunkene Gäste ihre Gläser und sonstigen Gefäße über die Schulter werfen wollen.«

»Material für ballistische Übungen? Das sehe ich ein.«

Am frühen Nachmittag kam ein Hauptkommissar vorbei, um noch ein paar Fragen zu stellen und den Münzfund »vorübergehend sicherzustellen«. Matzbach weinte demonstrativ, als der Beamte mit der Zinkwanne abfuhr. Sie enthielt höchstens ein Zehntel des Gesamtfunds.

Yü telefonierte mit Daniela und teilte Baltasar danach mit, Frau Meyer-Bexbach, die Erwerberin des Antiquariats, habe alles mit Daniela besprochen; die Transaktion werde in den nächsten Tagen erfolgen.

»Danach geht's ab in die Karibik«, sagte er. »Willst du nicht doch …?«

»Will ich nicht. Aber ich komme gelegentlich vorbei, um scheibchenweise deinen Anteil an der Beute abzuliefern.«

»Sollen wir das nicht mit deinem Anteil am Antiquariat verrechnen?«

»Das wäre ein schlechtes Geschäft – für euch.«

Yü seufzte entsagungsvoll. »Na gut. Wie du meinst. Ich gehe dann mal rüber zu Ruprecht; der wollte meine Hilfe.«

»Wobei?«

»Das verheißene Feuerwerk, speziell zu deinen Ehren.«

Vom Hoftor aus sah Baltasar die beiden (mit Lunten und

Stöcken oder Abschußrampen oder wie man das nennen wollte) durchs Gefilde streifen, gefolgt von Gandalf, der immer wieder stehenblieb und das Bein hob.

In der Abenddämmerung tranken sie einen besonders guten Bordeaux; dann klatschte Ruprecht in die Hände.

»Und nun, meine Damen und Herren«, sagte er, »das Feuerwerk des Jahres, zu Ehren der großen Spürnasen – Sherlock Matzbach und Yü Watson, oder umgekehrt: Entschuldigt mich.«

Er lief dorthin, wo jenseits der Stallgarage das ausgeklügelte System von Lunten begann, und hantierte mit dem Feuerzeug. Man sah etwas sprühen; Ruprecht kam im Trab zurückgelaufen und sagte:

»So, gleich geht's los.«

Sie warteten, mehr oder minder gespannt. Dann sahen sie irgendwo Funken sprühen und hörten ein verzagtes *Pffft*.

»Was denn?« Ruprecht schüttelte den Kopf. »Na ja, einen Versager gibt's immer. Geht gleich weiter.«

Es ging aber nicht weiter. Es gab ein paar Funken, etliche *Pfffts* und diverses Gezische. Mehr nicht.

Baltasar verbeugte sich vor Ruprecht; mit einem breiten Grinsen sagte er:

»Ich fühle mich über alle Maßen geehrt. Auch durch den Beitrag von Gandalf, der all deine fein aufgestellten Raketenstöckchen gründlich benetzt hat.«

Ruprecht reckte die Arme in die Luft und schrie: »Wo steckt das Vieh? Ich bring es um!«

»*Pffft*«, sagte Matzbach. »Apropos Vieh. Habt ihr hier nicht irgendwo ein paar Siebenschläfer?«

»Für die Tonne … eh, das Glirarium?« Wayne lachte. »Meinst du, ich sollte mich als Bilchmästerin versuchen?«

»Meine ich; und sei es auch nur, damit ich Krümel und

sonstige eßbare Abfälle aus Bonn verfüttern kann, wenn ich dich besuche.«

»Hast du das vor?«

»Wenn du mich nicht daran hinderst.«

Sie stellte sich auf die Zehen und berührte seine Nase mit der Zungenspitze. »Ach, bleib doch erst mal noch ein paar Tage hier. Dann können wir das in Ruhe bereden.«

KATHERINE NEVILLE

Als Ariel Behn in den Besitz einiger mysteriöser
Dokumente aus uralter Zeit gelangt, wird sie über Nacht
zur Gejagten. Ein attraktiver, undurchsichtiger Mann
tritt in ihr Leben, und er hat nur ein Ziel: die geheimnisvollen Schriften in seinen Besitz zu bringen –
wenn nötig auch über ihre Leiche ...
Atemberaubender historischer Roman und mitreißender
Thriller zugleich.

43824

GOLDMANN

BJÖRN LARSSON

Der schwedische Angestellte Ulf führt ein geruhsames Leben, bis ihn eines Tages auf ungewöhnlichem Weg ein Manuskript erreicht, das von einer mysteriösen Vereinigung namens »Keltischer Ring« erzählt. Kurz entschlossen macht sich Ulf mit seinem Freund Torben in einem Segelboot nach Schottland auf, um dem geheimnisvollen Ring auf die Spur zu kommen.

»Eine actionreiche, komplex gebaute Geschichte, randvoll mit packenden seglerischen Gefahrenszenen.«
Der Standard

44692

GOLDMANN

Bitte senden Sie mir das neue kostenlose Gesamtverzeichnis

Name: _____

Straße: _____

PLZ / Ort: _____